序

感谢人民文学出版社给予我的信任。感谢编辑胡玉萍,不辞劳苦地将我多年以来的长篇小说、散文等结集出版,给我的文字和读者以再次相逢的可能。

像个老农,回头一望,检点田中的出产。写作几十年,只有《红处方》《血玲珑》《拯救乳房》《女心理师》《花冠病毒》五部长篇小说,比起每年量可达百万字的同行们,心中惭愧。

低产作物。聊以自慰的是每一畦都用心耕作,不曾敷衍土地和时间。写的时候全神贯注,唯一要做的事情就是节制自己的激情。长篇小说相当于文学的马拉松,若提前在某一个阶段全速发力,速度会令自己吃惊,但有可能伴随后劲不足。一个人是难以用跑百米的速度完成数十公里的长途跋涉,我喜欢日复一日持之以恒从不懈怠。

在我所有的长篇小说里,都始终关注着生命的危难与提升。《红处方》是抒写人类和生理上心理上的毒品相搏的过程。《血玲珑》写的是人性中的善与恶如何扭曲纠缠的故事。《拯救乳房》是描绘女性和癌症奋争的群像。《女心理师》写的是人们心理上的困惑和救赎之路。《花冠病毒》是我的科幻作品,写地球上的所有生灵如何相依共荣,对人类将来的发展做出我的预测。

  人们问过我,为什么如此执着于生命主题呢?我也自己问自己。清理思绪,我觉得原因大致分为两个方面。一是我少年时就到西藏阿里当兵。(按照一种文学批评的观点,写作者的少年时代从出生持续到十八岁。我那时十六岁多一点,基本归在这个时间段。非成心装嫩。)高原狂风呼啸冰雪弥天,气候恶劣氧气稀薄。我从北京城出发,一头扑进了海拔五千米的世界屋脊,心灵受到极大的震撼,经常被恐惧压倒。在辽阔冰冷的高原,我第一次感受到生命的脆弱和微不足道,时时受到死亡的威胁。第二个原因,是我自少年时代就开始学习医学。我亲眼目睹近在咫尺的鲜血和鳞次栉比的死亡。我照料伺奉生命垂危的伙伴,为年轻的烈士穿上贴身的尸衣。把解剖刀插进病亡者的骨缝,看秃鹫将天葬的人体叼啄为白骨嶙峋……我明白了人生在世,既残酷又宝贵。生命是我唯一可以掌控的东西,我决定穷毕生精力,将自己一生打理得有意义有意思,丰饶幸福。

如果说长篇小说是一所有房屋有树木花草的院子,那么中短篇小说,就是一套套一间间独自安在的小房子,关起门来自成一家。一个写作者,有很多感想要对这个世界诉说。如果要说的话太多,故事大费周章,就成了长篇小说。如果要说的比较多,三几个人物或场景,就成了中短篇小说。如果要说的话虽少,但掏心掏肺,不虚构,不矫情,就成了散文。所以,我并不觉得文体之间有非常严格的界限。对我来说,最基本的尺度就是我只说自己相信的话。不要为了金钱、名声、得奖和讨好读者等等外在的需求,来差遣自己的写作。

回顾已经走过的路途,翻阅已经写下的文字,我充满感恩。年轻时,总以为自己可能活不到三十岁。在阿里太容易死于阵亡死于雪崩死于车祸和一切奇形怪状的高原病……现在我已年逾花甲,还能轻快呼吸健步奔走呼朋唤友东游西逛,实已大大出乎意料。更惊喜的是可以写我想写的东西,换点盘缠出游,这实在是我年轻时万万思谋不到的好事。

我珍视曾经的文字,它们是我生命的组成部分。思考死亡让我安静,洁净的文字和温暖慈悲的襟怀,是我追索的目标。当然,我也不拒绝严峻和淡然,因为生命中本来就寒风凛冽荆棘丛生。

生命为何宝贵？不仅因为它是单程且不可重复，还因为我们可以自由自在地成长。生命何以流传？不是依赖基因广布，而是思维之火的相互点燃。

谢谢读者你。

毕淑敏

目录

{一}
附耳细说
天使有时只需一个微笑，
风不能把阳光打败。

自信第一课 / 002

附耳细说 / 006

柔和 / 009

人生有三件事不可俭省 / 012

精神的三间小屋 / 014

每只小狗都有一个目标 / 017

风不能把阳光打败 / 020

人可以最大限度地逼近真实 / 022

倾听灰姑娘 / 026

寻觅优秀的女人 / 029

每一天都去播种 / 033

家问 / 035

何时才能外柔内刚 / 039

娘间谍 / 044

{二}
切开忧郁的洋葱
岁月送给我苦难,
也随赠我清醒与冷静。

午夜的声音 / 052

千头万绪是多少? / 055

你站在金字塔的第几层? / 060

拍卖你的生涯 / 065

切开忧郁的洋葱 / 073

造心 / 077

忍受快乐 / 080

珍惜愤怒 / 084

保持惊奇 / 086

紧张 / 091

我在寻找那片野花 / 097

走出黑暗巷道 / 101

苦难不是牛痘疫苗 / 107

热爱说话 / 112

{三}
情感按钮
幸福并不与财富地位声望婚姻同步，
它只是你心灵的感觉。

分泌幸福的"内吗啡"／120

幸福的七种颜色／125

情感按钮／129

爱情没有快译通／133

提醒幸福／138

婚姻鞋／142

幸福和不幸永在／145

婚姻也需要学习／148

婚姻的四棱柱／150

爱怕什么／157

爱情刽子手／159

成千上万的丈夫／164

婚姻有漏／168

修补爱情／169

婴孩有不出生的权利／171

关于婚姻和家庭的独白／174

{四}
学会探索自己的心灵
每个人都有长出好心情的土地，
就看你是否耕耘。

  挖掘心灵第一图／180
  人生如带／184
  锻造心情／186
  飘扬的长发与人生的幸福／188
  每天都冒一点险／193
  常读常新的人鱼公主／196
  握紧你的右手／201
  永别的艺术／203
  男妇产科医生／207
  兴趣就像食物，越丰富越好／214
  学会探索自己的心灵——谈大学生心理健康／219
  祝你在清晨飞翔——答有关职业压力的问题／223
  心理拒绝创可贴／225
  蓝宝石刀／232
  性别按钮／238
  虾红色情书／245
  关于思想和心灵的感悟／251
  关于生命与命运的遐想／256

(二) 附耳细说

天使有时只需一个微笑,风不能把阳光打败。

自信第一课

1972年的一天,领导通知我速去乌鲁木齐报到,新疆军区军医学校在停顿若干年后这年第一次招生,只分给阿里军分区一个名额,首长经过研究讨论,决定让我去。

按理说,我听到这个消息应该喜出望外才是。且不说我能回到平地,吸足充分的氧气,让自己被紫外线晒成棕褐色的脸庞得到"休养生息",就是从学习的角度讲,在重男轻女的部队能够把这样宝贵的唯一的名额分到我头上,也是天大的恩惠了。但是在记忆中,我似乎对此无动于衷,也许是雪山缺氧把大脑纤维冻得迟钝了。我收拾起自己简单的行李,从雪山走下来,奔赴乌鲁木齐。

1969年,我从北京到西藏当兵,那种中心和边陲的、文明和旷野的、优裕和茹毛饮血的、高地和凹地的、温暖和酷寒的、五颜六色和纯白的……一系列剧烈反差,就在我的心底搅起了沧海桑田般的变化。面临死亡咫尺之遥,面对冰雪整整三年,我再也不是当初那个天真烂漫的城市女孩,内心已变得如同喜马拉雅山万古不化的寒冰般苍老。我不会为了什么事件的突发和变革的急剧而大喜大悲,只会淡然承受。

入学后,从基础课讲起,用的是第二军医大学的教材,教员由本校的老师和新疆军区总医院临床各科的主任、新疆医学院的教授担任。记得有一次,考临床病例的诊断和分析。要学员提出相应的治疗方案。那是一个不复杂的病案,大致的病情是由病毒引起重度上呼吸道感染,病人发烧流涕咳嗽,血象低,还伴有一些阳性体征。我提出方案的时候,除了采用常规的治疗外,还加用了抗菌素。

讲评的时候,执教的老先生说:"凡是在治疗方案里使用了抗菌素的同学都要扣分。因为这是一个病毒感染的病例,抗菌素是无效的。如果使用了,一是浪费,二是造成抗药,三是无指征滥用,四是表明医生对自己的诊断不自信,一味追求保险系数……"老先生发了一通火,走了。

后来,我找到负责教务的老师,讲了课上的情况,对他说:"我就是在方案中用了抗菌素的学员。我认为那位老先生的讲评有不完全的地方。我觉得冤枉。"

教务老师说:"讲评的老先生是新疆最著名的医院的内科主任,是在解放前的帝国医科大学毕业的;在国民党的军队里做到很高的医官,他的医术在整个新疆是首屈一指的。把这老先生请来给你们讲课,校方已冒了很大的风险。他是权威,讲得很有道理。你有什么不服的呢?"

我说:"我知道老先生很棒。但是具体问题要具体分析。他提出的这个病例并没有说出就诊所在的地理位置。比如要是在我的部队,在海拔5000米以上的高原,病员出现高烧等一系列症状,明知是病毒感染,一般的抗菌素无效,我也要大剂量使用。因为高原气候恶劣,病员的抵抗力大幅度下降,很可能合并细菌感染。如果到了临床上出现明确的感染征象时才开始使用抗菌素的话,那就晚了,来不及了。病员的生命已受到严重威胁……"

教务老师沉默不语。最后,他说:"我可以把你的意见转告给老先生,但是,你的分数不能改。"

我说:"分数并不重要。您听我讲完了看法,我已知足了。"

教室的门开了,校工闪了进来,搬进来一把木椅子摆在讲案旁,且侧放。我们知道,老先生又要来了。也许是年事已高,也许是习惯,总之,老先生讲课的时候是坐着的,而且要侧着坐,面孔永远不面向学生,只是对着有门或有窗的墙壁。不知道他这是积习,还是不屑于面对我们,或是有什么难言之隐。

这一次,老先生反常地站着。他满头白发,面容黢黑如铁,身板挺直如笔管,让我笃信了他曾是国民党医官一说。

老先生目光如锥,直视大家,音量不大,但在江南口音中运了力道,话语中就有种清晰的硬度了。他说:"听说有人对我的讲评有意见,好像是一个叫毕淑敏的同学。这位同学,你能不能站起来,让我这个当老师的也认识你一下?"

我只有站起来。

老先生很注意地看了我一眼,说:"好。毕淑敏,我认识你了,你可以坐下了。"

说实话,那几秒钟,真把我吓坏了。不过,有什么办法呢?

说出的话就像注射到肌肉里的药水一样,你是没办法抠出来的。

全班寂静无声。

老先生说:"毕淑敏,谢谢你。你是好学生,你讲得很好。你的话里有一部分不是从我这儿学到的,因为我还没有来得及教给你那么多。是的,作为一个好的医生,一定不能全搬书本,一定不能教条,要根据具体的情况决定治疗方案。在这一点上,你们要记住,无论多么好的老师,也不可能把所有的规则都教给你们。我没有去过毕淑敏所在的那个5000米高的阿里,但是我知道缺氧对人的影响。在那种情况下,她主张使用抗生素是完全正确的。我要把她的分数改过来……"

我听到教室里响起一阵轻微的欢呼。因为写了抗生素治疗的不仅我一个,很多同学为这一改正而欢欣。

老先生紧接着说:"但在全班,我只改毕淑敏一个人的分数。你们有人和她写的一样,还是要被扣分。因为你们没有说出她那番道理,是知其然而不知其所以然。你现在再找我说也不管事了,即使你是冤枉的也不能改。因为就算你原来想到了,但对上级医生的错误没敢指出来。对年轻的医生来说,忠诚于病情和病人,比忠实于导师要重要得多。必要的时候,你宁可得罪你的上司,也万万不能得罪你的病人……"

这席话掷地有声。事过这么多年,我仍旧能够清晰地记得老先生如锥的目光和舒缓但铿锵有力的语调。平心而论,他出的那道题目是要求给出在常规情形下的治疗方案,而我竟从某个特殊的地理环境出发,并苛求于他。对一个初出茅庐的年轻人的不全面的异议,老先生表现出虚怀若谷的气量和真正医生应有的磊落品格。

真的，那个分数对我来说完全不重要，重要的是我在此番高屋建瓴的话语中悟察到了一个优等医生的拳拳之心。

我甚至有时想，班上同学应该很感激我的挑战才对。因为没过多长时间，老先生就因为身体的关系不再给我们讲课了。如果不是我无意中创造了这个机会，我和同学们的人生就会残缺一段非常凝重宝贵的教诲。

我的三年习医生涯，在我的生命中是一个重大的转折。我从生理上明了人体，也从精神上对自己有了更多的信任。我知道了我们的灵魂居住在怎样的一团组织之中，也知道了它们的寿命和限制。如果说在阿里的时候我对生命还是模模糊糊的敬畏，那么，教师的教诲使我确立了这样的观念：一生珍爱自身，并把他人的生命看得如珠似宝，全力保卫这宝贵而脆弱的珍品。

附耳细说

韩国的古书，说过一个小故事。

一位名叫黄喜的相国，微服出访，路过一片农田，坐下来休息。瞧见农夫驾着两头牛正在耕地。便问农夫，你这两头牛，哪一头更棒呢？农夫看着他，一言不发。等耕到了地头，牛到一旁吃草，农夫附在黄喜的耳朵边，低声细气地说，告诉你吧，边上那头牛更好一些。黄喜很奇怪,问,你干吗用这么小的声音说话? 农夫答道,牛虽是畜类,心和人是一样的。我要是大声地说这头牛好那头牛不好,它们能从我的眼神手势声音里分辨出来我的评论,那头虽然尽了力,但仍不够优秀的牛,心里会很难过⋯⋯

由此想到人。想到孩子,想到青年。

无论多么聪明的牛,都不会比一个发育健全的人,哪怕是稍明事理的儿童,更敏感和智慧。对照那个对牛的心理体贴入微的农夫,世上做成人做领导做有权评判他人的人,是不是经常在表扬或批评的瞬间,忽略了一份对心灵的抚慰?

父母常常以为小孩子是没有或是缺乏自尊心的。随意地大声呵斥他们,为了一点小小的过错,唠叨不止。不管是什么场合,有什么人在场,只顾自己说得痛快,全然不理会小小的孩子是否承受得了。以为只要是良药,再苦涩,孩子也应该脸不变色心不跳地吞下去,孩子越痛苦,越说明对这次教育的印象深刻,越能够起到举一反三的效力。

这样的父母,实在是想错了。

能够约束人们不再重蹈覆辙的唯一缰绳,是内省的自尊和自制。它的本质是一种对自己的珍惜和对他人的敬重,是对社会公有法则的遵守与服从。如果一个孩子从小就在无穷的心理折磨中丧失了尊严,无论他今后所受的教育如何专业,心理的阴暗和残缺很难弥补,人格潜伏着巨大危机。

人们常常以为只有批评才须注重场合,若是表扬,在任何时机任何情形下都是适宜的,这也是一个误区。

批评就像是冰水,表扬好比是热敷,彼此的温度不相同,但都是疗伤治痛的手段,批评往往能使我们清醒,凛然一振,深刻地反省自己的过失,迸发挺进的激奋。表扬则像温暖宜人的淋浴,使人血脉贲张,意气风发,产生勃兴向上的豪情。

但如果是在公众场合的批评和表扬,除了直接对对象的鞭挞和鼓励,还会涉及同时聆听的他人的反应。更不消说领导者常用的策略往往是这样:对个别人的一般也是对大家的批评,对某个人的表扬更是对大多数人的无言鞭策。至于做父母的,当着自家的孩子,频频提到别人孩子的品行作为,无论批评还是表扬,再幼稚的孩子也都晓得,更是醉翁之意不在酒的含沙射影。

批评和表扬永远是双刃的剑。使用得好,犀利无比,斩出一条通达的道路,使我们快速向前。使用得不当,就可能伤了自己也伤了他人,滴下一串串淋漓的鲜血。

我想,对于孩子来说,凡是隶属天分的那一部分,无论是表扬还是批评,都不必过多地拘泥于此。就像玫瑰花的艳丽和小草的柔弱,都有浓重的不可抵挡的天意蕴藏其中,无论其个体如何努力,可改变的幅度不会很大,甚至丝毫无补。玫瑰花绝不会变成绿色,小草也永无芬芳。

人也一样。我们许多与生俱来的特质,每个人都是不同的。比如相貌,比如身高,比如气力的大小,比如智商的高低……在这一范畴里,都大可不必过多地表扬或是批评。夸奖这个小孩子是如何的美丽,那个又是如何的聪明,不但无助于让他人有的放矢地学习,把别人的优点化为自己的长处,反倒会使没有受表扬的孩子滋生出满腔的怨怼,使那受表扬者繁殖出莫名的优越。批评也是一样,奚落这个孩子笨,嘲笑那个孩子傻,他们自己无法选择换一副大脑或是神经,只会悲观丧气也许从此自暴自弃。旁的孩子在这种批评中无端地得了傲视他人的资本，便可能沾沾自喜起来，松懈了努力。

批评和表扬的主要驰骋疆域，应该是人的力量可以抵达的范围和深度。它们是评价态度的标尺而不是鉴定天资的分光镜。我们可以批评孩子的懒散，而不应当指责儿童的智力。我们可以表扬女孩把手帕洗得很洁净，而不宜夸赏她的服装高贵。我们可以批评临阵脱逃的怯懦无能，却不要影射先天的多病与体弱。我们可以表扬经过锻炼的强壮机敏，却不必太在意得自遗传的高大与威猛……

不宜的批评和表扬，如同太冷的冰水和太热的蒸气，都会对我们精神造成破坏。孩子和年轻人的皮肤与心灵，更为精巧细腻。他们自我修复的能力还不够顽强，如果伤害太深，会留下终生难复的印迹，每到霪雨天便阵阵作痛。遗下的疤痕，侵犯了人生的光彩与美丽。

山野中一个农夫，对他的牛，都倾注了那样醇厚的爱心。人比牛更加敏感。因此无论表扬还是批评，让我们学会附在耳边，轻轻地说……

柔　和

"柔和"这个词，细想起来挺有意思的。先说"和"字，由禾苗和口两部分组成,那涵义大概就是有了生长着的禾苗,嘴里的食物就有了保障,人就该气定神闲,和和气气了。

这个规律,在农耕社会或许是颠扑不破的。那时只要人的温饱得到解决,其他的都好说。随着社会和科技的发达进步,人的较低层次需要得到满足之后,单是手中有粮,就无法抚平激荡的灵魂了。中国有句俗话,叫做"吃饱了撑的——没事找事"。可见胃充盈了之后,就有新的问题滋生,起码无法达至完全的心平气和。

再说"柔"这个字。通常想起它的时候,好像稀泥一摊,没什么筋骨的模样。但细琢磨,上半部是"矛",下半部是"木"——一支木头削成的矛,看来还是蛮有力度和进攻性的。柔是褒义,比如"柔韧、以柔克刚、刚柔相济、百炼钢化作绕指柔……"都说明它和阳刚有着同样重要的美学和实践价值。

记得早年当医学生的时候,一天课上先生问道,大家想想,用酒精消毒的时候,什么浓度为好?学生齐声回答,当然是越高越好啦!先生说,错了。太高浓度的酒精,会使细菌的外壁在很短的时间内凝固,形成一道屏障,后续的酒精就再也杀不进去了,细菌在壁垒后面依然活着。最有效的浓度,是把酒精的浓度调得柔和些,润物无声地渗透进去,效果才佳。

于是我第一次明白了,柔和有时比风暴更有力量。

柔和是一种品质与风格。它不是丧失原则,而是一种更高境界的坚守,一种不曾剑拔弩张,依旧扼守尊严的艺术。柔和是内在的原则和外在弹性充满和谐的统一,柔和是虚怀若谷的谦逊和冷暖相宜的交流。

现代人在风驰电掣的忙碌中,是多么期望自己和他人的柔和啊。不信,你看看报上的征婚广告,尽是征询性格柔和的伴侣,人们希望目光是柔和的,语调是柔和的,面庞的线条是柔和的,身体的张力是柔和的……

当我们轻轻念出"柔和"这个词的时候,你会觉得有一缕淡蓝色的温润,弥漫在唇舌之间。

有人追索柔和,以为那是速度和技巧的掌握。书刊上有不少教授柔和的小诀窍,比如怎样让嗓音柔和、手势柔和……我见过一个女孩子,为了使性情显出柔和,在手心用油笔写了大大的"慢"字,天天描一遍,掌总是蓝的,以致扬手时常吓人一跳,以为她练了邪门武功。这女孩并为自己规定每说一句话之前,在心中默数从一到十……她除了让人感到木讷和喜怒无常外,与柔和不搭界。

一个人的心如若不柔和,所有对外在柔和形式的模仿和操练,都是沙上楼阁。

看看天空和海洋吧。当它们最美丽和博大、最安宁和清洁的时候,它们是柔和的。

只有成长了自己的心,才会在不经意间,收获了柔和。

我们的声音柔和了,就更容易渗透到辽远的空间。我们的目光柔和了,就更轻灵地卷起心扉的窗纱。我们的面庞柔和了,就更流畅地传达温暖的诚意。我们的身体柔和了,就更准确地表明与人平等的信念。

柔和,是力量的内敛和高度自信的宁馨儿。愿你在某一个清晨,感觉出柔和像云雾一般悄然袭身。

人生有三件事不可俭省

无论世界变得如何奢华，我还是喜欢俭省。这已经变得和金钱没有很密切的关系，只是一个习惯。我这样说，实在是因为俭省的机会其实很廉价，俯拾即是遍地滋生。比如不论牙膏管子多么丰满，但你只能在牙刷毛上挤出大约一点五到两厘米的膏条，而不是一尺长。因为你用不了那么多，你不能把自己的嘴巴变成螃蟹聚会的洞穴。再比如无论你坐拥多少橱柜的衣服，当暑气蒸人的时候，你只能穿一件纯棉的T恤衫。如果把貂皮大衣捂在身上，轻者长满红肿热痛的痱毒，重了就会中暑倒地一命呜呼。俭省比奢华要容易得多，是偷懒人的好伴侣——用最直截了当的方式和最小的花费直抵目标。

然而有三件事你不能俭省。

第一件事是学习。学习是需要费用的，就算圣人孔子，答疑解惑也要收干肉为礼。学习费用支出的时候，和买卖其他货物略有不同。你不知道究竟能得到多少知识，这不单决定于老师的水平，也决定于你自己的状态。这在某种情况下就有点隔山打牛的味道，甚至比股票的风险还大。谁也不能保证你在付出了学费之后一定能考上大学，你只能先期投入。机遇是牵着婚纱的小童，如果你不学习，新娘就永远不会出现在你人生的殿堂。

第二件事是旅游。每个人出生的时候都是蝌蚪，长大了都变作井底之蛙。这不是你的过错，只是你的限制，但你要想法弥补。要了解世界，必须到远方去。旅游是需要花钱的，谁都知道。旅游的好处却不是一眼就能看到的，常常需要日积月累潜移默化的蓄积。有人以为旅游只是照一些相片买一些小小的工艺品，其实不然。旅行让我们的身体感悟到不同的风和水，我们的头脑也在不同风情的滋养下变得机敏和多彩。目光因此老辣，谈吐因此谦逊。

第三件事情是锻炼身体。古代的人没有专门锻炼身体的习惯，饥一顿饱一顿全无赘肉。生存的需要逼得他们不停奔跑狩猎，闲暇的时候就装神弄鬼，在岩壁上凿画，在篝火边跳舞，都不是轻体力劳动，积攒不下多余的卡路里。社会进步了，物质丰富了，用不完的热量成了我们挥之不去的负担。于是要人为地在机器上跋涉，在充满氯气的池子里浮沉，在人造的雪花和冰面上打滚，在矫揉造作的水泥峭壁上攀爬……这真是愚蠢的奢侈啊，可我们没有办法，只有不间断地投入金钱，操练贫瘠的肌肉和骨骼，以保持最起码的力量和最基本的敏捷。

有没有省钱的方法呢？其实也是有的。把人生当做课堂，向一切人学习，就省了上学的钱。徒步到远方去，就省了旅游的钱。不用任何健身器械，就在家里踢毽子高抬腿做广播体操……就省了健身的钱。

然而，这也是破费，因为我们付出了时间。

精神的三间小屋

面对那句——人的心灵,应该比大地、海洋和天空都更为博大的名言,自惭形秽。我们难以拥有那样雄浑的襟怀,不知累积至那种广袤,需如何积攒每一粒泥土?每一朵浪花?每一朵云霓?

甚至那句恨不能人人皆知的中国古话——宰相肚里能撑船,也让我们在敬仰之余,不知所措。也许因为我们不过是小小的草民,即便怀有效仿的渴望,也终是可望而不可即,便以位卑宽宥了自己。

两句关于人的心灵的描述,不约而同地使用了空间的概念。人的肢体活动,需要空间。人的心灵活动,也需要空间。那容心之所,该有怎样的面积和布置?

人们常常说,安居才能乐业。如今的城里人一见面,就问,你是住两居室还是三居室啊?……噢,两居室窄巴点,三居室虽说并不富余,也算小康了。

身体活动的空间是可以计量的,心灵活动的疆域,是否也可有个基本达标的数值?

有一颗大心,才盛得下喜怒,输得出力量。于是,宜选月冷风清竹木萧萧之处,为自己的精神修建三间小屋。

第一间，盛着我们的爱和恨。对父母的尊爱，对伴侣的情爱，对子女的疼爱，对朋友的关爱，对万物的慈爱，对生命的珍爱……对丑恶的仇恨，对污浊的厌烦，对虚伪的憎恶，对卑劣的蔑视……这些复杂而对立的情感，林林总总，会将这间小屋挤得满满，间不容发。你的一生，经历过的所有悲欢离合喜怒哀乐，仿佛以木石制作的古老乐器，铺陈在精神小屋的几案上，一任岁月飘逝。在某一个金戈铁血之夜，它们会无师自通，与天地呼应，铮铮作响。假若爱比恨多，小屋就光明温暖，像一座金色池塘，有红色的鲤鱼游弋，那是你的大福气。假如恨比爱多，小屋就阴风惨惨，厉鬼出没，你的精神悲戚压抑，形销骨立。如果想重温祥和，就得净手焚香，洒扫庭除。销毁你的精神垃圾，重塑你的精神天花板，让一束圣洁的阳光，从天窗洒入。

无论一生遭受多少困厄欺诈，请依然相信人类的光明大于暗影。哪怕是只多一个百分点呢，也是希望永恒在前。所以，在布置我们的精神空间时，给爱留下足够的容量。

第二间小屋，盛放我们的事业。

一个人从二十五岁开始做工，直到六十岁退休，他要在工作岗位上度过整整三十五年的时光。按一日工作八小时，一周工作五天，每年就要为你的职业付出两千个小时。倘若一直干到退休，那就是七万个小时。在这个庞大的数字面前，相信大多数人都会始于惊骇终于沉思。假如你所从事的工作，是你的爱好，这七万个小时，将是怎样快活和充满创意的时光！假如你不喜欢它，漫长的七万个小时，足以让花容磨损日月无光，每一天都如同穿着淋湿的衬衣，针芒在身。

我不晓得一下子就找对了行业的人，能占多大比例?从大多数人谈到工作时乏味麻木的表情推算，估计这样的幸运儿不多。不要轻觑了事业对精神的濡养或反之的腐蚀作用，它以深远的力度和广度，挟持着我们的精神，以成为它麾下持久的人质。

适合你的事业，不靠天赐，主要靠自我寻找。这不但是因为相宜的事业，并非像雨后白桦林中的菌子一样，俯拾即是，而且因为我们对自身的认识，也是抽丝剥茧，需要水落石出的流程。你很难预知，将在十八岁还是四十岁甚至更沧桑的时分，才真正触摸到倾心的爱好。当我们太年轻的时候，因为尚无法真正独立，受种种条件的制约，那附着在事业外壳上的金钱地位，或是其他显赫的光环，也许会灼晃了我们的眼睛。当我们有了足够的定力，将事业之外的赘生物一一剥除，露出它单纯可爱的本质时，可能已耗费半生。然费时弥久，精神的小屋，也定需住进你所爱好的事业。否则，鸠占鹊巢，李代桃僵，那屋内必是鸡飞狗跳，不得安宁。

我们的事业，是我们的田野。我们背负着它，播种着，耕耘着，收获着，欣喜地走向生命的远方。规划自己的事业生涯，使事业和人生，呈现缤纷和谐相得益彰的局面，是第二间精神小屋坚固优雅的要诀。

第三间，安放我们自身。

这好像是一个怪异的说法。我们自己的精神住所，不住着自己，又住着谁呢？

可它又确是我们常常犯下的重大失误——在我们的小屋里，住着所有我们认识的人，唯独没有我们自己。我们把自己的头脑，变成他人思想汽车驰骋的高速公路，却不给自己的思维，留下一条细细的羊肠小道。我们把自己的头脑，变成搜罗最新信息网罗八面来风的集装箱，却不给自己的发现，留下一个小小的储藏盒。我们说出的话,无论声音多么嘹亮,都是别的喉咙嘟囔过的。我们发表的意见,无论多么周全,都是别的手指圈划过的。我们把世界万物保管得很好,偏偏弄丢了开启自己的钥匙。在自己独居的房屋里,找不到自己曾经生存的证据。

如果真是那样,我们精神的小屋,不必等待地震和潮汐,在微风中就悄无声息地坍塌了。它纸糊的墙壁化为灰烬,白雪的顶棚变作泥泞,露水的地面成了沼泽,江米纸的窗棂破裂,露出惨淡而真实的世界。你的精神,孤独地在风雨中飘零。

三间小屋,说大不大,说小不小。非常世界,建立精神的栖息地,是智慧生灵的义务,每人都有如此的权利。我们可以不美丽,但我们健康。我们可以不伟大,但我们庄严。我们可以不完满,但我们努力。我们可以不永恒,但我们真诚。

当我们把自己的精神小屋建筑得美观结实,储物丰富之后,不妨扩大疆域,增修新舍。矗立我们的精神大厦,开拓我们的精神旷野。因为,精神的宇宙,是如此的辽阔啊。

每只小狗都有一个目标

有一对夫妇有两个孩子,一个叫莎拉,一个叫克里斯蒂。当孩子还小的时候,父母决定为他们养一只小狗。小狗抱回来以后,他们想请一位朋友帮忙训练这只小狗。他们搂着小狗来到朋友家,安然坐下,在第一次训练前,女驯狗师问:"小狗的目标是什么?"夫妻俩面面相觑,很是意外,他们实在想不出狗还有什么另外的目标,嘟囔着说:"一只小狗的目标?那当然就是当一只狗了。"女驯狗师极为严肃地摇了摇头说:"每只小狗都得有一个目标。"

夫妇俩商量之后,为小狗确立了一个目标——白天和孩子们一道玩,夜里要能看家。后来,小狗被成功地训练成了孩子的好朋友和家中财产的守护神。

这对夫妇就是美国的前任副总统阿尔·戈尔和他的妻子迪帕。他们牢牢地记住了这句话——做一只狗要有目标。推而广之,做一个人也要有目标。

在现实生活中,却有太多太多的人,没有目标。其实寻找目标并不是一件太难的事,关键是你要知道天下有这样一件唯此为大的事,然后尽早来做。正是你自己你需要一个目标,而不是你的父母或是你的老师或是你的上级需要它。它的存在,和别人的关系都没有和你的关系那样密切。也就是说,它将是你最亲爱的伙伴,其血肉相连的程度,绝对超过了你和你的父母、你和你的妻子儿女、你和你的同伴和领导的关系。你可能丧失了所有的财产和所有的亲人,但只要你的目标还在,你就还有一个完整的系统存在,你就并不孤独和无望。

我们常常把别人的期待当成了自己的目标,在孩童的时候,这几乎是顺理成章的事情。但是,你会渐渐地长大,无论别人的期望是怎样的美好,它也不属于你。除非有一天,你成功地在自己的心底移植了这个期望,这个期望生根发芽,长成了你的目标。那时,尽管所有的枝叶都和原本的母本一脉相承,但其实它已面目全非,它的灵魂完完全全只属于你,它被你的血脉所濡养。

我们常常把世俗的流转当成自己的目标。这一阵子崇尚钱,你就把挣钱当成了自己的目标。殊不知钱只是手段而非目标,有了钱之后,事情远远没有结束。把钱当成目标,就是把叶子当成了根。目标是终极的代名词,它悬挂在人生的瀚海之中,你向它航行,却永远不会抵达。你的快乐就在这跋涉的过程中流淌,而并非把目标攫为己有。从这个意义上说,钱不具备终极目标的资格。过一阵子流行美丽,你就把制造美丽保存美丽当成了目标。殊不知美丽的标准有所不同,美丽是可以变化的,目标却是相当恒定的。美丽之后你还要做什么?美丽会褪色,目标却永远鲜艳。

有人把快乐和幸福当成了终极目标,这也值得推敲。快乐并不只是单纯的快感,类乎饮食和繁殖的本能。科学家们通过研究,发现最长远最持久的快乐,来自于你的自我价值的体现。而毫无疑问,自我价值是从属于你的目标感,一个连目标都没有的人,何谈价值呢!

一棵树的目标也许是雕成大厦的栋梁,也许是撑一把绿伞送人阴凉。也许是化作无数张白纸传递知识,也许是制成一次性筷子让人大快朵颐……还有数不清的可能性,我们不是树,我们不可能穷尽也不可能明白树的心思。我们是人,我们可以为自己确立一个目标,这是做人的本分之一。

风不能把阳光打败

"但是"这个连词,好似把皮坎肩缀在一起的丝线,多用在一句话的后半截,表示转折。

比方说:你这次的考试成绩不错,但是——强中自有强中手。

比方说:这女孩身材不错,但是——皮肤黑了些。

不知"但是"这个词刚发明的时候,对它前后意思的分量,大致公允?也就是说,它只是一个单纯纽带,并不偏谁向谁。后来在长期的使用磨损中,悄悄变了。无论在它之前,堆积了多少褒词,"但是"一出,便像洒了盐酸的污垢,优点就冒着泡沫没了踪影。记住的总是贬义,好似爬上高坡,没来得及喘口匀气,"但是"就不由分说把你推下了谷底。

"但是"成了把人心捆成炸药包的细麻绳,成了马上有冷水泼面的前奏曲。让你把面前的温暖和光明淡忘,只有振起精神,迎击扑面而来的顿挫。

其实,所有的光明都有暗影,"但是"的本意,不过是强调事物立体。可惜日积月累的负面暗示,"但是"这个预报一出,就抹去了喜色,忽略了成绩,轻慢了进步,贬斥了攀升。

一位心理学家主张大家从此废弃"但是",改用"同时"。

比如我们形容天气的时候,早先说:今天的太阳很好,但是风很大。

今后说:今天的太阳很好,同时风很大。

最初看这两句话的时候,好像没有多大差别。你不要急,轻声地多念几遍,那分量和语气的韵味,就体会出来了。

但是风很大——会把人的注意力凝固在不利的因素上。觉着太阳好不是件值得高兴的事情,风大才是关键。借助了"但是"的威力,风把阳光打败。

同时风很大——它更中性和客观,前言余音袅袅,后语也言之凿凿。不偏不倚,公道而平整。它使我们的心神安定、目光精准,两侧都观察得到,头脑中自有安顿。

一词背后,潜藏着的是如何看待世界和自身的目光。

花和虫子,一并存在。我们的视线降落在哪里?

"但是",是一副偏光镜,让我们聚焦在虫子,把它的影子放得浓黑硕大。

"同时",是一个透明的水晶球,均衡地透视整体。既看见虫子,也看见无数摇曳的鲜花。

尝试着用"同时"代替"但是"吧。时间长了,你会发现自己多了勇气,因为情绪得到保养和呵护。你会发现拥有了宽容和慈悲,因为更细致地发现了他人的优异。你能较为敏捷地从地上爬起,因为看到沟坎的同时也看到了远方的灯火……

人可以最大限度地逼近真实

朋友给我讲过这样一个故事。

他祖父小的时候,很聪明,也很有毅力,学业有成,正欲大展宏图之际,曾祖将他叫了去,拿出一个古匣。对他说,孩子,我有一件心事,终生未了。因为我得到它们的时候,一生的日子已经过了一半,剩下的时间,不够我把它做完了。做学问,就要从年轻的时候着手,我要是交给你一件半成品,不如让你从头开始。

原委是这样。早年间,江南有一家富豪,酷爱藏书。他家有两册古时传下的医书,集无数医家心血之大成,为杏林一绝。富豪视若珍宝,秘不传人,藏在书楼里,难得一见。后来,富豪出门遇险,一位壮士从强盗手里救了他的性命,富豪感恩不尽,欲以斗载的金银相谢。壮士说,财宝再多,再贵重,也是有价的。我救了你,你的命无价。富豪说,莫非壮士还要取了我的命去?壮士大笑说,我不是要你的命,是想用你的医书,救普天下人的性命。富豪想了半天,说,我可以将医书借给你三天,但是三日后的正午,你必得完璧归赵。说罢,命人从嵯峨的木质书楼里,将饱含檀香气味的医书捧了出来。

壮士得了书后,快马加鞭急如星火地赶回家,请来乡下的诸位学子,连夜赶抄医书。书是孤本,时间又那样紧迫,荧荧灯火下,抄书人目眦尽裂,总算在规定时间之内,依样画葫芦地描了下来。壮士把医书还了富豪,长出一口气,心想从此以后,便可以用这深锁在豪门的医学宝典,造福于天下黎民了。

谁知,抄好的医书拿给医家一看,才知竟是不能用的。医家以人的性命为本,亟须严谨稳当。这种在匆忙之中由外行人抄下的医方,讹脱衍倒之处甚多,且错得离奇,漏得古怪,寻不出规律,谁敢用它在病人身上做试验呢?

壮士造福百姓之心不死,急急赶回富豪家。想晓以大义,再请富豪将医书出借一回,这一次,请行家高手来抄,定可以精当了。当他的马冷汗涔涔到达目的地时,迎接他的是冲天火光。富豪家因遭雷击燃起天火,藏书楼内所有的典籍已化为灰烬。

从此这两册抄录的医书,就像鸡肋,一代代流传了下来。没有人敢用上面的方剂,也没有人舍得丢弃它。书的纸张黄脆了,布面断裂了,后人就又精心地誊抄一遍。因为字句的文理不通,每一个抄写的人都依照自己的理解,将它订正改动一番,闹得愈加面目全非,几成天书。

曾祖的话说到这里,目光炯炯地看着祖父。

祖父说,您手里拿的就是这两册书吗?

曾祖说,正是。

祖父说,您是要我把它们勘出来?

曾祖说,我希望你能穷毕生的精力,让它死而复生。但你只说对了一半,不是它们,是它。工程浩大,你这一辈子,是无法同时改正两本书的。现在,你就从中挑一本吧。留下的那本,只有留待我们的后代子孙,再来辨析正误了。

祖父看着两本一模一样的宝蓝色布面古籍，费了斟酌。就像在两个陌生的美女之中，挑选自己终身的伴侣，一时不知所措。

随意吧。它们难度相同，济世救人的功用也是一样的。曾祖父催促。

祖父随手点了上面的那一部书。他知道从这一刻，这一个动作，就把自己的一生，同一方未知的领域，同一个事业，同一种缘分，紧紧地粘在一起。

好吧。曾祖把祖父选定的甲册交到他手里，把乙册收了起来，不让祖父再翻。怕祖父三心二意，最终一事无成。

祖父没有辜负曾祖的期望，皓首穷经，用了整整半个世纪的时间，将甲书所有的错漏之处更正一新。册页上临摹不清的药材图谱，他亲自到深山老林一一核查。无法判定成分正误的方剂，他采集百草熬药炼成汤，以身试药，几次昏厥在地。为了一句不知出处的引言，他查阅无数典籍……那册医书就像是一盘古老石磨的轴心，天文地理古今中外，凡是书中涉及的知识，祖父都用全部心血一一验证，直至确凿无疑。祖父的一生围绕着这册古医书旋转，从翩翩少年一直变作鬓发如雪。

按说祖父读了这许多医书，该能成为一代良医。但是，不。祖父的博学只为那一册医书服务，凡是验证正确的方剂，祖父就不再对它们有丝毫留恋，弃而转向新的领域探索。他只对未知事物和纠正谬误有兴趣，一生穷困艰窘，竟不曾用他验证过的神方医治过病人，获得过收益。

到了祖父垂垂老矣的时候，他终于将那册古书中的几百处谬误全部订正完了。祖父把眼睛从书上移开，目光苍茫，好像第一次发现自己已走到生命的尽头。

人们欢呼雀跃,毕竟从此这本伟大的济世良方,可以造福无数百姓了。

但敬佩之情只持续了极短的一段时间。远方出土了一座古墓,里面埋藏了许多保存完好的古简,其中正有甲书的原件。人们迫不及待地将祖父校勘过的甲书和原件相比较,结果是那样令人震惊。

祖父校勘过的甲书,同古简完全吻合。

也就是说,祖父凭借自己惊人的智慧和毅力,以广博的学识和缜密的思维,加之异乎寻常的直觉,像盲人摸象一般在黑暗中摸索,将甲书在漫长流传过程中产生的所有错误全改正过来了。

祖父用毕生的精力,创造了一项奇迹。

但这个奇迹,又在瞬忽之间烟消灰灭,毫无价值。古书已经出土,正本清源,祖父的一切努力,都化为劳而无功的泡沫。人们只记得古书,没有人再忆起祖父和他苦苦寻觅的一生。

讲到这里,朋友久久地沉默着。

古墓里出土了乙医书的真书吗?我问。

没有。朋友答。

我深深地叹息说,如果你的祖父在当初选择的那一瞬间,挑选了乙书,结果就完全不一样啊。

朋友说,我在祖父最后的时光,也问过他这个问题。祖父说,对我来讲,甲书乙书是一样的。我用一生的时间,说明了一个道理,人只要全力以赴地钻研某个问题,就有可能最大限度地逼近它的真实。

祖父在上天给予的两个谜语之中,随手挑选了一个。他证明了人的努力,可以将千古之谜猜透。

这已经足够。

倾听灰姑娘

一位女友在国外做心理医生。回得国来,与我闲谈。说起她对许多心理疾患久治不愈的美国人,竭力推荐中国的一种疗法。

我说,是某种中药吧? 中医对许多莫名其妙的病症,颇有奇异的效果。

她抿嘴一笑说,不是。这疗法,不用口服不必注射,像我们这个年纪的中国人,操作起来都是极娴熟的。

没想到不知不觉中还有绝技在身,忙问到底是怎样的疗法。

就是谈心啊。当年我们俩不是结成对子,常常在操场边的葡萄架下,谈天到深夜吗? 各自的家庭,心里的一闪念,还有苦恼和希望,都漫无边际地聊个够……直到现在,我的鼻子在大洋彼岸,在睡梦中,还时时会闻到篮球架旁的沙枣花香,那是一种无法形容的蛊惑人心的醉气。

我说,谈心这件事,现在的名声可不大好。过去许多人把谈心得来的材料,当成子弹,打了小汇报,酿出了无数冤案。人们如今都牢记老祖宗的教导,逢人只说三分话,未敢全抛一片心,哪里还有痛彻肺腑的聊天?

倘若是男人吗,还有一个放松的机会,那就是三五知己喝醉了酒,吐出几分真言,女人就只好憋在肚里,让那些心里话横冲直撞,直到把自己的神经撞出洞来。再说这也是社会的一种进步,我们好不容易得到了隐私权,岂能拱手相让?

女友笑起来说,隐私权是一种权利,你愿意用就用,不愿用就不用,自由在你手里啊。好比离婚这种权利,对于和和美美的夫妻来说,就可以闲置在那里。再者人家逼迫你说出隐私,和你自愿地倾诉心曲,实在是两回事。

其实越是隐私,对人心理的压力就越大,就越要有正常的宣泄渠道。随着社会物质文明的进步,人们对自己的生理健康越来越关注。哪怕微风吹落了草帽,也要赶快吞几片感冒药预防。但人们对自己的心理关怀太不够了,它就像一个褴褛的灰姑娘,躲在角落里。可这个灰姑娘是会发脾气的,一旦疯狂起来,将给我们带来巨大的痛苦。

她忽然转换了话题说,假如你和你的先生吵了架,你怎么办?

我说,那我就不理他。

她问,你和别人谈起吗?

一般不说。家丑不可外扬啊。我叹一口气。

她说,你跟我说了心里话,我也跟你说。在美国,假如我突然和我的先生吵了架,我会马上去找我的心理医生。

我说,你自己不就是医生吗,还要找别人干什么?

她笑笑说,心理医生也和别的医生一样,自己是不能给自己看病的。夫妻吵架表面上看来都是因为极小的事情,但下面常常潜伏着由来已久的情感危机。

假如我们不想分手,就一定要把这股暗流找出来,清醒地对待它、排解它。但心理医生在美国收费十分昂贵。

我说,主意虽好,只是咱们连小康尚未达到,第三世界消费不起,有没有自力更生白手起家的法子?

女友说,有啊,这就是谈心。其实心理医生也是和病人谈心聊天,只不过更专业更精彩一些。女性应该多有几个朋友,至少也要有一个你可以面对她哭泣的女人。

我指的不是那种萍水相逢或是生意场上权利上因为利害关系结成的伙伴,而是交往多年知根知底善解人意的朋友。

你说起了一片叶子,她就知道风从哪里来。哪怕你婚后爱上了另一个男人,你也用不着分辨自己不是一个坏女人,要商讨的只是应该怎样办……她真诚而善良,绝不会把你的故事流传。精心的信任和感情,就是不花钱的心理医生。友谊是一种像水一般互相流动的物质。这一次你给予了我,下一次我给予你。

我说,明白你的意思了,让我们倾听对方心中的灰姑娘。

分手的时候,她对我说,肝胆相照温暖亲切的谈心遵循着一条美好的定律。那就是——和朋友分享:

快乐是传染的,起码可以加倍。

痛苦是隔绝的,至少可以减半。

寻觅优秀的女人

寻觅优秀的女人

女人占了人类的一半。这个数字是多少?假定人类有六十亿,广义的女人(从垂垂老妪到嗷嗷待哺的女婴)就有三十亿。假如我们把女孩的年龄界定在十五岁至三十岁,大约占女人总人数的五分之一吧,那也有六个亿了。

望漫天霞霓,俯苍茫人寰,常常想,这其中最优秀的女人该有多少?

优秀的女人首先该是善良的。

之所以把善良排得唯此为大,是因为这个世界残酷太多。权力场,金钱场,情场,战场……到处弥漫着硝烟,到处流淌着血污。在温文尔雅的面纱下,潜伏着充满杀机的眼睛。优秀的女孩赋有净化灵魂的使命,她们像明矾一样,使世界变得澄清。她们的血像油一般润滑了车轮,历史艰难地向前滚动。女人的善良是人类温情的源泉。

善良的女人知多少?

这个比例实在是不敢高估。女性其实是极不易保持善良的。她们遭受的屈辱多,她们自身的负担重。在被伤害之后,易滋生出火焰一样的报复。在悲伤之余,常在凄冷的黑夜咬牙切齿,对整个生活发出女巫般的诅咒。

原谅我,女人们。虽然我很想说出一个有关你们善良的高比例,犹如我们面对一块待检的金石,报出它是十金足赤。但事实是,历经磨难而终不改善良本性的女人,像一道穿流污浊仍清澈见底的小溪,其实是很罕见的。苍老的夫人多见狞恶之色、琐碎之色、猥琐之色,就是明证。

优秀的女人其次应该是智慧的。

女人比男人更需要智慧,因为她们是更柔软的动物。智慧是优秀女人贴身的黄金软甲,救了自身才可救旁人。没有智慧的女人,是一种通体透明的藻类,既无反击外界侵袭的能力,又无适应自身变异的对策,她们是永不设防的城市。智慧是女人纤纤素手中的利斧,可斩征途的荆棘,可斩身边的赘物。面对波光诡谲的海洋,智慧是女儿家永不凋谢的白帆。优秀的智慧的女性,代表人类的大脑半球,对世界发出高亢而略带尖锐的声音,在每一面山壁前回响。

但女人难得智慧。她们多的是小聪明,少的是大清醒。过多的脂粉模糊了她们的眼睛,狭隘的圈子拘谨了她们的想象。她们的嗅觉易在甜蜜的语言中迟钝,她们的脚步易在扑朔的路径中迷离。智慧不单单是天赋的独生女,她还是阅历、经验、胆魄三位共同的学生。智慧是一块璞,需要雕琢。而雕琢需要机遇。

不是每一块宝石都会璀璨,不是每一粒树种都会挺拔。

我是一个保守的农人。面对一块贫瘠土地上的麦苗,实在不敢把收成估计得太好。智慧的女人通常比我们想象的要少。

优秀的女人还需要勇气。

在这颗小小的星球上,什么矛盾都不存在了,男人和女人的矛盾依然欣欣向荣。交战的双方永远互相争斗,像绳子拧出一个个前进的螺纹。假如你是一个优秀的女人,无论你朝哪个领域航行,或迟或早你将遭遇这个世界上最优秀的男人。不要奢望有一处干燥的麦秸可供你依傍,不要总在街上寻找古旧的屋檐避雨。当你不如一个男人的时候,他会宽宏大量地帮助你,当你超过一个男人的时候,他会格外认真地对抗你。这不知是优秀女人的幸与不幸?善良的智慧的有勇气的女人,要敢在黑暗的旷野独自唱着歌走路,要敢在没有桥没有船也没有乌鸦的野渡口,像美人鱼一般泅过河。

这个比例有多少?

望着越来越稀疏的队伍,我真不忍心将筛孔做得太大。但女人天性胆小,就像含羞草乐意把叶子合起来一样,你不能苛求她们。

现在,在漫长阶梯上行走的女人已经不多了。

最后让我们来说说美丽吧。

在这样艰苦的跋涉之后再来要求女人的美丽,真是一种残酷。犹如我们在暴风雨以后寻找晶莹的花朵。

但女人需要美丽。美丽是女人最初也是最终的魅力。不美丽的女人辜负了造物主的青睐,她们不是世上的风景,反倒成了污染。

何谓美丽?一千个人有一千种说法,我只能扔出我的那一块砖。

美丽的女人首先是和谐的。面容的和谐,体态的和谐,灵与肉的和谐。美丽并非一些精致巧妙的零件的组合,而是一种整体的优美。甚至缺陷也是一种和谐,犹如月中的身影。那不是皓月引发无数遐想最确实的物质基础吗?和谐是一种心灵向外散发的光辉,它最终走向圣洁。

美丽其次应该是柔和的。太辛辣太喧嚣的感觉不是美,而是一种刺激。优秀女人的美丽像轻风,给世界以潜移默化的温馨。当然它也容纳篝火一般的热情。可是你看,跳动的火苗舒卷的舌头是多么的柔和,像嫩红的枫叶,像浸湿的红绸。激情的局部仍旧是细致而绵软的。

美丽的女人应该是持久的。凡稍纵即逝的美丽都不是属于人的,而是属于物的。美丽的女人少年时像露水一样纯洁,青年时像白桦一样蓬勃,中年时像麦穗一样端庄,老年时像河流的入海口,舒缓而磅礴。

美丽的女人经得起时间的推敲。时间不是美丽的敌人,而只是美丽的代理人。它让美丽在不同的时刻呈现出不同的状态,从单纯走向深邃。

女人的美丽不是只有一根蜡烛的灯笼,它是可以不断燃烧的天然气。时间的掸子轻轻扫去女人脸上的红颜,但它是有教养的,还女人一件永恒的化妆品——叫做气质。可惜有的女人很傻,把气质随手丢掉了。

也许可以说,所有美好的女人都是美丽的。

我在女性的群体里砌了一座金字塔,它是我心目中的女性黄金分割图。

这样一路算下来,优秀的女人多乎哉?不多也。

是不是我的比例过于苛刻?是不是我对世界过于悲观?是不是我看女人的暗影太多?是不是优秀和平庸原不该分得太清?

现代的世界呼唤精品。女士们买一个提包都要求质量上乘,为什么我们不寻求自身的优秀?

优秀的女人也像冰山,能够浮到海面上的只有庞大体积的几十分之一。精品绝不会太多,否则就是赝品或是大路货了。

难道女人不该像拥有眼睛一样拥有善良吗?难道没有智慧的女人不是像没有翅膀的鸟儿一样无法翱翔?难道坚忍不拔果敢顽强对于女人不是像衣衫一般重要?难道女人不是像老妪爱惜自己最后一颗牙齿一样爱惜美丽?

让我们都来力争做一个优秀的女人吧。为了世界更精彩,为了自己更完美,为了和时间对抗,为了使宇宙永恒。

每一天都去播种

朋友,当我看你的信的时候,是一个阴雨绵绵的早上。我仿佛听到你在远处悠长的叹息。我认识很多这样的女人,青春已永远驶离她们的驿站,只把白帆悬挂在她们肩头。在辛劳了一辈子之后,突然发现整个世界已不再需要自己。她们堕入空前的大失落,甚至怀疑自己生存的意义。

女人,你究竟为谁生活?

当我们幼小的时候,我们是为父母而活着的。我们亲昵的呼唤，我们乖巧的举动，我们帮母亲刷锅洗碗，我们优异的成绩给父亲带来欣喜……女孩以为这就是生存的意义。

当我们青春的时候，我们是为工作和知识而活着。我们读书，我们学习，我们在自己的岗位上努力地工作着，我们得各式各样的奖状……女人以为这就是生存的意义。

当我们和人类的另一半结合在一个屋檐下的时候，我们以为太阳会在每一个早上升起，风暴会被幸福隔绝在遥远的天际。我们以丈夫的事业为自己的事业，无私地贡献出自己的一切。遵循美德，妻子以为这就是生存的意义。

当我们有了自己的孩子以后，我们视孩子胜过自己的生命。在母亲和孩子的冲突中，女人是永远的弱者。在干渴中，只要有一口水，母亲一定会把它喂给孩子。在风寒中，只要有一件衣，母亲一定会披在孩子的身上……母亲以为孩子就是自己生存的意义。

终于，丈夫先我们而去，孩子已展翅飞翔。岗位上已有了更年轻的脸庞，整个世界已把我们遗忘。

这个时候，不管你有没有勇气问自己，你都必须重新回答：为谁而生存？

丈夫孩子事业……这些沉甸甸的谷穗里，都有女人的汗水，但它们毕竟不是女人自身。女人是属于自己的，暮年的女人，像秋天的一株白杨，抖去纷繁的绿叶，露出树干上智慧的眼睛，独自探索生命的意义。

生命对于每个人，都是上苍只有一次的馈赠。女人要格外珍惜生存的机遇，因为她们的一生更多艰难。我们是为了自己而生活着，不是为其他的任何人。尽管我们曾经如此亲密，尽管我们说过不分离。但生命是单独的个体，无论怎样血肉交融，我们必须独自面临世界的风雨。

女人要学会播种,即使是在一个没有收获的季节。女人太习惯以谷穗衡量是否丰收,殊不知有时播种就是一切。开心的钥匙不是挂在山崖上,就在我们伸手可及的地方。

只要你感到是为自己而生活,世界也许就会在眼中变一个样子。写文章,为什么一定要发表?自己对自己倾诉,会使心灵平和。练书法,为什么一定要展览?凝神屏气地书写,就是与天地古今的交融。教学生,为什么一定要到学校?做善事,为什么一定要别人知晓?

生命是朴素的,它让女人领略了旖旎的风光之后,回归到原始的平静。在这种对生命本质的探讨中,女人更深刻地认识自身的价值。

在生命所有的季节播种,喜悦存在于劳动的过程中。

家　问

家是什么?

家会很小很小,螺蛳壳是蜗牛的家。家会很大很大,宇宙是星的家。

家会很轻很轻,像一粒浮尘,被人一指弹掉,不留一丝痕迹。家会很重很重,像一座铅山,压在脊上,寸步难行。

家会很快乐很幸福,像一眼不老的喜泉。家会很凄楚很悲凉,像一汪深不可测的泪潭。

问年轻人:家是什么?

他们回答:家是粉红色的玫瑰,有刺更有蕾。家是甜蜜的吻、热烈的拥抱、柔情似水的情话和思念时的邮票。

问中年人:家是什么?

他们回答:家是心灵与肉体的港湾,能停泊万吨巨轮也能栖息独木小舟。家是无私的付出与接纳,家是脱去疲劳的热水澡。家是一个苹果,你一大口,我一小口。家是一副重担,我愿这边的力臂短,你那边的力臂长。

问老年人:家是什么?

他们回答:家是黄昏湖边的搀扶,家是灯下互相剪去丝丝白发。家是一件旧风衣,风也是它雨也是它。家是虽非一见钟情,却望白头偕老的漫漫旅程。家是墓前的一枝黄菊。

问孩子:家是什么?

他们回答:家是妈妈柔软的手和爸爸宽阔的肩膀,家是一百分时的奖赏和不及格时的斥骂。家是可以耍赖撒谎当皇帝,也得俯首听命当奴隶的地方。家是既让你高飞又用一根线牵扯的风筝轴。

问情人:家是什么?

他们回答:家是舔着伤口的两只狼,家是荷尔蒙的汹涌分泌。家是一日不见,如隔三秋。家是猜忌、争执、思恋、指责的杂耍场。家是枕边泪窗前月,家是今夜你会不会来?

问养家的人:家是什么?

他说:家不是勋章,你挂在胸前,别人也看不见。家是一条暗地里逼你不断挣钱的鞭子,直抽得你遍体鳞伤。

问弃家的人:家是什么?

她说:家是一种能力、一种学习。我自忖无力从那里毕业,就中途逃亡了。

问无家的人:家是什么?

他说:家是羁绊,家是约束,家是熄灭人创造激情的沼泽地,家是一种奢侈的靡费。

问恋家的人:家是什么?

她说:家是树上的喜鹊窝。纵然世界毁灭了,只要家在,依然有一切。

问恨家的人:家是什么?

他说:家是爱情的终点,家是英雄气短的坟墓。家是累赘,家是负担。家是挂在你项上的枷锁,家是你自卖自身的契约。

我不知世上还有另外的场所,会如此众说纷纭,褒贬不一。

纵观家庭,是大千世界的缩影。人们在家中卸去重重角色的面具,露出天然嘴脸,最坦率最赤裸。人性的善与丑,方寸之间,纤毫毕现。一代伟人,能治理好一个国,未必能调理好一个家。能统率千军万马的将军,可能是妇孺裙钗下的败将。

有人以为家是最自由最放任的所在,可以放荡不羁。其实,家是最考验责任感的圣坛。对一个你所挚爱的人,都不忠诚,你还能为世人所信吗?对一个托付终身的人,都无法负起责任,你还能承诺他人的期嘱吗?连自己的一脉血缘都不能照料和抚育,你还能爱国爱民吗?在家中,我们看到了太多的丑恶。对亲人施暴的人,不可能对他人仁慈。在家中阴郁的人,不可能对太阳微笑。在家中诡计多端的人，不可能真诚对待友人。在家中粉饰虚伪的人，不可能直面惨淡人生。

如果没有准备好，请不要撕下走进家庭的门票。如果没有爱自己也爱他人的能力，请不要构造家庭的地基。

很多人抱着从家庭掠取支援的动机，匆匆为自己寻一个可供汲取能量的后勤仓库。殊不知，家庭不是无中生有变出魔力的黑斗篷。家庭的温暖，先要无私无偿地培养和付出，然后才像春草，毛茸茸地生长起来。一旦失了爱情的滋养，再稳固的家也会很快风化。爱的力量，有时很巨大，有时很贫瘠，全看你是否以心血灌溉。

家庭里如果没有神圣感和勇气，请别要孩子。

家庭缔结之时，并不是简单男女人数相加，而是诞生了另样的结构，一个崭新的物种。这个物种的花朵和果实，就是孩子。

一花一世界，一家一宇宙。婴儿降临世上，家是包裹他的蛹壳。倘若家中注满健康的爱的花粉，他就吸吮着它，用爱滋养构建着自己的听觉、嗅觉、知觉，渐渐地酿成心中小小的蜜盏。在爱中长大的孩子，爱是他的羽衣，爱是他的长矛。在爱中蓬勃成长的孩子，他看天下，就比较地明朗。他看人性，就比较地乐观。他看自身，就比较地尊严。他看他人，就比较地客观。他看丑恶，就比较地勇敢。他看前途，就比较地光明。他看事物，就比较地冷静。他看死亡，就比较地泰然。

在纷乱和丑恶的气氛中成长的孩子，是伪劣家庭的痛苦产品。他们在家中最先看到并习得的待人处世经验，是破碎疏离和粗暴残酷。他们是那样幼小，缺乏分辨的能力，以为这就是人世间的模型。当他们走进社会的时候，会不由自主地以不良家庭的模式对待他人,将紊乱与不协传染到更远的范畴。更令人惊惧的是,来自不完美家庭的孩子们,彼此具有病态的吸引力,仿佛冥冥中有一块恶作剧的磁石,牵引性格有缺憾的男女,格外同病相怜,迫不及待地走到一起。病态中建立的家庭,如履薄冰,全是悲剧。如果不能卓有成效地打断铰链,这种会伤人的家庭,就像顽强的稗草,代代相传,贻害无穷。

家可以很单纯,一个人也是一个完整的家。家可以很复杂,整个地球是一个共同的屋顶。

家啊,是理解奉献思念呵护,是圣洁宽容接纳和谐,是磨合欣赏忠诚沟通,是心心相印浪漫曲折生死相依海角天涯。

何时才能外柔内刚

在咨询室米黄色的沙发上,安坐着一位美丽的女性。她上身穿着宝蓝绸衣,衣襟上一枚鹅黄水晶的水仙花状胸针熠熠发亮。下着一条乳白色的宽松长裤,有一种古典的恬静花香一般弥散出来。服饰反射着心灵的波光,常常从来访者的衣着中就窥到她内心的律动。但对这位女性,我着实有些摸不着头脑。她似乎是很能控制自己的情绪,安宁而胸有成竹,但眼神中有些很激烈的精神碎屑在闪烁。她为何而来?

您一定想不出我有什么问题。她轻轻地开了口。

我点点头。是的,我猜不出。心理医生是人不是神。我耐心地等待着她。我相信她来到我这儿,不是为了给我出个谜语来玩。

她看我不搭话,就接着说下去。我心理挺正常的,说真的,我周围的人有了思想问题都找我呢!大伙儿都说我是半个心理医生。我看过很多心理学的书,对自己也有了解。

她说到这儿,很注意地看着我,我点点头,表示相信她所说的一切。是的,我知道有很多这样的年轻人,他们渴望了解自己也愿意帮助别人。但心理医生要经过严格的系统的训练,并非只是看书就可以达到水准的。

我知道我基本上算是一个正常人,在某些人的眼中,我简直就是成功者。有一份薪水很高的工作,有一个爱我,我也爱他的老公,还有房子和车。基本上也算是快活,可是,我不满足。我有一个问题——就是怎样才能做到外柔内刚?

我说,我看出你很苦恼,期望着改变。能把你的情况说得更详尽一些吗?有时,具体就是深入,细节就是症结。

宝蓝绸衣女子说,我读过很多时尚杂志,知道怎样颔首微笑怎样举手投足。您看我这举止打扮,是不是很淑女?我说,是啊。

宝蓝绸衣女子说,可是这只是我的假象。在我的内心,涌动着激烈的怒火。我看到办公室内的尔虞我诈,先是极力地隐忍。我想,我要用自己的善良和大度感染大家,用自己的微笑消弭裂痕。刚开始我收到了一定的成效,大家都说我是办公室的一缕春风。可惜时间长了,春风先是变成了秋风,后来干脆成了西北风。我再也保持不了淑女的风范,开业务会,我会因为不同意见而勃然大怒,对我看不惯的人和事猛烈攻击,有的时候还会把矛头直接指向我的顶头上司,甚至直接顶撞老板。出外办事也是一样,人家都以为我是一个弱女子,但没想到我一出口,就像子弹上了膛的机关枪,横扫一气。如果我始终是这样也就罢了,干脆永远的怒目金刚也不失为一种风格。但是,每次发过脾气之后,我都会飞快地进入后悔的阶段,我仿佛被鬼魂附体,在那个特定的时辰就不是我了,而是另一个披着我的淑女之皮的人。我不喜欢她,可她又确确实实是我的一部分。

看得出这番叙述让她堕入了苦恼的渊薮,眼圈都红了。我递给她一张面巾纸,她把柔柔的纸平铺在脸上,并不像常人那般上下一通揩擦,而是很细致地在眼圈和面颊上按了按,怕毁了自己精致的妆容。待她恢复平静后,我说,那么你理想中的外柔内刚是怎样的呢?

宝蓝绸衣女子一下子活泼起来,说我给您讲个故事吧。那时我在国外,看到一家饭店冤枉了一位印度女子,明明道理在她这边,可饭店就是诬她偷拿了某个贵重的台灯,要罚她的款。大庭广众之下,众目睽睽的,非常尴尬。要是我,哼,必得据理力争,大吵大闹,逼他们拿出证据,否则决不甘休。那位女子身着艳丽的纱丽,长发披肩,不愠不火,在整个两个小时的征伐中,脸上始终挂着温婉的笑容,但是在原则问题上却是丝毫不让。面对咄咄逼人的饭店侍卫的围攻,她不急不恼,连语音的分贝都没有丝毫的提高,她不曾从自己的立场上退让一分,也没有一个小动作丧失了风范,头发丝的每一次拂动都合乎礼仪。

那种表面上水波不兴骨子里铮铮作响的风度,真是太有魅力啦!宝蓝绸衣女子的眼神充满了神往。

我说，我明白你的意思了，你很想具备这种收放自如的本领。该硬的时候坚如磐石，该软的时候绵若无骨。

她说，正是。我想了很多办法，真可谓煞费苦心，可我还是做不到。最多只能做到外表看起来好像很镇静，其实内心躁动不安。

我说，当你有了什么不满意的时候，是不是很爱压抑着自己？宝蓝绸衣女子说，那当然了。什么叫老练，什么叫城府，指的就是这些啊。人小的时候天天盼着长大，长大的标准是什么？这不就是长大嘛！人小的时候，高兴啊懊恼啊，都写在脸上，这就是幼稚，是缺乏社会经验。当我们一天天成长起来，就学会了察言观色，学会了人前只说三分话，未可全抛一片心。风行社会的礼仪礼貌，更是把人包裹起来。我就是按着这个框子修炼的，可到了后来，我天天压抑着自己的真实情感，变成一个面具。

我说，你说的这种苦恼我也深深地体验过。在阐述自己观点的时候，在和别人争辩的时候，当被领导误解的时候，当自己一番好意却被当成驴肝肺的时候，往往就火冒三丈，也顾不得平日克制而出的彬彬有礼了，也记不得保持风范了，一下子义愤填膺，嗓门也大了，脸也红了。

听我这么一说，宝蓝绸衣女子笑起来说，原来世上也有同病相怜的人，我一下子心里好过了许多。只是后来您改变了吗？

我说，我尝试着改变。情绪是一点一滴积累起来的，我不再认为隐藏自己真实的感受，是一项值得夸赞的本领。当然了，成人不能像小孩子那样，把所有的喜怒哀乐都写在脸上，但我们的真实感受是我们到底是一个怎样的人的组成部分。如果我们爱自己，承认自己是有价值的，我们就有勇气接纳自己的真实情感,而不是笼统地把它们隐藏起来。一个小孩子是不懂得掩饰自己的内心的,所以有个褒义词叫做"赤子之心"。当人渐渐长大,在社会化的过程中,学会了把一部分情感埋在心中。在成长的同时,也不幸失去了和内心的接触。时间长了,有的人以为凡是表达情感就是软弱,要把情感隐蔽起来,这实在是人的一个悲剧。

我们的情感,很多时候是由我们的价值观和本能综合形成的。压抑情感就是压抑了我们心底的呼声。中国古代就知道,治水不能"堵",只能疏导。对情绪也是一样,单纯的遮蔽只能让情绪在暗处像野火的灰烬一样,无声地蔓延,在一个意想不到的地方猛地蹿出凶猛的火苗。这个道理想通之后,我开始尊重自己的情绪,如果我发觉自己生气了,我不再单纯地否认自己的怒气,不再认为发怒是一件不体面的事情,也不再竭力用其他的事件分散自己的注意力。因为发自内心的愤怒在未被释放的情况下,是不会像露水一样无声无息地渗透到地下销声匿迹,它们潜伏在我们心灵的一角,悄悄地发酵,膨胀着自己的体积,积攒着自己的能量。如果我发觉自己生气了,就会很重视内心感受,我会问自己,我为什么而生气?找到原因之后,我会认真地对待自己的情绪,找到疏导和释放的最好方法,再不让它们有长大的机会。

举个小例子,有一段时间我一听到东北人说话的声音心中就烦,经常和东北人发生摩擦,不单在单位里,就是在公共汽车上或是商场里,也会和东北籍的乘客或是售货员争吵。终于有一天,我决定清扫自己这种恶劣的情绪。我挖开自己记忆的坟墓,抖出往事的尸骸。那还是我在西藏当兵的时候,一个东北人莫名其妙地把我骂了一顿,反驳的话就堵在我的喉咙口,但一想到自己是个小女兵,他是老兵,我该尊重和服从,吵架是很幼稚而不体面的表现,就硬憋着一言不发。那愤怒累积着,在几十年中变成了不可理喻的仇恨,后来竟到了只要听到东北口音就过敏反感,非要吵闹才可平息心中的阻塞,造成了很多不必要的误会。

我把我的故事对宝蓝绸衣女子讲完了,她说,哦,我有了一些启发。外柔内刚的柔只是表象,只是技术,单纯地学习淑女风范,可以解决一时,却不能保证永远。这种皮毛的技巧,弄巧成拙也许会使积聚的情绪无法宣泄,引起某种场合的失控。外柔需要内刚做基础,而内刚不是从天上掉下来的,是靠自我的不断探索。

我说你讲得真好,咱们都要继续修炼,当我们内心平和而坚定的时候,再有了一定表达的技巧,就可以外柔内刚了。

娘 间 谍

我和她的相识,有点意思。我称她"娘间谍"——是她自己告诉我这个绰号的。我从小就很惊叹间谍的手段和意志力。

那天上班时分,传达室打来电话说,有一位女人,说是你的亲戚,找上门来,你见不见?我说,是什么亲戚呢?师傅说,她支支吾吾地说不清楚,我们觉得很可疑。你直接问她吧,检验一下。要是假冒伪劣,我们就打发她走。

传达室的师傅说着把话筒递给了那女人。于是我听到一个低低的气声,耳语一般说,毕作家,我不是你亲戚,可是我有重要的事情要对你说……啊,你怎么不记得我了呢,真是贵人多忘事啊!表姑全家还让我问你好呢,你赶快跟传达室的师傅说一下,让我上楼吧,他们可真够负责的了,不见鬼子不拉弦……师傅,您来听本人说吧……

后半截的声音明显放大,看来是专门讲给旁人听的。我于是乖乖地对传达室同志说,她是我亲戚,请让她进来。谢谢啦!

几分钟后,她走进门来。个子不高,衣着普通,五官也是淡而无奇的那种,没有丝毫特色。叫人疑惑刚才那番精彩的表演,是否出自这张平凡的面庞。

她不客气地坐下,喝茶。说,一个作家,又好找又不好找。说好找吧,是啊,报上有你的名字,实实在在的一个人,电脑这么发达了,找个人,按说不难。可是,具体打听起来,报社啊、编辑部啊,又都不肯告诉你,好像我是个坏人似的……

我说,真是很抱歉。

她笑起来说,你道的什么歉呢?又不是你让他们不告诉我的。再说,这也难不住我,我在家里专门搞侦破,我女儿送我一个外号,叫——"娘间谍"。

我目瞪口呆。半晌说,看来,你们家冷战气氛挺浓的啊。

她收敛了笑容说,要不我还不找你来呢!你能不能帮帮我?

我说,到底出了什么事?

她说,我就这一个女儿。我丈夫和我都是高工,就像优良品种的公鸡母鸡就生了一个鸡蛋,你说,我能不精心孵化吗?

从小我就特在意女儿的一言一行。小孩子要是发烧,三等的父母是用体温表,水银柱蹿得老高了,才知道大事不好。二等的家长是用手摸,呦!这么烫啊!方发觉孩子有病了。我是一等的母亲,我只要用眼角这么一扫,孩子眼珠似有水汽,颧骨尖上泛红,鼻孔扇着,那孩子准是发烧了,我这眼啊,比什么体温表都灵。

女儿小的时候,特听我的话。甭管她在外面玩得多开心,只要我在窗台上这么一喊,她噌噌地拔腿就往家跑。有一回,跑太快,膝盖上磕掉了那么大一块皮,血顺裤腿流,脚腕子都染红了。邻居说,看把你家孩子急得,不过是吃个饭,又不是救火,慢点不行?我说,她干别的摔了,我心疼。往家跑碰了,我不心疼。听父母的话,就得从小训练,就跟那半个月之内的小狗似的,你教出来了,它就一辈子听你的。要是让它自由惯了,大了就扳不过来了。

左邻右舍都知道我有一个说一不二的女儿,我也挺满意的。现今都是一个孩子,我们今后就指着她了。让她永和父母一条心,就是自己最好的养老保险。

我忍不住打断她说,你这不是控制一个人吗?

她说,你说得对啊,不愧是作家,马上抓到了要害。要说我这个控制,还和一般的层次不一样。我做得不留痕迹。控制最基本的要素,就是掌握信息。叶利钦凭什么掌握着核按钮?不就是他比别人的信息知道得多吗?对儿女,你知道了他的信息,你就掌握了他的思想。你想让他和谁来往,不想让他和谁来往,不是手到擒来的事吗?比如她常和哪些同学联系,我并不直接问她,那样她就会反感。年轻人一逆反,完了,你让他朝东他朝西,满拧。我使的是阴柔功夫。我也不偷看她的日记,那多没水平,一下子就被发现了。现在的孩子,狡猾着呢。我呀,买了一架有重拨功能的电话机。她不是爱打电话吗,等她打完了,我趁她不在,啪啪一按,那个电话号码就重新显示出来了。我用小本记下来,等到没人的时候,再慢慢打过去,把对方的底细探来。这当然需要一点技巧,不过,难不倒我。

我点点头。不是夸奖这等手段,是想起了她刚在传达室对我的摆布。

她误解成赞同,越发兴致勃勃。

女儿慢慢长大了,上了大学,开始交男朋友。这可是一道紧要关口啊。我首先求一个门当户对,若是找个下岗女工的儿子,我们以后指靠谁呢?所以,我特别注重调查和她交往的男孩子的身世。一发现贫寒子弟,就把事态消灭在萌芽状态。

我说,这能办得到吗?恋爱的通常规律是——压迫越重,反抗越凶。

她说,我不会用那种正面冲突的蠢办法。我一不指责自己的女儿,那样伤了自家人的和气。我二不和女儿的男友直接交涉,那样往往火上浇油。我啊,绕开这些,迂回找到男方的家长。我向他们显示我家优越的地位,当然这要做得很随意,叫他们自惭形秽。述说女儿是个骄娇小姐,请他们多多包涵,让他们先为自己的儿子日后"气管炎"捏一把汗。最后,做一副可怜相,告知我和老伴浑身是病,一个女婿半个儿,后半辈子就指望他们的儿子了……她说到这里,得意地笑了。

我按捺住自己的不平,问道,后来呢?

她说，后来，哈哈，就散伙了呗。这一招，百试百灵。我总结出了一个经验，下层劳动人民，自尊心特别强，神经也就特脆弱。你只要影射他们高攀，他们就受不了了。不用我急，他们就给自己的小子施加压力，我就可以稳操胜券坐享其成了。

我说，你一天这般苦心琢磨，累不累啊？

她很实在地说，累啊！怎么能不累啊？别的不说，单是侦察女儿是不是又恋爱了，就费了我不少的精力。后来，我发明了一个好办法，说出来，你可不要见笑啊。女儿是个懒丫头，平日换下的衣服都掖在洗衣机里，凑够了一锅，才一齐洗。我就趁她走后，把她的内裤找出来，仔细地闻一闻。她只要一进入谈恋爱，裤子就有特殊的味道，可能是荷尔蒙吧，反正我能识别出来。她不动心的时候，是一种味道，动了真情，是另一种味道……那味一出现，我就开始行动了……近来她好像察觉了，叫我娘间谍，不理我了。你说我该怎么办？

天啊！

我大骇，一时间什么话都对答不出。在我所见到的母亲当中，她真是最不可思议的之一。

我连喝了两杯水之后，才把自己的情绪稳定住。我对她讲了很多的话，具体的是些什么，因为在激动中，已记得不很清楚了。那天，她走时说，谢谢你啦！我明白了，女儿不是我的私有财产，我侵犯了女儿的隐私权。我会改的，虽然这很难。

我送她下楼，传达室的师傅说，亲戚们好久没见，你们谈挺长时间啊。

我叹口气说，是啊。我很惦念她的女儿啊。

分手时，娘间谍对我说，你要是有工夫，就把我对你说过的话,写出来吧。因为我得罪了不少人,我也没法一一道歉了。还有我的女儿,有的事,我也不好意思对她说。你写成文章,我就在里面向大家赔不是了。

娘间谍走了。很快隐没在大街的人流中,无法分辨。

〈二〉
切开忧郁的洋葱

岁月送给我苦难,
也随赠我清醒与冷静。

午夜的声音

把朋友们的姓名写在一张纸上,呵,好长!细一检点,几乎全是女性。

交女友比交男友随意与安宁。男友跟你谈的多是国家、命运和历史,沉重而悠长。

于是,便累。

还有那条看不见的战线,总在心的角落时松时紧,好像在弹一首喑哑的歌。先是要提醒对方,后是要提醒自己:不要在懵懵懂懂之中误越了界限。总有那种邻近模糊的时刻,于是便要在心中与他挥泪而别。

与女友相处,真是轻松得多,惬意得多。与女友聊天,像是在温暖清澈的水中游了一次泳,清爽润滑,百骸俱松。灵魂仿佛被丝绸擦拭一新,又可以闪闪发光地面对生活了。

可惜世界太大,女友们要聚到一起太不容易。你有空时她没空,她得闲时你无闲。还有先生的事孩子的事,像杂乱的水草缠住脚踝。大家相逢在一处,像九星连珠似的,时间要算计了又算计。

于是女人们发明了电话聊天。忧郁的时候,寂寞的时候,悲哀的时候,烦躁的时候……电话像七仙女下凡时的难香,点燃起来,七八个数码拨完,女友的声音,就像施了魔法的精灵,飘然来到。

一位女友正在离婚,她在电话的那一方向我陈述,好像一只哀伤的蜜蜂。我静静地倾听,犹如一个专心的小学生,虽然时间对我来说极其宝贵,虽然我只听开头就猜出结尾,虽然夜已深沉,虽然心中焦虑,我依旧全神贯注地倾听,在她片刻的停顿时,穿插进亲昵的嗯或呵……我很希望自己能创造出杰出的话语,像神奇的止血粉,洒布在朋友滴血的创口,那伤处便像马缨花的叶子一般静谧闭合……但我知道我不能。我能送给朋友的就是静静地倾听,所有的语言都苍白无力,沉默本身就是理解和友谊。

有时铃声会在夜半突然响起,潜入我的梦中。夫比我灵醒,总是他先抓起电话,然后对我说,你的那群狐朋狗友又来啦!

"你是毕淑敏吗? 有件事情我想求你……"声音大得震耳欲聋,使我疑心她就在楼下的公用电话亭。

其实她在城市的另一隅,女大当婚,却至今单身。她总是像潜艇一样突然浮出海面,之后又长时间地不知踪影。然而我知道她在人群中潇洒地活着,当她需要朋友的时候,就会不择时机地叩响我的耳鼓。

有什么事你尽管说……我一边披衣一边用眼光搜索鞋子,好像准备去救火。

别那么紧张。她轻快地笑了,我只是想求你帮我写几个信封……她说着,详详细细清清晰晰地交代我一个男人的地址和姓名。

因为这样一件事,就值得把我从温暖的被窝里薅出来吗?我睡眼惺忪地问。

这就是我的那个他呀,我每天要给他写一封信,传达室的老头都认识我的字迹啦!我想换种笔体,这样他取信时就不会难为情啦!

噢!我的女友!我对着黑漆漆的玻璃窗做了一个鬼脸:为了她的男友,她可不怕叨扰自己的女友!

我也会在某个刹那下意识地抚摸电话键,好像扪及一串润滑的珍珠。你好,我对一位女友说。你好。她说,有什么事吗?她清凌凌地问,一点不惊讶,好像预知我在这个时刻会找她。没什么事,只是,想找人说说话……你们那里下雨了吗?我沉吟着,继续组织着自己语言的阶梯。下了,雨不小也不大。她平静地回答。我很想到雨里去行走,很喜欢在坏天气的时候,到湖里去划船……我突然很急切地对她说。唔,你此时心情不好。她说,我们每个人都有这种时候,忍一忍就会过去。不要紧,做饭去吧,择菜去吧,看一本喜爱的书……要不然就真到风雨中去走走吧,不过,可要穿起风衣,撑起雨伞,最起码也需戴上斗笠……我的心在这柔柔的劝慰之下,终于像黄昏的鸽群,盘旋之后,悄然落下。

每一位女友,都是一帧清丽的画。每一次谈话,都是一盏温馨的茶。我们互相凝眸,我们互相温暖,岁月便在女人们的谈话中慢慢向前推进。

千头万绪是多少？

千头万绪这个词，有一种沸沸扬扬的夸张和缠人喉咙的窒息感，让人心境沮丧，捉襟见肘，好像一个泥潭。不留神陷进去，会被它掩了口鼻，呛得翻白，甚或丢了性命，也说不得。

现代人很常用——或者简直就是爱好用这个词，来描绘自己的生存状况。常常听到人们说自己的处境——千头万绪，要干的工作——千头万绪，待处理的事物——千头万绪，需承担的责任——千头万绪……千头万绪几乎成了一条癞皮狗，死打烂缠地咬住每位现代人的脚后跟，斥之不去。

千头万绪是一个主观的判断、一个夸张的形容。难道对一个普通人来说，世上就真有一万件事，非得你御驾亲征不可？

当我们认定自己进入了千头万绪这一局面的时候，心先就慌了。披头散发，眉毛胡子一把抓，天空也随之阴霾。因为紧迫，就慌不择路。结果是线头越搅越多，原本可以解开的结，也成了死扣。

千头万绪有一种邪恶的威慑力，恐惧和慌乱是它的左膀右臂。一旦被这几个魔头统治了心神，我们在灾难的海市蜃楼面前,往往顿失镇定和勇气。

我认识一位女友,当她说到自己近况时,脸色晦暗,手指颤抖,嘴唇也无目地扭曲了,显出干涸辙印中小鱼的表情。

她的确是遇到了足够的麻烦。丈夫外遇十年,儿子正逢高考,模拟成绩很不理想。她接手奋战了一年的科研项目,已到了关键时刻。她的高血压又犯了,整天头晕。昨天上街由于精神恍惚,被小偷割裂了书包,偷走了上千元钱。她的邻居在装修房屋,每天电钻声吵得人耳鼓爆炸……

有的时候,真想一死了之!千头万绪啊,我看不到一点光明!她这样说着,狠狠捶击着自己的太阳穴。

我说,我能体会到你心中的痛楚和无奈。你想改变这一切,但感到自己的绝望和孤独。

我们先找到一张白纸,把你最感痛苦烦恼的事件写下来,然后我们看看,有什么办法可以逐个解决它们?

洁白的纸,铺在桌面,如同一片无瑕的雪地。左是起因,右写对策。女友提笔写下:

第一,夜里睡不好觉。因为电钻太吵。

我很惊讶地问她,那装修的人家,居然敢冒天下之大不韪,在夜里开动电钻?

女友愣了一下,然后说,那倒不是。楼下孀居多年的邻居要结婚了,房屋不整也实在当不了新房。那家事先已出了安民告示,并于晚八点以后,不再使用电钻。

我说,那么,你睡不好觉,就另有原因,并不能归于电钻了?

她对着白纸,看了半天,仿佛不认识自己写下的那一行字。然后把"电钻"云云删去了,在对策一栏里,写下——吃两片安眠药。

继续整理你的烦恼。我说。

第二,丈夫外遇十年。

真是一个折磨人的大难题。我定定神问,你最近才知道吗?

她嘶哑地答,早知道了。

我说,你打算最近采取行动,彻底解决这个问题吗?

她思忖着说,时机还不成熟。无论是离婚还是敦促他痛改前非,都需要时间。

我说,那它是可以从长计议的,也就是目前采取的对策是等待。

女友点点头。

第三,昨天丢了一千块钱。

我说,真倒霉啊,对你雪上加霜。你报案了吗?

她说,报了。但是没寄什么希望。

我说,那就是说,你基本上觉得这笔损失,不可挽回的啦?

她很快地回答,是啊。

我说,不一定呵。也许你不停地愁苦下去,把自己的太阳穴敲出一个透明窟窿,小偷会良心发现,把那笔钱送回来。

她扑哧一声笑了,说,瞧你说的。那小偷根本就不知道我是谁,哪怕我今天自杀了,他也不会发慈悲的。

我正色道,说得好。这笔损失,并不因你的痛楚,而有复原的可能。

女友想了想,就把这一条画掉了,重写了一个三孩子考不上大学。

我陪着她深深地叹了一口气,然后问她,你是直到今天才意识到孩子上大学无望吗?

她摇摇头,说,他学习成绩一直不好,这结果其实已在意料之中。以前总幻想能出现一个奇迹,现在彻底破灭了。

我说,不符合实际的幻想破灭,你说是件好事还是坏事?

她明白了我的用意,但还是很沉重地说,面对残酷的现实,总是让人难以接受。

我说,是啊。但事实是否因你的不接受,而有改变的可能?

女友说,我还是很希望孩子能有接受高等教育的机会啊。

我说,此次没有考上大学,并不意味着孩子永远失去了接受高等教育的机会。

她突然抓住我的手说,你的意思是还有机会?

我说,你觉着呢? 我记得你就是通过自学直接考取的研究生啊。

她沉默了很长的时间,然后一字一顿地说,是啊。孩子已经十八岁了,教会他如何应付困境,也许更重要。于是她写下对策——重新来。

继续下去。

第四,高血压

我说,你的血压是否已经像珠穆朗玛一样,成了世界上的第一高峰了呢?

她有些气恼了,说,我真的很痛苦,你却在这里穷开心。

我把脸上的笑容收起,说,对于病,也要有一个战略藐视战术重视的应对。我相信你的高血压并非到了药石罔效的地步,只要按时吃药,是可以控制的。你服药很可能不遵医嘱。

她有些不好意思,反问,你怎么知道的?

我说,别忘了,我还是有二十多年医龄的老大夫。你瞒不过我的火眼金睛。

女友老老实实地交代说,一忙起来,就忘了。她规规矩矩地写上对策——遵医嘱。

女友的脸色渐渐平稳,但她还是愁肠百结地写下了最后一条。

第五科研任务紧迫。

我说,关于此项艰巨的任务,你承担了一年。现在到了最后攻关阶段,你是否已对自己丧失信心?

她很坚定地回答,没有。只是我的心情不好,你知道,对于一个搞研究的人来说,心情就是生产力啊。

我一拍她的手掌说,你讲得好!但心情是纯属你精神领域的感觉,你为什么不使自己的心情明亮起来呢?

她说,讲得轻松!不挑担子肩不疼。我这里千头万绪,哪里就亮得起来!

我含笑说,看看你的千头万绪,还剩下了多少?

那张洁白的纸上,写着:

失眠——安眠药

丈夫外遇——从长计议

(丢钱——自认倒霉)

儿子未考上大学——重新来

高血压——遵医嘱

科研攻关——好心情

她看了一遍又一遍,好像不相信自己的千头万绪,已细化成如此简明扼要的条款。看来,我只要今晚吃上两片安眠药,明早醒来,阳光就依旧灿烂?她有些半信半疑。

我说,当所有的头绪都搅在一起的时候,的确很可怕。它们使我们的心情变得极为恶劣,智力陡然下降、判断连续失误,于是事情就进入了一个更糟糕的怪圈。把它们理清,一一列出对策,就可以逐一攻克了。好心情并不来源于一帆风顺,而是生长于一种从容和坚定的勇气中啊。

女友说,哈!我知道啦!我们每个人都有长出好心情的土地,就看你是否耕耘。

你站在金字塔的第几层?

美国心理学家马斯洛有一段名言:"如果你有意地避重就轻,去做比你尽力所能做到的更小的事情,那么我警告你,在你今后的日子里,你将是很不幸的。因为你总是要逃避那些和你的能力相联系的各种机会和可能性。"每逢读到,我总是心怀战栗的感动。

一个人就像是一粒种子,天生就有发芽的欲望。只要是一颗健康的种子,哪怕是在地下埋藏千年,哪怕是到太空遨游过一圈,哪怕被冰雪封盖,哪怕经过了鸟禽消化液的浸泡,哪怕被风剑霜刀连续宰杀,只要那宝贵的胚芽还在,一到时机成熟,它就会在阳光下探出头来,绽开勃勃的生机。

现代心理学有很多精彩的论证,这些论证不能像实证的物理化学,拿出若干铁一般的证据,心理学的很多假说,建立在对人的行为的推断和研究之上,被千千万万的人所证实。

马斯洛先生所创建的人的基本需要的"金字塔"理论,就是这样一个伟大的学说。他研究了很多人的行为和动机,特别是那些自我实现程度很高的人,之后得出了一个结论。简言之,就是在我们人类的精神内核中,存在着一个内在需要的金字塔,分成了五个台阶。

在第一个台阶上,是我们的温饱需要——最基本的生存之道。饥肠辘辘,你今晚吃什么饭?是人的第一考虑。寒冬腊月的,你今夜睡在哪里?是火车站的长凳还是马路上的水泥管?这都是头等大事。

当这个需要满足之后,紧接着就是安全的需要了。你有了吃有了住,你今天的生命是有了保障了,可是如果你被其他的人或是动物或是自然界的恶劣条件所侵犯,你远期的生命就陷在水深火热之中了。因此,一旦温饱不成问题之后,人马上就考虑安全系数。这一点,如果你不相信,尽可以放眼看去。马上能看到富人区森严的保安和世上风行的形形色色的自卫器械。当你从一个熟识的环境换到一个新环境,那不安和紧张,与陌生人交谈时的畏葸和不自在……都从另一个方面证实了安全对人的重要性。

现在我们已经到了金字塔的第三阶梯。在这个阶梯上大大地写着"爱"。这不仅是男女之爱、亲子之爱、手足之爱……这些源于血缘和繁衍的爱意,还有同伴之爱、集体之爱、祖国之爱、民族之爱、文化之爱……总之，这里所提到的"爱"，有着宽泛的含义，但它是那样不可或缺，是人类精神活动的高级需要。我们常常说，一个不懂得爱的人，是灰暗和孤独的。就是说人的精神需要如果不能完成这种超越和提升，就是饱含瑕疵的半成品。

爱之高处，就是尊严感了。人是一种特殊的动物，人是有尊严感的。一条虫子可以没有尊严，一株树木可以没有尊严，但是一个人，不是这样。如果丧失了尊严感，那就不是一个完整的人了。中国的古话里有"不食嗟来之食"，有"士可杀不可辱"，有"君子一言，驷马难追"等，讲的都是尊严的问题。

在金字塔的最高点，屹立着自我价值的体现和追求。什么是自我价值的最高体现——那就是充满了创造性的劳动。我以为劳动是有高下之分的，不是指在价值层面上，而是指在带给人的由衷喜悦程度上。你可以想象并同意一个科学家，在得不到任何报酬的情形下，不倦地研究某一个与现实相隔十万八千里的学术问题，比如"哥德巴赫猜想"，为自己换不到一块窝头，但毫无疑问陈景润乐在其中。你基本上不能同意一位老农在得知三年没人收购麦子的情况下，除了自己够吃之外还会不辞劳苦地广撒麦种。在前者，创造性的劳动里面蕴涵着强大的挑战和快乐；在后者，则充斥着重复性劳动的艰辛和疲惫。

人类精神需要的金字塔，在某种意义上讲，是一种铁律，几乎是不可逃避。

当然，我们不能想象一个人在自己的温饱都得不到保障的时候，能够像斯蒂芬·霍金那样去研究宇宙大爆炸这样的问题。这也就是鲁迅先生所说的：年轻人，一是要生存，二是要发展。有一个顺序，有孰先孰后的问题。在解决了温饱和安全这些最基本的生存需要之后,你必定要不满足,你必定要有新的追求。人类精神发育的法则你是绕不过去的。你吃得饱了,你睡得暖了,你有大房子了,你安居乐业了,你很有安全的保障了。可是,我敢说,你在心底最深邃的地方,你有火焰一样的躁动,你如果无法满足它,你就没有恒久的快乐。

让我们回到本文开端所引用的马斯洛的那段话。你以为你逃避了风险,你以为你躲避了责任,你以为你成功地掩饰了自己的才华,你以为你心甘情愿地收敛包裹自己,你就可以在人们的艳羡之中,安安稳稳地过此一生了吗?我相信你可以用奢华的装备和风流倜傥的举止,成功地欺骗几乎所有的人,包括和你至亲至爱之人,但是,每每月朗星稀之时,你永远欺骗不了的一个人,就会在你独处的时候,顽强地站在你的面前,拷问你、鞭挞你、谴责你、纠正你……这个人不是别人,正是你自己!由于每一个人都是那样的与众不同,由于你所具有的内在生命力一直在熊熊燃烧,所以,当你完成了自己人生的台阶之后,你就要向上攀登。你只有在这种不倦的探索中,才能丰富自己的人生,才能得到生命的欢愉,才感到自己内在的充实和价值。

人是追求创造性快乐的动物,如同飞越大洋的候鸟的脑内罗盘,掌控着我们的一系列选择和决定。你一生将成为怎样的人?在你的价值体系里,是怎样的顺序?这些看起来很浩大很空泛的标准,实际上很细致地决定着我们的工作学习生活的各个层面。

记得我在北大讲演的时候,递上来一个纸条,上面写着:"我智商很高,从小到大一直是班干部,考上北大更证明了我的实力。只要我愿意,继续读硕士和博士都不成问题。你说我选择金钱作为我一生奋斗的大目标,你看怎样?"

我把这个纸条念了。我说我很感谢这位同学对我的信任,我说人生的价值是多元的,以金钱为自己终生的奋斗目标,也大有人在。但我以为,金钱只是手段,在它之后,还有更为深在的目标在导引着你。如果你唯钱是图,那么,你的周围将没有真正的朋友。因为古往今来,已经无数次地证明了,在金钱的旗帜下,会聚拢来很多无耻小人。同时,你很可能得不到真正的爱情。因为爱情可以被金钱所出卖,却不可被金钱所购买。那个爱上你的人,有可能不是爱你本人,而是爱上了你的信用卡。如果你把金钱当成了证明你的自我价值的工具,我要说,除了单一和狭隘,还有一种盲从。你用世俗的标准代替了内在的准星。

我翻阅了几期《华融之声》,看到华融人的志气和理想。谈到从工商行调到华融来的理由,最主要的是期望自己的能力得到更好的发展。我觉得这是很好的理由,是内心和外在的统一,是朝着自我实现路上的迈进。当然了,自我实现的路,绝不会是一帆风顺的。我们常常会遭遇到挫折和失败。但人生的价值并不在永远是胜利和成功,而在于这个过程当中,我们得到了独一无二的属于自己的体验。

在生存之道解决之后,在工作中得到乐趣,就是一个极好的选择。要知道,我们每个人,一生用于工作之中的时间,大于七万个小时。可不要小瞧了这七万个小时,如果你是在快乐和创造中,你是在自我寻找价值的挑战中,你的人生就会过得很充实。如果你只是为了更多的钱、更宽敞的房子、更多的应酬和名声上的虚荣,你将在七万个甚至更多的时间里,委屈着自己,扼杀着自己,毁灭着自己的自由。

我在美国印第安人的保留地,遇到一位印第安族的心理学家。她说,在我们古老的印第安人那里,有一个风俗,即使是自己的温饱没有解决,我们也会用自己的食物拯救他人。因为,对我们来说,帮助别人是精神的传统。

她说,我并不是要挑战马斯洛,我只是说,精神有时比肉体更重要。这是那位印第安族心理学家最后留给我的话。

拍卖你的生涯

朋友参加过一堂很别致的讲座,对我详细地描绘了一番。

她说:讲座叫做"拍卖你的生涯"。外籍老师发给每人一张纸,其上打印着数十行字。

1. 豪宅
2. 巨富
3. 一张取之不尽用之不竭的信用卡
4. 美貌贤惠的妻子或英俊博学的丈夫
5. 一门精湛的技艺
6. 一个小岛
7. 一座宏大的图书馆
8. 和你的情人浪迹天涯

9．一个勤劳忠诚的仆人

10．三五个知心朋友

11．一份价值五十万美元并每年可获得25%纯利收入的股票

12．名垂青史

13．一张免费旅游世界的机票

14．和家人共度周末

15．直言不讳的勇敢和百折不挠的真诚

……

大家先是愣愣地看着这些项目，之后交头接耳地笑，感觉甚好。本来嘛，全世界的美事和优良品质差不多都集中在此了。

老师拿起一把小槌子，轻敲讲台，蜂房般的教室寂静下来。老师说（他能讲不很普通的普通话），我手里是一把旧槌子，但今天它有某种权威——暂时充当拍卖槌。我要拍卖的东西，就是在座诸位的生涯。

课堂顿起混乱。生涯？一个叫人生出沧桑和迷茫的词语。我们大致明白什么是生存，什么是生活，但不很清楚什么是生涯。我们只是一天天随波逐流地过着，也许七十岁的时候，才恍然大悟，生涯已在蒙眬中越来越细了。

老师说，一个人的生涯，就是你人生的追求和事业的发展。它可以掌握在你自己手中。性格就是命运。生涯从属于你的价值观。通常当人们谈到生涯的时候，总觉得有太多的不可把握性，埋藏在未知中。其实它并非想象中那般神秘莫测。今天，我想通过这个游戏，让大家比较清晰地看到自己的爱好，预测自己的生涯。

大家听明白了,好奇地跃跃欲试。

我相信在每一个成人的内心深处,都潜伏着一个爱做游戏的天真孩童,只不过随着时光流逝,蒙上了世故的尘土。成年以后的我们,远离游戏,以为那是幼稚可笑的玩闹。其实好的游戏,具有开蒙人的智慧、通达人的思维、启迪人的感悟、反省人的觉察的力量。当我们做游戏的时候,就更接近了真我。

老师说,我现在象征性地发给每人一千块钱,代表你一生的时间和精力。我会把这张纸上所列的诸项境况,裁成片,一一举起,这就等于开始了拍卖。你们可以用自己手中的积蓄,购买我的这些可能性。一百块钱起价,欢迎竞价。当我连喊三次,无人再出高价的时候,槌子就会落下,这项生涯就属于你了。注意,我说的是可能性,并非真正的事实。它的意思就是——你用九百九十九元竞得了豪宅,但并不等于你真的拥有了一片仙境般的别墅,只是说你是将穷尽一生的精力,来为自己争取。相信只要你竭尽全力,把目标当成整个生涯的支撑点,达至的可能性甚大。

教室里的气氛,骚动之后有些沉凝。这游戏的分量举轻若重,它把我们人生的繁杂目的,约分并形象化了——拼此一生,你到底要什么?

老师举起了第一项拍卖品——拥有一个岛。起价一百元。

全场寂静。一个小岛?它在哪里?南半球还是北半球?大西洋还是太平洋?面积若何?人口多少?有无石油和珊瑚礁?风光怎样?

疑声鹊起,大家迫切希望提供更详尽的资料,关于那个小岛,关于风土人情。老师一脸肃然,坚定地举着那个纸片,拒绝做更进一步的解说。

于是,我们明白了。小岛,就是小小的平平凡凡的一个无名岛。你愿不愿以一生作赌,去赢得这块海洋中的绿地?

终于,一个平日最爱探险、充满生命活力的女生,大声地喊出了第一个竞价——我出二百!

一个男生几乎是下意识地报出:五百!他的心思在那一瞬很简单,买下荒凉岛屿这样的事件,就该是男子汉干的勾当。

但那名个子不高但意志顽强的女生志在必得了。她涨红着脸,一下子喊出了……一千!

这是天价了。每个人只有一千块钱的贮备,也就是说,她已定下以毕生的精力,赢得这个小岛的决心。别的人,只有望洋兴叹了。

那个男生有些悻悻地,说,竞价应该一点点攀升,比如她要出六百,我喊七百……这样也可给别人一个机会。

老师淡然一笑说,我们只是象征性地拍卖,所以可能不合规矩。大家要记住,生涯也如战场,假如你已坚定地确认了自己的目标,就紧紧锁定它。机遇仿佛闪电的翎毛。

大家明白了竞争的激烈,肃静中有了潜藏的紧迫和若隐若现的敌意。

拍卖的第二项是美貌贤惠的妻子或英俊博学的丈夫。

我原以为此项会导致激烈的竞拍,没想到一时门可罗雀。也许因为它太传统和古板,被其他更刺激的生涯吸引,大伙不愿在刚开场不久,就把自己的一生拴入伴侣的怀抱。好在和和美美的家庭,终对人有不衰的吸引力,在竞争不激烈的情形下,被一位性情温和的男子以七百元买去。

我把指关节攥得紧紧,如果真有一把钞票,会滴下浑浊的水来。到底用这唯一的机会,买回怎样的生涯?扒拉一下诸样选择中,自己中意的栏目有限,和同志们所见略同也说不准。定谋贵决,一旦确立了自己的真爱,便须直捣黄龙,万不可游移吝惜。要知道,拍的过程水涨船高步步为营。倘稍一迟缓,被他人横刀夺爱,就悔之莫及了。

拍到"取之不尽用之不竭的信用卡"时,引起空前激烈的争抢。聪明人已发现,所列的诸项,某些外延交叉涵盖,可互相替代。有同学小声嘀咕,有了信用卡,巨富不巨富的,也不吃紧了,想干什么,还不如探囊取物?于是信用卡成了最具弹性和热度的饽饽。一时群情激昂,最后被一奋勇女将自重围中掳走。

其后的诸项拍卖,险象环生。有些简直可以说是个人价值取向甚至隐秘的大曝光。一位众人眼中极腼腆内向的男同学,取走了免费旅游世界的机票,让人刮目相看。一位正在离婚风波中的女子,选择了和情人浪迹天涯,于是有人暗中揣测,她是否已有了意中人?一位手脚麻利助人为乐的同学,居然选了勤劳忠诚的仆人,让全体大跌眼镜,细一琢磨推算,可能他总当一个勤快人,已经厌烦,但又无力摆脱这约定俗成的形象,出于补偿的心理,干脆倾其所有,买下对另一个人的指挥权吧。一旦咀嚼出这选择背后的韵味,旁观者就有些许酸涩。

一位爱喝酒的同仁,一锤定音买下了"三五个知心朋友",让我在想象中,立即狠狠捆了自己一掌。从前,我劝过他不要喝那么多的酒,他笑说,我喜欢和朋友在一起。我不死心,便再劝,他却一直不改。此番看了他的选择,我方晓得朋友在他的心秤上如此沉重。我决定——该闭嘴时就闭嘴吧。

光顾了看别人的收成,差点耽误了自己地里的活计。同桌悄悄问,你到底打算买何种生涯?

我说,没拿定主意啊。我想要那座图书馆。

同桌说,傻了不是?我看你不妨要那张价值五十万美元且年年递增25%的股票,要知道这可是一只会下金蛋的火鸡。只要有了钱,什么图书馆置办不出来呢?你要把图书馆换成别的资产,就很困难了。如今是信息时代,资料都储藏在光盘里,整个大英博物馆也不过是若干张碟的事。图书馆是落后的工业时代的遗物了……

他话还没说完,老师举起了新的一张卡片。他见利忘友,立刻抛开我,大喊了一声:嗨!这个我要定了。一千!

我定睛一看,他倾囊而出购买回来的是:一门精湛的技艺。

我窃笑道,你这才是游牧时代的遗物呢,整个一小农经济。

他很认真地说,我总记着老爸的话,家有千金,不如薄技在身。

我暗笑,哈,人啊,真是环境的产物。

好了,不管他人瓦上霜了,还是扫自己门前的雪吧。同桌的话也不无道理。有了足够的钱,当然可以买下图书馆或是任何光碟。但你没有这些钱之前,你就干瞪眼。钱在前?还是图书馆在前?两者的顺序便有了原则的不同。我愿自己在两鬓油黑耳聪目明之时,就拥有一座窗明几净汗牛充栋庭院深深斗拱飞檐的图书馆。再说,光碟和图书馆哪能同日而语?我不仅想看到那些古往今来的智慧头脑留下的珍珠,还喜欢那种静谧幽深的空间和气氛,让弥漫在阳光中的纸张味道鼓胀自己的肺……这些,用钱买来的新书和光碟,仿得出来吗?正这样想着,老师举起了

"图书馆",我也学同桌,破釜沉舟地大喊了一声:一千!

于是,宏大的图书馆就落到了我的手中。那一刻,虽明知是个模拟的游戏,心中还是扩散起喜悦的巨大涟漪。

拍卖一项项进行下去,场上气氛热烈。我没有参加过实战,不知真正的拍卖行是怎样的程序,但这一游戏对大家心灵的深层触动,是不言而喻的。

当老师说,游戏到此结束。教室一下静得不可思议,好像刚才闹哄哄的一干人,都吞炭为哑或羽化成仙去了。

老师接着说,有人也许会在游戏之后,思索和检视自己,产生惊讶的发现和意料外的收获。有一个现象,不知大家发现没有,有三项生涯,当我开价一百元之后,没有人应拍,也就是说,不曾成交。这种卖不出去的物品,按规矩,是要拍卖行收回的。但我决定还是把它们留下。也许你们想想之后,还会把它们选作自己的生涯目标。

这三项是:

1. 名垂青史
2. 和家人共度周末
3. 直言不讳的勇敢和百折不挠的真诚

同学大眼瞪小眼,刚才都只专注于购买自己的生涯,不曾注意被遗落冷淡的项目。听老师这样一说,就都默然。

我一一揣摩,在心中回答老师。

和家人共度周末。

老师别恼。不曾购买它以作自己的生涯,原因可能是多方面的。有人以为这是很平淡的事,不必把它定做目标。凡夫俗子们,估摸着自己就是不打算和家人共度周末,也没有什么地方可去。一件被迫的几乎命中注定的事,何必要选择?还有的人,是一些不愿归巢的鸟,从心眼里不打算和家人共度周末。现今只有没本事的人,才和家人共度周末。有本事的人,是专要和外人度周末的。

青史留名?

可叹现代人(当然也包括我),对史的概念已如此脆弱。仿佛站在一个修鞋摊子旁边,只在乎立等可取,只在乎急功近利。当我们连清洁的水源和绵延的绿色,都不愿给子孙留下的时候,拥挤的大脑中,如何还存得下一块森严的石壁,以反射青史遥远的回声。

勇敢和真诚?

它固然是人类曾经自豪和骄傲的源泉,但如今怯懦和虚伪,更成了安身立命的通行证。预定了终生的勇敢和真诚,就把一把利刃悬在颅顶,需要怎样的坚忍和稳定?!我们表面的不屑,是因为骨子里的不敢。我们没有承诺勇敢的勇气,我们没有面对真诚的真诚。

游戏结束了,不曾结束的是思考。

在弥漫着世俗气息的"我"之外,以一个"孩子"的视角,重新剖析自己的价值观和生存质量,内心就有了激烈的碰撞和痛苦的反思。

在节奏纷繁的现代社会,我们一天忙得视丹成绿,很难得有这种省察自我的机会。这一瞬让我们返璞归真。

人生的重大决定,是由心规划的,像一道预先计算好的框架,等待着你的星座运行。如期改变我们的命运,请首先改变心的轨迹。

切开忧郁的洋葱

忧郁是一只近在咫尺的洋葱,散发着独特而辛辣的味道,剥开它紧密黏黏的鳞片时,我们会泪流满面。

一位为联合国工作的朋友告诉我,她到过战火中的难民营,抱起一个小小的孩子。她紧紧地搂着这幼小的身躯,亲吻她枯燥的脸颊。朋友是一位博爱的母亲,很喜爱儿童,温暖的怀抱曾搂过无数孩子,但这一次,她大大地惊骇了。那个婴孩软得像被火烤过的葱管,萎弱而空虚。完全不知道贴近抚育她的人,没有任何欢喜的回应,只是被动地僵直地向后反张着肢体,好似一块就要从墙上脱落的白瓷砖。

朋友很着急,找来难民营的负责人,询问这孩子是不是有病或是饥寒交迫,为什么表现得如此冷漠?那负责人回答说,因为有联合国的经费救助,孩子的吃和穿都没有问题,也没有病。她是一个孤儿,父母双亡。孩子缺少的是爱,从小到大,从没有人抱过她。因她不知"抱"为何物,所以不会反应。

朋友谈起这段往事,感慨地说,不知这孩子长大之后,将如何走过人生?

不知道。没有人回答。寂静。但有一点可以预见,她的性格中必定藏有深深的忧郁。

我们都认识忧郁。每一个人,在一生的某个时刻,都曾和忧郁狭路相逢。

自然界的风花雪月,人生的悲欢离合,从宋玉的悲秋之赋到绿肥红瘦的喟叹,从游子的枯藤老树昏鸦到弱女的耿耿秋灯凄凉,忧郁如同一只老狗,忠实而疲倦地追着人们的脚后跟,挥之不去。随着现代社会的发达,忧郁更成了传染的通病。"忧郁症"已经如同感冒病毒一般,在都市悄悄蔓延流行。

忧郁像雾,难以形容。它是一种情感的陷落,是一种低潮感觉状态。它的症状虽多,灰色是统一的韵调。冷漠,丧失兴趣,缺乏胃口,退缩,嗜睡,无法集中注意力,对自己不满,缺乏自信……不敢爱,不敢说,不敢愤怒,不敢决策……每一片落叶都敲碎心房,每一声鸟鸣都溅起泪滴,每一束眼光都蕴满孤独,每一个脚步都狐疑不定……

一个女大学生给我写信,说她就要被无尽的忧郁淹没了。因为自己是杀人凶手。那个被杀的人就是她的妈妈。她说自己从三岁起双手就沾满了母亲的鲜血,因为在那一天,妈妈为了给她买一支过生日的糖葫芦,横穿马路,倒在车轮下……

"为此,我怎能不忧郁?忧郁必将伴我一生!"信的结尾处如此写着,每一个字,都被水洇得像风中摇曳的蓝菊。

说来这女孩子的忧郁,还属于忧郁中比较谈得清的那种,因为源于客观,重要人物的失落而引起,在某种程度上,是我们不得不面对的痛苦反应。更有那说不清道不明的忧郁,树蚕一样噬咬着我们的心,并用重重叠叠的愁丝,将我们裹得筋骨蜷缩。

忧郁这种负面情感的源头,是个体对于失落的反应。由于丧失，所以我们忧郁。由于无法失而复得，所以我们忧郁。由于从此成为永诀，所以我们忧郁。由于生命的一去不返，所以我们忧郁。

从这种意义上讲，忧郁几乎是人类这种渺小的动物，面对宇宙苍穹时，与生俱来的恐惧，所以我们无法从根本上消除忧郁。我相信凡有人类生存的日子，我们就要和忧郁为朋，虽然我们不喜欢，但我们必须学会与忧郁共舞。

正因为这种本质上的忧郁，所以我们才要在有限的生存岁月中，挑战忧郁，让我们自己生活得更自由，更欢愉，更勃勃生气。

失落引发忧郁。当我们分析忧郁的时候，首先面对的是失落。细细想来，失落似可分为不同性质的两大类。一是目前发生的真实与外在的失落，可以被我们确认并加以处理的。比如失去父母、失去朋友、失去恋人、失去工作、失去金钱、失去股票、失去名声、失去房产、失去自信等，惨虽惨矣，好歹失在明处，有目共睹。

二是源自自我发展的早期便被剥夺，或严重的失望经验，导致内在的深刻失落感觉。这话说起来很拗口，其实就是失在暗地，失得糊涂，失得迷惘，失在生命入口端的混沌处。你确切无疑地丢失了，却不知遗落在哪一地驿站。

这可怕的第二种失落，常常是潜意识的，表明在我们的儿童期，有着不同程度的缺憾和损失。因为我们未曾得到醇厚的爱，或因这爱的偏颇，使我们的内心发展受阻。因为幼小，我们无法辨析周围复杂的社会，导致丧失了对他人的信任，并在这失望中开始攻击自己。如同联合国那位朋友所抱起的女婴，她已不知人间有爱，她已不会回报爱与关切。在这种凄楚中长大的孩子，常常自我谴责与轻贱，认为自己不可爱，无价值，难以形成完整高尚的尊严感。

过度的被保护和溺爱，也是一种失落。这种孩子失落的是独立与思考，他们只有满足的经验，却丧失了被要求负责的勇气，丧失了学会接受考验和失败的能力，丧失了容纳失望的胸怀。一句话，他们在百般呵护下，残障了自我的成长性和控制力的发展。他们的脑海深处永远藏着一个软骨的啼哭的婴孩，因为愤怒自己的无力，并把这种无能感储入内心，因而导致无以名状的忧郁。

人的一生，必须忍受种种失落。就算你早年未曾失父失母失学失恋，就算你一帆风顺平步青云，你也必得遭遇青春逝去韶华不再的岁月流淌，你也必得纳入体力下降记忆衰退的健康轨道，你也必有红颜易老退休离职的那一天，你也必得遵循生老病死新陈代谢的铁律。到了那一刻，你是否有足够的弹性，抵御忧郁？

还有一种更潜在的忧郁，是因为我们为自己立下了不可达到的高标准，产生了难以满足的沮丧感。这种源自认定自我罪恶的忧郁症状，是与外界无关的，全需我们自我省察，挣脱束缚。

忧郁的人往往是孤独的，因为他们的自卑与自怜。忧郁的人往往互相吸引，因为他们的气味相投。忧郁的人结为夫妻，多半不得善终，因为无法自救亦无力救人。忧郁的人往往易于崩溃，因为他们哀伤更因为他们羸弱绝望。

难民营的婴儿，不知你长大后，能否正视自己的童年？失却的不可复来，接受历史就是智慧。记忆中双手沾着血迹的女大学生,你把那串猩红的糖葫芦永远抛掉吧,你的每一道指纹都是洁白的,你无罪。母亲在天国向你微笑。

不要嘲笑忧郁,忧郁是一种面对失落的正常。不要否认我们的忧郁,忧郁会使我们成长。不要长久地被忧郁围困,忧郁会使我们萎缩。不要被忧郁吓倒,摆脱了忧郁的我们,会更加柔韧刚强。

造　心

蜜蜂会造蜂巢。蚂蚁会造蚁穴。人会造房屋、机器,造美丽的艺术品和动听的歌。但是,对于我们最重要最宝贵的东西——自己的心,谁是它的建造者?

孔雀绚丽的羽毛,是大自然物竞天择造出的。白杨笔直刺向碧宇,是密集的群体和高远的阳光造出的。清香的花草和缤纷的落英,是植物吸引异性繁衍后代的本能造出的。卓尔不群坚忍顽强的性格,是禀赋的优异和生活的历练造出的。

我们的心,是长久地不知不觉地以自己的双手,塑造而成的。

造心先得有材料。有的心是用钢铁造的,沉黑无比。有的心是用冰雪造的,高洁酷寒。有的心是用丝绸造的,柔滑飘逸。

有的心是用玻璃造的，晶莹脆薄。有的心是用竹子造的，锋利多刺。有的心是用木头造的，安稳麻木。有的心是用红土造的，粗糙朴素。有的心是用黄连造的，苦楚不堪。有的心是用垃圾造的，面目可憎。有的心是用谎言造的，百孔千疮。有的心是用尸骸造的，腐恶熏天。有的心是用眼镜蛇唾液造的，剧毒凶残。

造心要有手艺。一只灵巧的心，缝制得如同金丝荷包。一罐古朴的心，醇厚得好似百年老酒。一枚机敏的心，感应快捷电光石火。一颗潦草的心，门可罗雀疏可走马。一摊胡乱堆就的心，乏善可陈杂乱无章。一片编织荆棘的心，暗设机关处处陷阱。一道半是细腻半是马虎的心，好似白蚁蛀咬的断堤。一朵绣花枕头内里虚空的心，是假冒伪劣心界的水货。

造心需要时间。少则一分一秒，多则一世一生。片刻而成的大智大勇之心，未必就不玲珑。久拖不决的谨小慎微之心，未必就很精致。有的人，小小年纪，就竣工一颗完整坚实之心。有的人，须发皆白，还在心的地基挖土打桩。有的人，半途而废不了了之，把半成品的心扔在荒野。有的人，成百里半九十，丢下不曾结尾的工程。有的人，精雕细刻一辈子，临终还在打磨心的剔透。有的人，粗制滥造一辈子，人未远行，心已灶冷坑灰。

心的边疆，可以造得很大很大。像延展性最好的金箔，铺设整个宇宙，把日月包含。没有一片乌云，可以覆盖心灵辽阔的疆域。没有哪次地震火山，可以彻底颠覆心灵的宏伟建筑。没有任何风暴，可以冻结心灵深处喷涌的温泉。没有某种天灾人祸，可以在秋天，让心的田野颗粒无收。

心的规模，也可能缩得很小很小，只能容纳一个家、一个人、一粒芝麻、一滴病毒。一丝雨，就把它淹没了。一缕风，就把它粉碎了。一句谎言,就让它痛不欲生。一个阴谋,就置它万劫不复。

心可以很硬,超过人世间已知的任何一款金属。心可以很软,如泣如诉如绢如帛。心可以很韧,千百次的折损委屈,依旧平整如初。心可以很脆,一个不小心,顿时香消玉碎。

造心的时候,可以有很多讲究和设计。

比如预埋下一处心灵的生长点,像一株植物,具有自动修复、自我养护的神奇功能。心受了创伤,它会挺身而出,引导心的休养生息,在最短的时间内,使心整旧如新。

比如高高竖起心灵的避雷针,以便在危急时刻,将毁灭性的灾难导入地下,耐心等待雨过天晴。

比如添加防震防爆的性能,在心灵遭受短时间高强度的残酷打击下,举重若轻,镇定地维持蓬勃稳定。

比如……

优等的心,不必华丽,但必须坚固。因为人生有太多的压榨和当头一击,会与独行的心灵,在暗夜狭路相逢。如果没有精心的特别设计,简陋的心,很易横遭伤害一蹶不振,也许从此破罐破摔,再无生机。没有自我康复本领的心灵,是不设防的大门。一汪小伤,便漏尽全身膏血。一星火药,便烧毁绵延的城堡。

心为血之海,那里汇聚着每个人的品格智慧精力情操,心的质量就是人的质量。有一颗仁慈之心,会爱世界爱人爱生活,爱自身也爱大家。有一颗自强之心,会勤学苦练百折不挠,宠辱不惊大智若愚。有一颗尊严之心,会珍惜自然善待万物。有一颗流量充沛羽翼丰满的心,会乘上幻想的航天飞机,抚摸月亮的肩膀。

造心是一项艰难漫长的工程，工期也许耗时一生。通常是母亲的手，在最初心灵的模型上，留下永不消退的指纹。所以普天下为人父母者，要珍视这一份特别庄重的义务与责任。

当以我手塑我心的时候，一定要找好样板，郑重设计，万不可草率行事。造心当然免不了失败，也很可能会推倒重来。不必气馁，但也不可过于大意。因为心灵的本质，是一种缓慢而精细的物体，太多的揉搓，会破坏它的灵性与感动。

造好的心，如同造好的船。当它下水远航时，蓝天在头上飘荡，海鸥在前面飞翔，那是一个神圣的时刻。会有台风，会有巨涛。但一颗美好的心，即使巨轮沉没，它的颗粒也会在海浪中，无畏而快乐地燃烧。

忍受快乐

忍受快乐。

这个提法，好像有点不伦不类。快乐啊，好事么，干吗还要用忍受这个词？习惯里，忍受通常是和痛苦、饥寒交迫、水深火热联系在一起的。

忍受是什么呢？是一种咬紧嘴唇苦苦坚持的窘迫，是一种打落牙齿和血吞下的痛楚，是一种巴望减弱祈祷消散的呻吟，是一种狭路相逢听天由命的无奈。

如果是忍受灾害,似乎顺理成章。忍受快乐,岂不大谬?天下会有这种人?人们惊愕着,以为这是恶意的玩笑和粗浅的误会。

环顾四周,其实不欢迎快乐的人比比皆是。不信,你睁大了眼睛,仔细观察一下当快乐不期而至的时候,大多数人们的惊慌失措吧。

最具特征的表现是:对快乐视而不见。在这些人的心底,始终有一股冷硬的声音在回响——你不配拥有……这是过眼烟云……好景终将飘逝……此刻是幻觉……人生绝非如此……啊!我太不习惯了,让这种情形快点过去吧……

我们姑且称这种心绪为——快乐焦虑症。

这奇怪的病症是怎样罹患的?

许多年前,我从雪域西藏回北京探家,在车轮上度过了二十天时光。最终到家,结束颠沛流离之后,很有几天的时间,我无法适应凝然不动的大地。当我的双脚结结实实地踩在土地上的时候,感觉怪诞和恐慌。我焦灼不安地认为,只有那种不断晃动和起伏的颠簸,才是正常的。

你看,经历就是这么轻易地塑造一个人的感受和经验。当我们与快乐隔绝太久,当我们在凄苦中沉溺太深的时候,我们往往在快乐面前一派茫然。这种陌生的感觉,本能地令我们拒绝和抵抗。当我们把病态看成了常态时,常态就成了洪水猛兽。

一些人,对快乐十分隔膜。他们习惯于打拼和搏斗,竟不识天真无邪的快乐为何物。他们对这种美好的感觉,是那样骇然和莫名其妙,他们祷告它快快过去吧,还是沉浸在争执的旋涡中更为习惯和安然。

还有一些人，顽固地认为自己注定不会快乐。他们从幼年起，就习惯了悲哀和苦痛。他们不容快乐的现实来打扰自己，不能胜任快乐的重量和体积。他们更习惯了叹息和哀怨。甚至发展到只有在凄惨灰色的氛围里，才有变态的安全感。那实际上是一种深深的忧虑造成的麻痹和衰败，他们丧失了宁静地承接快乐的本能。

他甚至执拗地蒙起双眼，当快乐降临的时候，不惜将快乐拒之门外。他们已经从快乐焦虑症发展到了快乐恐惧症。当快乐敲门的时候，他们会像寒战一般抖起来。当快乐失望地远去之后，他们重新坠入喑哑的泥潭中，熟悉地昏睡了。

常常有人振振有词地说，我不接受快乐，是因为我不想太顺利了。那样必有灾祸。

此为不善于享受快乐的经典论调之一，快乐就是快乐，它并不是灾祸的近亲，和灾祸有什么血缘的关系？快乐并不是和冲昏头脑想入非非必然相连。灾祸的发生自有它的轨迹，和快乐分属不同的子目录。中国有句古话，叫做乐极生悲。我相信世上一定有这种偶合，在快乐之后，紧跟着就降临了灾难。但我要说，那并不是快乐引来的厄运，而是灾难发展到了浮出海面的阶段。灾难的力量在许多因素的孕育下，自身已然强大。越是在这种情形下，我们越是要珍惜快乐，因为它的珍贵和短暂。只有充分地享受快乐，我们才有战胜灾难的动力和勇气。

许多人缺乏忍受快乐的容量，怕自己因为享受了快乐，而触怒了什么神秘的力量，怕受到天谴，怕因为快乐而导致了自己的毁灭。

快乐本身是温暖和适意的,是欢畅和光亮的,是柔润和清澈的,同时也是激烈和富有冲击力的。

由于种种幼年和成年的遭遇,有人丢失了承接快乐的铜盘,双手掬起的只是泪水。这不是他们的过错,但是他们永久的悲哀。他们不敢享受快乐,他们只能忍受。当快乐来临的时候,他们手足无措,举止慌张。甚至以为一定是快乐敲错了门,应该到邻居家串门的,不知怎么搞差了地址。快乐美丽的笑脸把他们吓坏了。他们在快乐面前,感到不大自在,赶紧背过身去。快乐就寂寞地遁去。

快乐是一种心灵自在安详的舞蹈,快乐是给人以爱自己也同时享有爱的欢愉的沐浴,快乐是身心的舒适和松弛,快乐是一种和谐的宁静。

当我们奔波颠簸跳荡狂躁得太久之后,我们无法忍受突然间的安稳和寂静。我们在无边无际的喧闹中,遗失了最初的感动,我们已忘怀大自然的包容和涵养。我们便不再快乐。

很多人不敢接受快乐的原因,是觉得自己不配快乐。这真是一个奇怪的逻辑。快乐是属于谁的呢?难道不是像我们的手指和眉毛一样,是属于我们自身的吗?为什么让快乐像一个无人认领的孤儿,在路口徘徊?

人是有权快乐的。甚至可以说,人就是为了享受心灵的快乐,才努力和奋斗,才与人交往和发展。如果这一切只是为了增加苦难,我们还有什么理由为此奋斗不息?

人是可以独自快乐的,因为人的感觉不相通。既然没有人能代替我们切肤之痛的苦恼,也就没有人能指责我们的独自快乐。不要以为快乐是自私的,当我们快乐的时候,我们就播种快乐的种子。我们把快乐传染给周围的人,我们善待周围的世界,这又怎么能说快乐是自私的呢?

当我们不接纳快乐的时候,我们实际上是不尊重自己,不相信自己,不给自己留下美好驰骋和精神升腾的空间。

快乐是一种无拘无束的展翅翱翔,快乐是一种淋漓尽致地挥洒泼墨,快乐是一种两情相依,快乐是一种生死无言。

对于快乐,如同对待一片丰美的草地,不要忍受,要享受。享受快乐,就是享受人生。如果快乐不享受,难道要我们享受苦难?即便苦难过后,给我们留下经验的贝壳,当苦难翻卷着白色的泡沫的时候,也是凶残和咆哮的。

快乐是我们人生得以有所附丽的红枫叶。快乐是羁绊生命之旅的坚韧缰绳。当快乐袭来的时候,让我们欢叫,让我们低吟,让我们用灵魂的相机摄下这些瞬间,让我们颔首微笑地分享它悠远的香气吧!

忍受快乐,是一种怯懦。享受快乐,是一种学习。

珍惜愤怒

小时候看电影,虎门销烟的英雄林则徐在官邸里贴一条幅"制怒"。由此知道怒是一种凶恶而丑陋的东西,需要时时去制服它。

长大后当了医生,更视怒为健康的大敌。师传我,我授人:怒而伤肝,怒较之烟酒对人为害更烈。人怒时,可使心跳加快,血压升高,瞳孔散大,寒毛竖紧……一如人们猝然间遇到老虎时的反应。

怒与长寿,好像是一架跷跷板的两端,非此即彼。

人们渴望强健,人们于是憎恶愤怒。

我愿以我生命的一部分为代价,换取永远珍惜愤怒的权利。

愤怒是人的正常情感之一,没有愤怒的人生,是一种残缺。当你的尊严被践踏,当你的信仰被玷污,当你的家园被侵占,当你的亲人被残害,你难道不滋生出火焰一样的愤怒吗?当你面对丑恶面对污秽,面对人类品质中最阴暗的角落,面对黑夜里横行的鬼魅,你难道能压抑住喷薄而出的愤怒吗?!

愤怒是我们生活中的盐。当高度的物质文明像软绵绵的糖一样簇拥着我们的时候,现代人的意志像被泡酸了的牙一般软弱。小悲小喜缠绕着我们,我们便有了太多的忧郁。城市人的意志脱了钙,越来越少倒拔垂杨柳强硬似铁怒目金刚式的愤怒,越来越少见幽深似海水波不兴却孕育极大张力的愤怒。

没有愤怒的生活是一种悲哀。犹如跳跃的麋鹿丧失了迅速奔跑的能力,犹如敏捷的灵猫被剪掉胡须。当人对一切都无动于衷,当人首先戒掉了愤怒,随后再戒掉属于正常人的所有情感之后,人就在活着的时候走向了永恒——那就是死亡。

我常常冷静地观察他人的愤怒,我常常无情地剖析自己的愤怒,愤怒给我最深切的感受是真实,它赤裸而新鲜,仿佛那颗勃然跳动的心脏。

喜可以伪装,愁可以伪装,快乐可以加以粉饰,孤独忧郁能够掺进水分,唯有愤怒是十足成色的赤金。它是石与铁撞击一瞬痛苦的火花,是以人的生命力为代价锻造出的双刃利剑。

喜更像是一种获得,一种他人的馈赠。愁则是一枚独自咀嚼的青橄榄,苦涩之外别有滋味。唯有愤怒,那是不计后果不顾代价无所顾忌的坦荡的付出。在你极度愤怒的刹那,犹如裂空而出横无际涯的闪电,赤裸裸地裸露了你最隐秘的内心。于是,你想认识一个人,你就去看他的愤怒吧!

愤怒出诗人,愤怒也出统帅,出伟人,出大师,愤怒驱动我们平平常常的人做出辉煌的业绩。只要不丧失理智,愤怒便充满活力。

怒是制不服的,犹如那些最优秀的野马,迄今没有任何骑手可以驾驭它们。愤怒是人生情感之河奔泻而下的壮丽瀑布,愤怒是人生命运之曲抑扬起伏的高亢音符。

珍惜愤怒,保持愤怒吧!愤怒可以使我们年轻。纵使在愤怒中猝然倒下,也是一种生命的壮美。

保持惊奇

惊奇,是天性的一种流露。

生命的第一瞬就是惊奇。我们周围的世界,为什么由黑暗变得明朗?周围为什么由水变成了气?温度为什么由温暖变得清凉?外界的声音为何如此响亮?那个不断俯视我们亲吻我们的女人是谁?

从此我们在惊奇中成长。

这个世界上,有多少值得惊奇的事情啊。苹果为什么落地,流星为什么下雨,人为什么兵戎相见,史为什么世代更迭……

孩子大睁着纯洁的双眼,面对着未知的世界,不断地惊奇着,探索着,在惊奇中渐渐长大。

惊奇是幼稚的特权,惊奇是一张白纸。

但人是不可以总是惊奇着的。在生命的某一个时辰,你突然因为你的惊奇,遭逢尴尬与嘲笑。你惊奇地发现——惊奇在更多的时候,是稚弱的表现,是少见多怪的代名词,是一种原始蛮荒的状态。

对于我们这个崇尚见怪不怪其怪自败尊重老练成熟的民族心理中,惊奇是如胎发一般的标志。

你想成功吗?你首先须成功地把自己的惊奇掩盖起来。

我们的辞典里,印着许多诸如"处变不惊"、"荣辱不惊"的词汇,使"不惊"镀着大将风度的金辉,而"惊"则屈于永久的贬义。

翻那辞典,后面更有了"惊慌失措"、"大惊失色"、"惊恐万分"的形容,"惊"堕落着,简直就是怯懦、退缩、畏葸的同义语了。

于是人们开始厌恶惊奇。你想做大事吗?一个必备的基本功,就是训练自己丧失惊奇。

你看到爱情远不是传说中那般纯洁,你不要惊奇。

你看到生活远没有书本上描写的那么美好,你不要惊奇。

你看到友谊根本不是故事中那般忠诚,你不要惊奇。

你看到日子绝不如想象中那般绚烂,你不要惊奇……

如果你惊奇了,你就违反了一条透明的规则,会遭到别人阳光下或是暗影里的嘲笑:这个孩子还嫩着呢。

你在一次次碰壁后省悟到:即使你对这个世界还一知半解,你还搞不清问题的全部,但有一点你现在就能做到——那就是——埋葬你的惊奇。

你看到丑恶,假装没有看到,依旧面不改色谈笑风生,人们就会送你人情练达的评价。你听到秽闻,仿佛在那一刻患了突发性的耳聋,脸上毫无表情,人们会感觉你老于世故可以信赖。你被美丽美好美妙的景色感动,只可以默默地藏在心底,脸上切不可露出少见多怪的惊异,人们就会以为你少年老成,有大谋略大气魄,是可做将帅的优良材料。你碰到可歌可泣的人间至情,要把心肠练得硬如钻石,脸不变色心不跳。就算真搅得肝肠寸断,只可夜晚躲在无人处暗自咀嚼,切不可叫人觑了去,落得个柔情寡断的罪名……

现代社会是一只飞速旋转的风火轮,把无数信息强行灌输给我们。见多不怪,我们的心灵渐渐在震颤中麻痹,更不消说有意识地掩饰我们的惊讶,会更猛烈地加速心灵粗糙。在纷繁的灯红酒绿和人为的打磨中,我们必将极快地丧失掉惊奇的本能。

于是我们看到太多矜持的面孔。我们遭遇无数微笑后面的冷淡。我们把惊奇视作一种性格缺憾,我们以为永不惊讶才是人生的至高境界。

细细分析起来,"惊奇"是由两部分组成的,先有了"惊",其次才是"奇"。如果说"惊"属于一种对陌生事物认识局限的愕然,"奇"则是对未知事物积极探讨的萌芽了。

否认了"惊",就扼杀了它的同胞兄弟。我们将在无意之中,失去众多丰富自己的机遇。

假如牛顿不惊奇,他也许就把那个包裹着真理的金苹果,吃到自己的小肚子里面了。人类与伟大的万有引力相逢,也许还要迟滞很多年。

假如瓦特不惊奇,水壶盖噗噗响着,一个划时代的发现,就蒸发到厨房的空气中了。我们的蒸气火车头,也许还要在牛车漫长的辙道里蹒跚亿万公里。

即使对普通人来说,掩盖惊奇,也易闹笑话。一位乡下朋友,第一次住进城里的宾馆。面对盥洗室里那些式样别致的洁具,他想不通人洗一个脸,何至于要如此麻烦。他不会使用这些物件,本来请教一下服务小姐,也就迎刃而解了。可是他不想暴露自己的惊奇,就用地上一个雪白的盛着半盆水的瓷器,洗了脸。后来他才知道,那是马桶。

这当然是一个极端的例子了。我之所以把它写在这里,绝无幸灾乐祸之意。现代社会令人眼花缭乱,每个人在某种意义上说,都是孤陋寡闻的。你在你的行业里是专家里手,在其他领域,完全可能是白痴。这不是羞愧的事情,坦率地流露惊奇,表示自己对这一方面的无知以及求知的探索,是一种可嘉的勇气。

我认识一位老人,一天兴致勃勃地同我探讨电脑的种种输入方法。他整整八十二岁了,肾脏功能已经衰竭,我坚信他这一辈子也不可能在电脑键盘上敲出一个字。他在自己的专业范畴里,是一位德高望重的长者,但对电脑的理解多有谬误,就连我这个二把刀也听出了许多破绽。但是老人家充满探索之光的惊奇的眼神,却在这一瞬像探照灯一样扫过我的灵魂。面对他青筋暴突微微颤抖的手,我想,不知我这一生可否活得这样高寿?不论我生命的历程有多长,我一定要记得这目光炯炯的惊奇,学习他对世界的这份挚爱。绝不仅仅沉浸在熟悉的航道,始终保持对辽阔海域的探索,直到我最后一次呼吸。

惊奇是一种天然,而不是制造出来的。它是真情实感的火花。一块滚圆的鹅卵石,便不再会惊讶江河的波涛。惊奇蕴涵着奋进的活力。

惊奇不仅仅是幼稚,惊奇不仅仅是无知,惊奇是在它们基础上的深化和挺进。

你既然惊奇了,你就要探索这奥妙。你既然惊奇了,你就不能仅仅止于惊奇。爱好惊奇的人,也须将惊奇转化为平凡。消灭惊奇的过程,也就是学习的过程,惊奇在熟悉中淡化,才干在惊奇中成长。

世界是没有止境的,惊奇也是没有止境的。惊奇是流动的水,它使我们的思想翻滚着,散发着清新,抗拒着腐烂。

在城市里待得久了,常常使我们丧失惊奇的本能。我们鳝一样滑行着,浑身粘满市侩的黏液。

到自然中去,造化永远给我们以大惊喜。和寥廓的宇宙相比,个人的得失是怎样的微不足道啊。不要小看山水的洗涤,假如真正同天地对一次话,我们定会惊奇自己重新获得活力。

如果无法到自然中去,就同与自己没有利害关系的从小的朋友,做一次促膝的谈心。利害关系这件事,实在是交友的大敌。我不相信有永久的利益,我更珍视患难与共的友谊。长留史册的,不是锱铢必较的利益,而是肝胆相照的情分。和朋友坦诚的交往,会使我们留存着对真情的敏感,会使我们的眼睛抹去云翳,心境重新开朗,惊奇就在这清明的心境中,翩翩来临了。

假如既没有自然可以依傍,又没有朋友可以信赖,真是人生的大憾事。只有在静夜中同自己对话,回忆那些经历中最美好的片段,温习曾经使心灵震撼的镜头。它也许是很小的一朵旷野花,也许是冬天的一盏红灯笼,也许是苍茫的大漠暮色,也许是雄浑激荡的乐曲……总之那是独属于你的一份秘密,只有你才知道它对于你的惊奇的意义。古语说:学而时习之,不亦乐乎。复习以往我们情感中最精彩的片段,常常会使我们整旧如新。

保持惊奇,我常常这样对自己说。它是一眼永不干涸的温泉,会有汩汩的对于世界的热爱,蒸腾而起,滋润着我们的心灵。

紧　张

一个有趣的游戏。两人一组,其中一人会拿到一些纸条,上面写着字——都是人们常有的一些情绪,比如高兴、漠不关心、嫉妒、疲倦已极……

拿到纸条的人,要按照纸条上的指示,做出相应的表情和行动,让另外的那个人猜。

例如,甲看了看手中的纸条上的字迹,沉思片刻后开始表演。先是豹眼圆睁,辅以一个箭步上前,右手揪住假想中的某人脖领,同时挥出弧度漂亮的左钩拳,击中那人腮帮……

乙在目睹了甲的表情和行动以后,也沉思片刻。然后大声说出他解读出的对方情绪——"愤怒"。

甲颔首道,基本正确。不过,我手中的纸条上写的是"狂怒"。

乙说,嗨!如果是"狂",你的这个表达等级,味道尚欠浓烈。倘若换我,一般的愤怒,就已达到这个档次。真到了狂怒阶段,还要加上怒发冲冠拳打脚踢暴跳如雷虎啸龙吟……

这个小游戏,说明人和人之间并不是很容易沟通的。人们通常按照自己表达情绪的方式来理解他人。

但人和人之间,仍是可以沟通的。需要语言的帮助和长久的磨合。程度差异很大。可以一叶知秋,也可落英缤纷。

我很喜欢玩这个游戏,可以更深刻地感知他人的内心,察觉人群的异同。正是这种无休无止的差异,造成了人的丰富多彩和无数悲欢离合。

某次,我遇到了一位有趣的合作者。他是一位老板。

拿了字条开始表演。目光炯炯,眉头紧皱,身板僵直,双手攥拳……

我绕着他走了三圈,思索不出他这番表演的内涵,求助道:你能不能示意得再明确些?

他是个好商量的人。思忖片刻后,加上了一个表情:嘴角紧抿……

我还是百思不得其解,只得求饶道:猜不出猜不出。我投降,快告诉我底牌吧。

他把纸条伸给我,上面写着——焦虑。

想想，也有道理。某些人焦虑的时候，就是这副沉闷苦恼的模样。

第二轮测验开始。他看了一眼手中新的纸条，开始表演：目光炯炯，眉头紧皱，身板僵直，双手攥拳……

我丧气地说，不行。再具体些。

他就又加了一个表情——嘴角紧抿……

天啊，我一筹莫展。甚至想，这一堆测验的纸条里，不会有两张"焦虑"吧？

我说，完了。我弱智了。请你告诉我吧。

他手心摊开，我看到了谜底：沮丧。

沮丧是这个样子的吗？我不服气地说，你的表演有问题，沮丧的时候，目光通常是低垂的。

但是，我沮丧的时候，就是如此，聚精会神的。他很诚恳地说。

我只得服输。是啊，你不能否认有些人虽败犹荣，屡败屡战，永远目光如炬。

再一次轮到他表演的时候，我格外地当心。看到他拿了纸条，踌躇了一下，然后胸有成竹地开始演示。

目光炯炯，眉头紧皱，身板僵直，双手攥拳……

看到我的茫然愁苦的模样，他善解人意地加上了一个补充动作——紧抿嘴角……

我极快地调侃道，干脆杀了我。我无法破译你的密码。

轮到他吃惊，说，我有那么神秘吗？其实，这一次，我表达的是一种很平和的情绪——"安静"！

我几乎昏了过去，说，您的大驾尊容，居然能称得上是安静?!我想,当你自以为安静的时候,周边的人,绝不敢打扰你。

说者无心,听者有意。他静默了片刻,一拍大腿说,哦,你这样一讲,我就明白了,为什么我以为自己慈祥的时候,大家依然说我严厉……

那一次令人难忘的游戏,它的结尾有些苦涩的味道。因为我的这位朋友,无论他拿到写着怎样字迹的纸条,他的表情都像一个模子里抠出来的:目光炯炯……嘴角紧抿……甚至当"爱情"出现的时候,他也如此刻板和冷峻。

我问他,你成家了吗?

他说,成了。但是,又散了。

我说,还打算成吗?

他说,暂时没有打算。

我说,没有的好。

他说,你为什么这样说?

我说,我的意思是,你若不把表情修改一下,即使有了女朋友,也会莫名其妙地走开。

我后来同这位老板详细地探讨了他的表情。他说,我一个当老板的,哪能事事都流露在面上,让人看个透明?我这是深沉。

我说,表情的僵化和不动声色,并不能画等号。对家人和对谈判对手,哪能一样?周恩来可算是大家,他的表情就丰富得很,并非整天板着阶级斗争脸。咱们常常羡慕外国的老板当得潇洒,其中重要一条——就是他们真实。当怒则怒,当喜则喜。况且,老板也是人,也有七情六欲。事业做得好,人也要活得自然、自在。

后来,我和这位老板进行了比较深入的谈话,才明白在他那千篇一律的面具之后,准确地说,既不是焦虑,也不是沮丧,当然更不是安静,而是——紧张。

紧张,是现代人逃脱不掉的伴侣。

紧张的时候,我们的心跳加快,瞳孔睁大,呼吸急促,血流湍急……我们的思索急迫而锋利,我们的行动敏捷而有力。

紧张这个词,很多年以前,被写进一所著名大学的校训。我想,那时它一定是有的放矢,有着历史的必然和辉煌的功绩。

时代在发展,如今,当我们不再从战火和铁血的角度看待紧张的时候,紧张就有了更多探讨的意义。

短时间的紧张,很好,会使我们焕发出非凡的爆发力。不过,世界上的事情,一蹴而就的,肯定有,但终是有限。大量的成功,孕育在日积月累的跋涉。紧张是一百米短跑,成长则是马拉松比赛。长久的紧张,如同长久的鞭策一样,是不能维持的,它会导致反应的迟钝。紧张可以应对一时,紧张却无法达至永恒。

紧张是一种无休止的激动,是一种没有间歇的高亢,是一种针插不进水泼不进的致密,是一种应急和应激的全力以赴。

你见过没有起落的江河吗?你听过没有顿挫的乐曲吗?你爬过没有沟崖的山峦吗?你走过没有悲喜的人生吗?

紧张是面具。紧张的下面,潜伏着怎样的暗流?换句话说,什么导致我们长久僵硬的紧张?

紧张的人,思维是直线而不是发散的,因为他的注意力太集中了,心就无旁骛。当我们的视野中只有一个目标的时候,它是收束和狭窄的(不是指远大的唯一的目标,是指运筹帷幄的策略)。我们的显意识之下,是辽阔的潜意识。当紧张的时候,理智和经验就占据了上风,而人类在长久的进化中所积累的本体感觉,被抑制和忽略。所以,紧张的人,很容易累。因为他是在用5%的能力,负载着100%甚至更高的压力,怎么能集思广益化险为夷呢?

紧张的人,其实是不安全的。他处于风声鹤唳之中,对自己的位置和处境,有深深的忧虑。他大张着自己所有的感官——眼睛瞪着,耳朵开放,手脚绷紧,呼吸也是浅而快的……他的全身就像一架打开的雷达,侦察着周围的一草一木。

他因袭着以往的重担,关注着周围的一举一动,他无法平和地看待他人和看待自己。紧张的人,睡眠通常不良。因为在睡梦中,他也不由自主地睁着半只眼睛。

打个比喻。什么动物最易于紧张呢?通常一下子就会想起老鼠兔子麻雀之类的,大都是弱小的谨慎的没有强大的防御能力的生灵。如果是老虎狮子大象甚至蟒蛇,我们想起它们的时候,可以觉得它们或懒洋洋或佯装安宁,但我们不会浮现出它们是紧张的这样一个印象。在突袭猎物的时候,它们快则快矣,狠则狠矣,你可以痛恨它,但它依然是从容和大智若愚。它们不紧张。

再举南极洲的企鹅为例,这些穿西服的鸟们,似乎也没有伶牙俐齿可供攻伐猎物与保障自身,胖墩墩的战斗力不强,但是,它们毫无疑义地不紧张。因为,不是来自它们自身的强大,而是没有人类的迫害和袭扰,它们尚不知紧张为何物。

所以,紧张不是强大,只是懦弱的一件涂着迷彩的旧风衣。

紧张往往使我们看问题的角度趋向负面。因为不安全,所以防御感强,假如在判断不清的时候,首先断定对方是有敌意和杀伤力的,考虑自己怎样防卫怎样规避怎样逃脱……紧张会使我们误会了朋友的友谊,曲解了爱情的试探,加深了创伤的痛楚,减缓了复原的时机。在紧张的时刻,决定往往是短期和激烈的。

紧张的时候,我们无法清晰地聆听到他人真实的声音。我们自身澎湃的血流,主导了我们的听觉。我们看到的可能并非真实的世界,因为自身的目光已经有了某种先入的景象。我们无法虚怀若谷地接纳他人的意见,因为自己的念头依然盘踞在心。我们难以深刻地反省局限,因为注意力全然集中对外,内心演出了一场空城计……紧张就是如同凹凸镜一般,变形了真实的世界,让我们进入高度的备战状态。

紧张的人,是很难和别人和睦相处的。紧张的人,通常郁郁寡欢慎言忧郁。紧张的人,孤独寂寞。他们可以置身于灯红酒绿车水马龙当中,好似应者云集,但他们的心,多疑多虑,挛缩成一块石头。

人们很推崇的一个词——大将风度。我以为其中极重要的组成部分,就是不紧张。每一行真正的高手,几乎都是举重若轻温柔淡定的。草船借箭诸葛空城,功夫在诗外,无论形势多么危急,他们成竹在胸。无论己方多么孤立,他们胜券在握。哪怕局面间不容发,他们眼观六路,耳听八方。

大将不紧张。

我在寻找那片野花

一位女友,告我这样一件事。

上小学的时候,班上有个女同学,叫做荞,家境贫寒,每学期都免交学杂费的。她衣着破烂,夏天总穿短裤,是拣哥哥剩下的。我和她同期加入少先队。那时候,入队仪式很庄重。新发展的同学面向台下观众,先站成一排,当然脖子上光秃秃的,此刻还未被吸收入组织嘛。然后一排老队员走上来,和非队员一对一地站好。这时响起令人心跳的进行曲,校长或是请来的英模——总之是德高望重的长辈,口中念念有词,说着"红领巾是红旗的一角,是用烈士的鲜血染成"等教诲,把一条条新的红领巾发到老队员手中,再由老队员把这一鲜艳的标志物,绕到新队员的脖子上,亲手挽好结,然后互敬队礼,宣告大家都是队友啦!隆重的仪式才算完成。

新队员的红领巾,是提前交了钱买下的。荞说她没有钱。辅导员说,那怎么办呢?荞说,哥哥已超龄退队,她可用哥哥的旧领巾。于是那天授巾的仪式,就有一点特别。当辅导员用托盘把新领巾呈到领导手中的时候,低低说了一句。同学们虽听不清是什么,但能猜出来——那是提醒领导,轮到荞的时候,记得把托盘里的那条旧领巾分给她。

满盘的新领巾好似一塘金红的鲤鱼,支棱着翅角。旧领巾软绵绵地卧着,仿佛混入的灰鲫,落寞孤独。那天来的领导,可能老了,不曾听清这句格外的交代,也许他根本没想到还有这等复杂的事。总之,他一一发放领巾,走到荞的面前,随手把一条新领巾分给了她。我看到荞好像被人砸了一下头顶,身体矮了下去。灿如火苗的红领巾环着她的脖子,也无法映暖她苍白的脸庞。

那个交了新红领巾的钱,却分到一条旧红领巾的女孩,委屈至极。当场不好发作,刚一散会,就怒气冲冲地跑到荞跟前,一把扯住荞的红领巾说,这是我的!你还给我!

领巾是一个活结,被女孩拽住一股猛拽,就系死了,好似一条绞索,把荞勒得眼珠凸起,喘不过气来。

大伙扑上拉开她俩。荞满眼都是泪花,窒得直咳嗽。

那个抢领巾的女孩自知理亏,嘟囔着,本来就是我的嘛!谁要你的破红领巾!说着,女孩把荞哥哥的旧领巾一把扯下,丢到荞身上,补了一句——我们的红领巾都是烈士用鲜血染的,你的这条红色这么淡,是用刷牙出的血染的。

经她这么一说,我们更觉得荞的那条旧得凄凉。风雨洗过,阳光晒过,捎了颜色,布丝已褪为浅粉。铺在脖子后方的三角顶端部分,几成白色。耷拉在胸前的两个角,因为摩挲和洗涤,絮毛纷披,好似参开的锅刷头。

我们都为荞不平,觉得那女孩太霸道了。荞一声未吭,把新领巾折得齐整整,还给了它的主人。把旧领巾端端系好,默默地走了。

后来我问荞,她那样对你,你就不伤心吗?荞说,谁都想要新领巾啊,我能想通。只是她说我的红领巾,是用刷牙出的血染的,我不服。我的红领巾原来也是鲜红的,哥哥从九岁戴到十五岁,时间很久了。真正的血,也会褪色的。我试过了。

我吓了一跳。心想,她该不是自己挤出一点血,涂在布上,做过什么试验吧?我没敢问,怕得到一个肯定的答复。

毕业的时候,荞的成绩很好,可以上重点中学。但因为家境艰难,只考了一所技工学校,以期早早分担父母的窘困。

在现今的社会里,如果没有意外的变故,接受良好的教育,是从较低阶层进入较高阶层的——不说是唯一,也是最基本的孔道。荞在很小的时候，就放弃了这种可能。她也不是具国色天香的女孩，没有王子骑了白马来会她。所以，荞以后的路，就一直在贫困的底层挣扎。

我们这些同学，已近了知天命的岁月。在经历了种种的人生，尘埃落定之后，屡屡举行聚会，忆旧兼互通联络。荞很少参加，只说是忙。于是那个当年扯她领巾的女子说，荞可能是混得不如人，不好意思见老同学了。

荞是一家印刷厂的女工。早几年，厂子还开工时，她送过我一本交通地图。说是厂里总是印账簿一类的东西，一般人用不上的。碰上一回印地图，她赶紧给我留了一册，想我有时外出，或许会用得着。

说真的，正因为常常外出，各式地图我很齐备。但我还是非常高兴地收下了她的馈赠。我知道，这是她能拿得出的最好的礼物了。

一次聚会，荞终于来了。她所在的工厂宣布破产，她成了下岗女工。她的丈夫出了车祸，抢救后性命虽无碍，但伤了腿，从此吃不得重力。儿子得了肝炎休学，需要静养和高蛋白。她在几地连做小时工，十分奔波辛苦。这次刚好到这边打工，于是抽空和老同学见见面。

我们都不知说什么好，只是紧握着她的手。她的掌上有很多毛刺，好像一把尼龙丝板刷。

半小时后，荞要走了，同学们推我送送她。我打了一辆车，送她去干活的地方。本想在车上，多问问她的近况，又怕伤了她的尊严。正斟酌为难时，她突然叫起来——你看！你快看！

窗外是城乡接合部的建筑工地，尘土纷扬，杂草丛生，毫无风景。我不解地问,你要我看什么呢?

荞很开心地说,我要你看路边的那一片野花啊。每天我从这里过的时候,都要寻找它们。我知道它们哪天张开叶子,哪天抽出花茎,在哪天早晨,突然就开了……我每天都向它们问好呢!

我一眼看去,野花已风驰电掣地闪走了,不知是橙是蓝。看到的只是荞的脸,憔悴之中有了花一样的神采。于是,我那颗久久悬起的心,稳稳地落下了。我不再问她任何具体的事情,彼此已是相知。人的一生,谁知有多少艰涩在等着我们?但荞经历了重重风雨之后,还在寻找一片不知名的野花,问候着它们。我知道在她心中,还贮备着丰足的力量和充沛的爱,足以抵抗征程的霜雪和苦难。

此后我外出的时候,总带着荞送我的地图册。朋友这样结束了她的故事。

走出黑暗巷道

那个女孩子坐在我的对面,薄而脆弱的样子,好像一只被踩扁的冷饮蜡杯。我竭力不被她察觉地盯看着她的手——那么小的手掌和短的手指,指甲剪得秃秃,仿佛根本不愿保护指尖,恨不能缩回骨头里。

就是这双手,协助另一双男人的手,把一个和她一般大的女孩子的喉管掐断了。

那个男子被处以极刑,她也要在牢狱中度过一生。

她小的时候,家住在一个小镇,是个很活泼好胜的孩子。一天傍晚,妈妈叫她去买酱油,在回家的路上,她被一个流浪汉强暴了。妈妈领着她报了警,那个流浪汉被抓获。他们一家希望这件事从此被人遗忘,像从没发生过那样最好。但小镇的人对这种事,有着经久不衰的记忆和口口相传的热情。女孩在人们炯炯的目光中,渐渐长大,个子不是越来越高,好像是越来越矮。她觉得自己很不洁净,走到哪里都散发出一种异样的味道。因为那个男人在侮辱她的过程中,说过一句话:"我的东西种到你身上了,从此无论你在哪儿,我都能把你找到。"她原以为时间的冲刷,可以让这种味道渐渐稀薄,没想到随着年龄加大,她觉得那味道越来越浓烈了,怪异的嗅觉,像尸体上的乌鸦一样盘旋着,无时不在。她断定世界上的人,都有比猎狗还敏锐的鼻子,都能侦察出这股味道。于是她每天都哭,要求全家搬走。父母怜惜越来越皱缩的孩子,终于下了大决心,离开了祖辈的故居,远走他乡。

迁徙使家道中落。但随着家中的贫困,女孩子缓缓地恢复了过来,在一个没有人知道她的过去的地方,生命力振作了,鼻子也不那么灵敏了。在外人眼里,她不再有显著的异常,除了特别爱洗脸和洗澡。无论天气多么冷,女孩从不间断地擦洗自己。由于品学兼优,中学毕业以后她考上了一所中专。在那所人生地不熟的学校里,她人缘不错,只是依旧爱洗澡。哪怕是只剩吃晚饭的钱了,宁肯饿着肚子,也要买一块味道浓郁的香皂,把全身打出无数泡沫。她觉得比较安全了，有时会轻轻地快速微笑一下。童年的阴影难以扼制青春的活力，她基本上变成一个和旁人一样的姑娘了。

这时候，一个小伙子走来，对她说了一句话：我喜欢你。喜欢你身上的味道。她在吓得半死中，还是清醒地意识到，爱情并没有嫌弃她，猛地进入到她的生活中来了。她没有做好准备，她不知道自己能不能爱，该不该同他讲自己的过去。她只知道这是一个蛮不错的小伙子，自己不能把射来的箭，像个印第安土人的"飞去来"似的，放回去。她执著而痛苦地开始爱了，最显著的变化是更频繁地洗澡。

一切顺利而艰难地向前发展着，没想到新的一届学生招进来。一天，女孩在操场上走的时候，像被雷电劈中，肝胆俱碎。她听到了熟悉的乡音，从她原先的小镇，来了一个新生。无论她装出怎样的健忘，那个女孩子还是很快地认出了她。

她很害怕，预感到一种惨痛的遭遇，像刮过战场的风一样，把血腥气带了来。

果然，没有多久，关于她幼年时代的故事，就在学校流传开来。她的男朋友找到她，问，那可是真的？

她很绝望，绝望使她变得无所顾忌，她红着眼睛狠狠地说，是真的！怎么样？

那个小伙子也真是不含糊的，说，就算是真的，我也还爱你！

那一瞬，她觉得天地变容，人间有如此的爱人，她还有什么可怕的呢！还有什么不可献出的呢！

于是他们同仇敌忾，决定教训一下那个饶舌的女孩。他们在河边找到她，对她说，你为什么说我们的坏话？

那个女孩心有些虚，但表面上却更嚣张和振振有词。说，我并没有说你们的坏话，我只说了有关她的一个真事。

她甚至很放肆地盯着爱洗澡的女孩说，你难道能说那不是一个事实吗？

爱洗澡的女孩突然就闻到了当年那个流浪汉的味道，她觉得那个流浪汉一定是附体在这个女孩身上，千方百计地找到她，要把她千辛万苦得到的幸福夺走。积攒多年的怒火狂烧起来，她扑上去，撕那饶舌女生的嘴巴。一边对男友大吼说，咱们把她打死吧！

那男孩子巨蟹般的双手，就掐住了新生的脖子。

没想到人怎么那么不经掐，好像一朵小喇叭花，没怎么使劲，就断了。再也接不上了。女孩子直着目光对我说，声音很平静。我猜她一定千百次地在脑海中重放过当时的录影，不明白生命为何如此脆弱。为自己也为他人深深困惑。

热恋中的这对凶手惊慌失措。他们看了看刚才还穷凶极恶现在已了无声息的传闲话者，不知道下一步该怎样动作。

咱们跑吧。跑到天涯海角。跑到跑不动的时候，就一道去死。他们几乎是同时这样说。

他们就让尸体躺在发生争执的小河边，甚至没有丝毫掩盖。他们总觉得她也许会醒过来。匆忙带上一点积蓄，蹿上了火车。不敢走大路，就漫无目的地奔向荒野小道，对外就说两个人是旅游结婚。钱很快就花光了，他们来到云南一个叫"情人崖"的深山里，打算手牵着手，从悬崖跳下去。

于是拿出最后的一点钱，请老乡做一顿好饭吃，然后就实施自戕。老乡说，我听你们说话的声音，和新闻联播里是一个腔调，你们是北京人吧？

反正要死了,再也不必畏罪潜逃,他们大大方方地承认了。

我一辈子就想看看北京。现在这么大岁数,原想北京是看不到了,现在看到两个北京人,也是福气啊。老人说着,倾其所有,给他们做了一顿丰盛的好饭,说什么也分文不取。

他们低着头吃饭,吃得很多。这是人间最后的一顿饭了,为什么不吃得饱一点呢。吃饱之后,他们很感激也很惭愧,讨论了一下,决定不能死在这里。因为尽管山高林密,过一段日子,尸体还是会被发现。老人听说了,会认出他们,就会痛心失望的。他一生看到的唯一两个北京人,还是被通缉的坏人。对不起北京也就罢了,他们怕对不起这位老人。

他们从情人崖走了,这一次,更加漫无边际。最后,不知是谁说的,反正是一死,与其我们死在别处,不如就死在家里吧。

他们刚一回到家,就被逮捕了。

她对着我说完了这一切,然后问我,你能闻到我身上的怪味吗?

我说,我只闻到你身上有一种很好闻的栀子花味。

她惨淡地笑了,说,这是一种很特别的香皂,但是味道不持久。我说的不是这种味道,是另外的……就是……你明白我说的是什么……闻得到吗?

我很肯定地回答她,除了栀子花的味道,我没有闻到任何其他的味道。

她似信非信地看着我,沉默不语。过了许久,才缓缓地说:今生今世,我再也见不到他了。就是有来生,天上人间苦海茫茫的,哪里就碰得上!牛郎织女虽说也是夫妻分居,可他们一年一次总能在鹊桥见一面。那是一座多么美丽和轻盈的桥啊。我和他,即使相见,也只有在奈何桥上。那座桥,桥墩是白骨,桥下流的不是水,是血……

我看着她,心中充满哀伤。一个女孩子,幼年的时候,就遭受重大的生理和心理创伤,又在社会的冷落中屈辱地生活。她的心理畸形发展,暴徒的一句妄谈,居然像咒语一般,控制着她的思想和行为。她慢慢长大,好不容易恢复了一点做人的尊严,找到了一个爱自己的男孩。又因为这种黑暗的笼罩,不但把自己拖入深渊,而且让自己所爱的人走进地狱。

旁观者清。我们都看到了症结的所在。但作为当事人,她在黑暗中苦苦地摸索,碰得头破血流,却无力逃出那桎梏的死结。

身上的伤口,可能会自然地长好,但心灵的创伤,自己修复的可能性很少。我们能够依赖的只有中性的时间。但有些创伤虽被时间轻轻掩埋,表面上暂时看不到了,但在深处,依然存有深深隧道。一旦风云突变,那伤痕就剧烈地发作起来,敲骨吸髓地痛楚起来。

我们每个人,都有一部精神的记录,藏在心灵的多宝格内。关于那些最隐秘的刀痕,除了我们自己,没有人知道它陈旧的纸页上滴下多少血泪。不要乞求它会自然而然地消失,那只是一厢情愿的神话。

重新揭开记忆疗治,是一件需要勇气和毅力的事情。所以很多人宁可自欺欺人地糊涂着,不愿清醒地焚毁自己的心理垃圾。但那些鬼祟也许会在某一个意想不到的瞬间,幻化成形,牵引我们步入歧途。

我们要关怀自己的心理健康,保护它,医治它,强壮它,而不是压迫它,掩盖它,蒙蔽它。只有正视伤痛,我们的心,才会清醒有力地搏动。

苦难不是牛痘疫苗

1997—1998年,几乎成了我的说话年。北大、清华、北京师范大学、北京外国语大学、中国协和医科大学、北京科技大学、首都师范大学、中医药大学……还有女子中学和北京八中的少年班。从少年到青年,从北京到新疆,我都曾和他们聊过天。

我之所以不喜欢把这种形式称作讲演,是因为自己心里有障碍。我害怕那个"演"字,觉得有几分虚拟与矫情。也许对在舞台上的演员是正常事情,但对以笔为生的我来说,更习惯在黎明或是夜半,独自枯索。

生平不会表演,也未曾当过老师。面对许多人说话,提前就会感到莫大压力。每逢答应了,要在某时某刻与众人会晤,前一天就惶惶不可终日。夜里也睡不好觉,仿佛面临一场莫测的考试。有时直到赶赴会场的路上,都不晓得自己将如何开头。

其实,这种场合,拒绝是最简单的方法,过去多年,我恪守着说:"不。"除非极熟识的朋友托到头上,百推无效,否则绝不答应出席。一天,女作家赵玫的一句话改变了我的看法。她说,不要拒绝大学生,他们是希望。

这种集体聊天大致分为两部分。前三分之二时间,由我主说。题目通常是"文学与人生"这类大得吓人的题目。题目大了,其实有好处,就是无论你怎样说,都不会跑题。我私下里以为,同学们对从作家那里能听到些什么,期望值并不很高,一般来说比较宽容。我也乐得撒开来谈了。

后三分之一的时间,一般留作大家对话。纸条不断从会场的不同角落传上来,形态各异。有写满了字的整张作业纸,也有寥寥数语窄如柳眉的短笺。我满怀兴致地阅读它们,好像你对着大山呼唤了一声,片刻后收获连绵不绝的回音。每次讲演回来,都有成包的各色纸条回馈,纷纷扬扬,好似你从飘飘洒洒的冬夜,掬回一捧雪花。

我很喜欢这些字条,里面蕴含着信息和挑战。时间久了,纸条聚得如山,偶有翻看,仍会感到灼热与激荡。那是一些年轻的心的切片,固定着那些难忘的夜晚。不论日子过去多久,依然显示着清晰的思想脉络和蓬勃的生命力。

我也常常反思,自己在当时的氛围和倚马可待的回答中,是否诚挚友善和机智?

现在,我把一些字条,直录在这里。然后是我的回答。基本上是当时的想法,也许经过时间的沉淀,更条理了一些。

问:您不愿当医生,可我最爱看您笔下的医生,这也曾让我一度非常想当医生。您笔下的医生医术都很高超,我觉得您当医生,也一定是个好医生。我总为您感到后悔。想问两个问题:

(1)您后悔吗?

(2)您认为作家是最适合您的职业吗?

此条来自清华大学。他们的纸条和别的大学的纸条有些微不同。基本上都用整张的纸,字也写得较大,感觉较为豪放。文科学校所用的纸条多半细小精致,字也文秀些。

答:我当医生的时候,医术一般,但我是一个比较负责任的医生。医生是一个对责任感要求非常严格的职业,甚至可以说,责任感与医术,是一个好医生飞翔的双翼。我当医生时,有一个习惯,也许可以算作爱好吧——就是愿意和病人谈话,耐心地倾听他们对于自己痛苦的倾诉。我不喜欢那种医生,把诊断搞清后,就不屑于理睬病人,觉得病人只是一个悬挂疾病的衣架。我愿意尽我所能,和气地深入浅出地向病人解释他的病情,同情他的疾苦……这不是很难的事情,但有些医生忽略了。

不当医生,我不后悔。因为这是我在没有外力胁迫的情况下,自觉自愿作出的选择。人一生能够从事自己所热爱的事业,是一种奢华的好运气。

问:您为什么没有起一个笔名?您若起一个笔名,将是什么样的?

此条来自北京大学。我直觉感到这是一个有志从事文学创作的女孩子。她的提问很内行,富有技术性。

答:在我还没有做好小说能够发表的心理准备的时候,它就发表了,多少有些令我措手不及。当时杂志社并没有人问我要不要用一个笔名,我也就不便说请把原稿上我的本名涂掉,换一个笔名,私下觉得那太给人添麻烦了(其实不复杂,但我不好意思说)。于是,以精心策划的笔名面世的机会,稍纵即逝。当然,到了发表第二篇稿子的时候,已从容了些,有机会缓缓思忖一个笔名。但一旦开始具体操作,深深的忧虑攫住我——换了一个崭新的笔名,我的父母在感情上是否会接受?承认那个铅字所组成的陌生字眼,就是他们原装的女儿？我拿不定主意，也没有勇气问他们。事情一耽搁，机遇就又过去了。我从小是一个很乐意让父母高兴的孩子，为了这份并非完全空穴来风的忧虑，我终于坚定地不用笔名了。

如果我要起笔名的话，我要用一种矿物质或是金属的名称做笔名。我喜欢那种在亿万斯年的大自然当中，凝结的精华与漠然的力度的感觉。而且我觉得金属有特殊的壮丽。

问：您经历了那么多的坎坷，可无论是您的文学和您的话语，所表达的都是对生活的乐观和轻松，您认为这是一种经历了太多苦难后的宽容和超越，还是您并不认为有必要感受沉重？

这个纸条，记得是来自一位医学生，好像还是博士班的。我当时有些踌躇，不知如何解答是好。因为他（或她？）似乎比我考虑得更成熟了。

答：我很坎坷吗？我不觉得啊。现在很多人讲到坎坷的时候，多用一种夸耀的口气或是潜藏着求人怜悯的企图，使我不爱说这个词。坎坷和顺利，似乎是反义词，其实都是生命的相对状态。至于顺利是否就是快乐相连，坎坷是否就一定指向沉重，我以为并非必然。我们可以在顺利的时候愁容惨淡，也可以在苦难时欢颜一笑，关键在于我们把握命运的定力。

我不喜欢模拟苦难，无论是从理论还是从实践上。我对人为地自造苦难，以考验他人的做法，深恶痛绝。人生的苦难，不是像牛痘疫苗一样的病毒提取物，植入皮肤，就可以终生预防天花了。我所看到的更多的事实是，苦难磨秃了人对美好事物的细腻感受力，削尖了利己损人的恶性竞争意识，使人变得粗糙和狠毒。苦难浪费了时间，剥夺了原应更富创造力的年华，迟滞了我们的步伐。

如果苦难一定要扑面而来,那就得镇静迎战了。这另当别论。

我所遇到的最好玩的一些问题,比如未来和幻想,事无巨细的提问和随心所欲的对话,来自少年们,特别是北京八中。那是一些十三四岁的男孩女孩,智商很高,天性活泼好动。马上就要参加高考了,竟然还有兴致邀我对话,说读过我的作品,想交流一下感受。

我力拒,理由简单。我想象不出这些非凡的孩子,会是怎样的精灵?不知和太聪明的孩子,该如何讲话?万一不妥,戕害了祖国花朵,还是一些很优良的大花骨朵。闹得不好,我前脚刚走,后脚人家就得消毒。

但校方力邀,那位音色有些苍凉的老师,一口一个"不是我请您,是我的孩子们请您"。

做母亲的人,听不得人家说,我的孩子想如何如何……我只好答应了。

所幸那是一群非常机灵可爱的少年,知识面极广,天上地下金戈铁马。我们讨论了很多问题,留下深刻记忆的是这样一张字条。

问:我考上大学一点儿问题都没有,但我不喜欢这件事,今年7月,我不想考啦!背许多没用的东西,瞎耽误工夫。顺便问您一句,您第一次稿费,钱多吗?干什么用了?

答:人一生,要干许多自己不喜欢的事。这 规则,以我的岁数和经历来看,可以倚老卖老地向你们说——是一条铁律。世上有些事,不是因为我们喜欢才去做,而是从长远看,从责任看,从发展看,必须做。我同意你的观点,上大学没什么了不起。但它是一张门票,你要领略更广大的景色,你得有入场券。不必将它看得过重,也不可太掉以轻心。你既然一点儿问题都没有,不妨轻松过关,然后再按自己的意志,努力向前,走自己的路。

第一次稿费钱不多,几万字的稿子,几百块钱,基本上合一个字一分多点钱。我把其中的一半寄给我父母,另一半买了书。妈妈说,汇款单到的那一天,她正在小路上散步,听人喊,你女儿把稿费寄来了,几乎流下眼泪。

热爱说话

和果的对话,非常轻松。她像是一架话语永动机,不待你发问,就把你想知道的问题都说了出来,比你预计的更要清晰明白。

你说,中国汉字里,使用频率最高的偏旁部首是哪个?这是果对我说的第一句话。

果的身份是一家中外合资的商场董事长,雇用着外方的总经理,一言九鼎,威名赫赫。在果的那座身披玻璃幕墙,金碧辉煌玲珑剔透的大厦里浏览时,你不由自主地会想象它的最高领导人可能是位女王。但此刻的果,安静而有学究气,好像是在大学的小组讨论会上。

我不好意思地说,别看天天和字打交道,还真没这个研究。

可能是"提手"旁吧。记得学《诗经》的时候,老师曾说过,那时诗里就有数十个有关手的动词。再说我们这个民族是崇尚行动尊重实干的,"提手"应该最多。我回答。

错。字典里,"口"字旁和"言"字旁的字加起来,构成了中国汉字部首类里最庞大的家族。果非常肯定地说。

这证明,说话是人生中非常重要的一件事,我们的古人早就发现了这条真理,所以才创造出这么多形容说话的词语。在科学不发达的古代,"说"都傲视群雄,到了现代,信息大爆炸,说话就更具有了凌驾一切的力量。

我说的"说话",是一个广义的概念,包括文字。更宽泛地讲,等同信息之意。比如我们两个坐在这里说话,就是传达彼此隔膜的信息。美国总统在派出特使执行重要公务的时候,最后一个程序就是两人促膝交谈,以便让特使最大限度地正确把握总统的思想……这说明谈话是多么要紧的事情。

我热爱谈话。果一字一句地说。

我有些吃惊,虽然我不拒绝谈话,但好像还是第一次听到热爱谈话。果不理会我的惊讶,按照自己的思路侃侃而谈。

一般来说,服从性强地位比较低下的人,多半意识不到谈话的重要性,因为他更多的是一个执行者,别人说什么,他跟着做就是了,语言好像是多余的。在中国的传统文化里,特别强调"君子讷于言而敏于行",我觉得那是一种上智下愚的思想残余。你若是想让自己智慧起来,并表达这种智慧,让自己的智慧影响更多的人,你必须学会发展、整理、沟通萌芽状态的思想,最简便易行、行之有效的方法就是说话。我给你举一个例子,商场合资以后,外方有许多新的措施,大多数是干了几十年老商业的人,闻所未闻的招数,很多人接受不了。我就把所有中层以上的干部用车拉到一处风景胜地,有美丽的草坪和湖水。我在草坪的中央摆起三张桌子，下面聚了一帮身强力壮的小伙子。大家不知我什么意思，说董事长是不是要我们耍杂技啊？我爬上桌子，站在上面，对大家说，现在，我要背对着大家头朝下地栽下去，下面的警卫战士会接住我……高度只有两米多，接应绝无问题，现在你们看着我操作……说完以后，我就义无反顾地一个倒栽葱折了下来，战士把我接住，一切正常。我对大家说，现在，每个人把我刚才的动作重复一遍吧。最先走上桌子的，是我方的副总，他年纪比较大了，腿脚哆嗦，求告我说，我老胳膊老腿的，就免了吧。要不你就撤掉一张桌子，把高度降点。再不然，我脸朝前往下跳，眼睛看着下面，万一出点纰漏，我还能有个自卫动作。千万别让我后脑勺对着地，行不行啊？我说，不成。这项操作是安全的，我已经亲身试验了几十次，绝无问题。它就像我们商场就要施行的改革措施，是有把握的。我们不能因为自己以前没有尝试过，就没有勇气去实践。现在我决定，凡是有魄力从这几张桌子上背着身子跳下来的人，就继续留在商场工作。其他的人，请自动离开。我把话说到这个份上，副总还真是好样的，眼一闭，就栽了下来，挺顺利的。后面的人大多数很勇敢，也有个别的，战战兢兢老半天，紫涨着脸总是没动作。我就平静地对他说，你也不必勉强自己，我们马上要进行的改革力度很大，你连这种确有把握的事都做不了，何谈其他？留下来合作是不会愉快的……这次草坪会议以后，那些因循守旧的人走了，改革就大刀阔斧地进行了。

有一个青工，与顾客争吵，还扇了对方一个大嘴巴，我当然不能放过，给了他降级处分和罚款。他不服，扬言要杀我。一天，他举着个沉重的泡沫灭火器，像抡着火药筒，在商场里乱窜，说要灭掉我。大伙都劝我赶快躲躲,说这种亡命徒什么事都干得出来。我说,把他请到我办公室来,我要和他好好谈谈。大家说你就不怕出事?我说,我一个当领导的,被这样的事吓住,以后没法工作了,这才是最大的事呢!

那个青工来了,把灭火器立在我的写字台上,说你不怕死在这屋里?我说,你杀了我,你不值啊!他惊奇道,你是大名鼎鼎的董事长,我不过是小小老百姓,你的命比我值钱多了。我说你听我算一笔账。我是董事长,不管你的事,我也照常拿我的那份钱,可见我要处分你,是为了钱以外的东西。我明知你要杀我,还把你叫到我的办公室来,并且把左右的人都打发开了,你要动手,现在就是绝好的机会,这说明我不怕死。一个人不为钱不怕死,按你的分析,就一定是为了名了。我死在你的灭火器下,成了当然的烈士,登报扬名,万人瞻仰,后代光荣,那是不必说的了。而你是杀人凶手,万人唾骂,将被处以极刑,父母家人跟着受连累,也是千真万确的事情。你本是恨我,反倒成全了我,你考虑考虑,是不是不合算啊?再者,我判断你不是真心要杀我。真要杀人,为了保证成功率,自然是要被杀的人毫无警觉才好,这就是兵法上的出其不意,攻其不备。像你这样嚷嚷得满天下知晓,哪里是要杀人,不过是恫吓。当然我不排除你的铤而走险,但主要是想把我吓得收回成命,恢复你原有的级别,不罚你,你骨子里想的是尊严和钱的问题。爱面子想挣钱,这是好愿望。只要努力工作,在一个奖惩严明效益优异的商场,机会有的是。但钱和光荣不是从天上掉下来的,是顾客送给我们的。你把顾客打走了,砸了大家的饭碗,却还要抢着和大家吃一样多的饭,那就连乞讨都不如。如果你想挣更多的钱,你必须干得比别人更好,这才是正道。青工长久地说不出话来,过了半天才吭吭哧哧地说,如果我干得好呢……我说,你放心,罚得严厉,奖得必也豪气,希望有一天,还是在这间办公室,我把精神奖励和物质奖励一道交到你手里。当那个青工耷拉着头,抱着灭火器从我的办公室走掉以后,竖着耳朵倾听这屋里动静的人们纷纷跑出来说,董事长,您靠什么化干戈为玉帛?他一路吵嚷,怎么进了你的房门就一声不吭?是不是您会一手美人拳,点了他的哑穴?我说,靠舌头,靠说话啊。世上无数的流血事件,因为误会而生。错误、失误的"误",偏旁是"言"而不是"心",很多时候是话没有说到点子上,心灵因此隔膜。

最困难的谈话是和外方总经理。圣诞节快到了,这些年西风东渐,国人也慢慢重视起这个洋节来。商场的舶来品较多,年底成了销售的黄金季节。恰在此时,那老外递上一纸报告,说要回欧洲与家人团聚,共度圣诞。我毫不迟疑地回答他:No!老外拿来一册他们国家出的日历,指着12月25日的红色数字说,这是法定假日,如果不让他休假,就是侵犯人权,他要控告我。我说,那在你的国家里,是否到了圣诞节,所有的商家一律关门大吉,回家围着圣诞树跳舞?这回轮到他连连说No了,告诉我圣诞节是一年当中最大的销售高峰,有许多促销的手段要实施。我说,那您为什么要从工作岗位上向后转呢?老外回答,因为这是在中国,你们与这个世界性的节日无缘,商厦由中国人单独上班就行了。我拿出一本中国出的挂历,指着一个日子对他说,您知道这是什么日子吗?老外看了半天,直把浅蓝色的眼珠瞪成了深蓝,也没弄明白,喃喃地说,它靠近情人节的日期,但我真的不明白它有什么独特的意义。我说,先生,请您清醒地记住它。因为在这个日子和它之后的4天里,您将单独在这座数万平方米的商厦里值班售货……外方总经理急白了脸,说,果董事长,你就是报复我,也不能用商厦的利益作筹码。整整五天,你知道它是什么概念吗?无论对你还是对我的国家来说,那都是成吨的金钱啊!我说,尊敬的先生,让我告诉你,那个日子是中国的春节,中华民族最重要的节日。按照您的逻辑,商厦里所有的中国人都应该回家休假包饺子,否则就是侵犯人权。当然应该由您这样的外国人单独上班了。至于利润,让它见鬼去吧!

老外哭笑不得,只得答应坚守岗位。他对我说的最后一句话是,你知道我是谁?你是否把我当成了你们的共产党?我回答他,我当然知道你是谁。你是总经理,是受雇于董事长的,你很明智地表示服从,这很好。如果你执意不肯,我就要行使命令权或是罢免权了。顺便说一句,要是共产党员遇到这种事,我一句话都不必说,他们知道自己该怎样办。

果的故事,一个个说下去,每一个都很有趣,只是她的声音渐渐嘶哑。我说,休息一下吧。果说,说话就是调整脑筋,一个原本不很清晰的概念,在你描述它的过程当中,它就像花瓣一样盛开了,散发出芳香。有质量的说话当然很累,因为它是思想的结晶。我认识一位著名的戏剧演员,平时很少吭声,口渴了,也只是写一个"水"字的纸条递给别人,就是为了把胸中之气积攒起来,到了舞台上音韵洪亮直冲霄汉绕梁三日。

我说,有一句古话:日言百句,其气自伤。

果说,生命的过程就像是一盘磁带,录满我们每个人的话语。若生命结束的时候,听到自己一生所说过的话,有用的比没有用的多,那就是无悔的人生了。

（三）情感按钮

幸福并不与财富地位声望婚姻同步,它只是你心灵的感觉。

我为什么没有幸福感?有了这个问号后,我就去观察周围的人,这才发现,有幸福感的人是如此之少。

分泌幸福的"内吗啡"

我曾看过一则新闻:英国有家报社,向社会有奖征答"谁是最幸福的人",然后排出第一种最幸福的人,是一个妈妈给孩子洗完澡、怀抱着婴儿;第二种最幸福的人,是一个医生治好了病人并目送他远去;第三种最幸福的人,是一个孩子在海滩上筑起了沙堡;备选答案是,一个作家写完了著作的最后一个字,放下笔的那一瞬间。

看完这则不很引人注目的报道,那一瞬间,我真的像被子弹打中一样,感到极度震惊——这四种状况都曾集于我一身,但是,我没有感觉到幸福!

我为什么没有幸福感?有了这个问号后,我就去观察周围的人,这才发现,有幸福感的人是如此之少。有一年,我拿出贺卡看了看,结果发现最多的是"祝你幸福",这可能是中国人的集体无意识,所以才会觉得是永远的吉祥话。

可是,幸福的本质是什么东西呢?

日本春山茂雄博士《脑内革命》一书说,当我们感知幸福的时候,其实是生理在分泌一种内吗啡,即幸福感是体内内吗啡的分泌。从罂粟里提炼的吗啡是毒品,它的魔力正是在于它的分子结构模拟了生理基础上的内吗啡,让你体验到一种伪装的、模拟的快乐。当你觉得真正快乐的时候,例如接到大学录取通知书时,如果去抽血查验体内的生化水平,你的内吗啡水平是增高的。

据春山茂雄研究,人体内吗啡的分泌,和马斯洛"需要层次"的金字塔理论惊人吻合:吃饭能带来愉悦,人在生理基础上是快乐的;然后,在实现安全、爱和尊严的需要的过程中,伴随着更大量内吗啡的分泌,让你感知自己的幸福,最重要的是,当你完成自我实现的时候,内吗啡就到达非常高的水平,远远超出吃饭带来的幸福感。

这种生理和心理的结合,使我觉得,能够体验到幸福感,是一个需要训练、感知且不断提高的过程,因为幸福不是与生俱来的。

我觉得世界上的幸福,首先来自一个坚定的信念。

我常去高校和大学生交流,给我最多的感觉是,他们面临一个非常重要的问题——人生观的确立和价值观的走向,即人为什么活着。

经常有媒体采访我的心理咨询中心,最喜欢提的问题是:"咨询最多的问题是什么?"我说,心理咨询室这张米黄色的沙发如若有知,一定会一次次地听到来访者在问:"我为什么活着?"我觉得人是追索意义的动物,尤其是年轻人,都曾经无数次地叩问过这个问题。

以前,我们喜欢用灌输式的方法,从小将主义、理想或目标灌输给孩子,希望能够在他心中扎下根,成为他一生的坐标。可我现在发现,一个人的目标,一定需要他自己经过艰苦的摸索,然后在心理结构里确立下来,否则,无论我们多么用心良苦、谆谆教导,它真的只是一个外部的东西。

其实,每个人都早早地确立了一生的目标,因为它原本已存在于你的内心:从童年经验开始,你所热爱、尊敬、向往、要为之奋斗的东西,其实早已植根于心里,只不过被许多世俗的东西、繁杂的外界所影响,甚至被遮蔽了。当一个人开始有意识地关注自己的心理健康,那是在清理他的心理结构,然后明白心中取得最主打作用的架构和体系。

我曾在一所非常好的大学做讲座,台下有学生递条子说:"毕老师,我想问问你,我年轻貌美,又有这么好的大学文凭,要是不找一个大款把自己嫁了,我是不是浪费了资源?"我想,在大学生寻找目标的迷茫过程中,能够有这种朋友式的探讨,是特别重要的。

另外,我觉得自我形象的定位,是幸福感来源非常重要的一部分。

在大学生自我形象的构建里,有一部分是他们的"出身"(阶层):他们从各种阶层突然聚合到一起,大学虽是个相对小的、封闭的环境,却也是整个社会的缩影,因此,如何看待自己不可选择的出身阶层,这是自我形象非常重要的部分。另外一部分是他们的学业,包括学习的能力、智商的能力、人际交往的能力等,可归为自己奋斗来的部分。

然而,还有特别重要的一部分,就是外在条件——长相。

我曾在一所大学做关于自我形象、自我认知的讲座,请台下的学生回答:你们有谁曾经为自己的长相自卑?结果齐刷刷地举手——所有的人都自卑!

我当时一下子不知该如何反应:没料到当代年轻人在相貌问题上,居然有如此大的压力。

后来,我悄悄问一位女生,问她为自己相貌的哪一点自卑,我实在找不着——她身材窈窕、黑发如瀑、明眸皓齿、肤如凝脂,真的是美女。

她说,我有一颗牙齿长得不好看。

我说,哪颗牙齿?

她说,第六颗牙齿。

我说,谢谢你告诉我,否则站在对面看你一百年,我也看不见你那颗牙齿不好。

她说,你不知道,可是我知道。我不敢笑,从来都是抿着嘴只露出两颗牙齿。同学都说我多"冷"、多高傲,其实,我只是怕人看到第六颗牙齿。男生追求我的时候,我就想,我一颗牙齿不好他还追求我,肯定是别有用心,于是放弃了好几个条件很好的男生。

我觉得,当一个人不能接纳自己,不能和自己友好地相处的时候,他就不能和别人友好地相处。因为,他对自己都那么百般挑剔、那样苛刻,又怎能和别人有真诚的、良好的沟通与关系?

其实,我挺欣赏基督教里的说法:接受你不可改变的那一部分。我们可以列一列,像出身的阶层、长相及缺陷,这些是我们不可改变的,而我们能够去修炼、弥补和提高的,就是我们可改变的那一部分。

面对一个我们不可改变的东西,该如何对待它,每个人的答案是不一样的,而这个不一样的答案,却可能深刻地影响我们的一生。比如,一个人认为他丑,就认定自己完全会不幸福了,觉得他既然这么丑,有什么权利得到幸福? 一个人说他很贫寒,为什么别人可以含着银汤匙出生,而他却含着草根出生?

面对种种不平等,我常跟年轻人说,不平等是社会有机的一部分,而让它变得更为平等,是你义不容辞的责任之一。

首先,你要丢掉幻想,坦然接纳不公平、巨大的差异或先天不良。然后,对于自己可改变的部分,你就要细细地分析,找出自己的优缺点,是优点就让它更好,是缺点就要去弥补,尤其要突出优点,把自己光彩照人的方面表达出来。因为中国文化特别容易告诉你哪里不行,生怕你忘了自己的缺点,而你有什么优点,告诉你的人可不太多,所以要坦然接受自己的优点,将它发扬光大。

心理咨询中心来过一位留英硕士,月薪十二万元,可他将自己说得一无是处,弄得我都心酸。我才知道,一个人接不接纳自己,其实不在于外在的条件,也不在于世俗的评判标准,而完全在于他内心框架的衡量。

我通常咨询完了不会给谁留作业,但那天我说,我给你留个作业:下星期来见我之前,你要写出自己的十五条优点。

他快晕过去了,说,我怎么能找到十五条优点呢?至多也就找出一两条。这个世界上,可能只有您相信我还有优点,我父母就不相信我有优点,所有人都不相信我有优点!

我说,你老板起码相信你有优点吧,否则怎会出月薪十二万元雇你?

他突然在这个事实面前愣了半天,然后说,噢,那我试试看。

所以我觉得,应该去认识自己的长处,将它发扬光大,去接纳那些不可改变的东西。当你能够坦然地面对自己的时候,其实也就可以坦然地面对世界——放下包袱后,你才可以轻装前进。

费尔巴哈说过:"你的第一责任是使你自己幸福。你自己幸福了,你也就能使别人幸福,因为,幸福的人愿意在自己周围只看到幸福的人。"

常常听到有人说,他不幸福,希望别人给他幸福。我想,这就是他不幸福的根源。

幸福的七种颜色

幸福应该有多少种颜色呢?

说不清。我回答。

大家听了可能有点迷糊,说你自己既然不知道,为什么又曾说过有七种颜色呢?

在文化中,七这个数字,有一点古怪。

欧洲人自古以来就格外钟情于七这个数字。最早的源头该是古希腊人,许多巧合都和七有关。希腊人认为自然界是由水火风土四种元素组成的,而社会的基本细胞是家庭。把完整的家庭细分,是由父亲、母亲和孩子三部分组成。再做一次加法,把自然和社会组成的世界统计一下,就有七种基本元素。古希腊人酷爱加法,认为世界的基本图形是正方形、三角形以及完美的圆形,毕达哥拉斯学派就是这一主张的坚定拥趸。你劳神把这些图形的角的数量加起来,哈!也是七。由于太多的东西与神秘的七有关,他们造七座坛、献七份祭、行七次叩拜之礼,什么都爱凑个七字。"七大主教"、"七大美德",连罪也要数到"七宗罪"。当然,最最著名的是神也喜欢七,于是一个礼拜是七天,第七天你可以休息。

七在佛教里面也是吉祥之数,有七宝、七层浮屠等。中华文化对七也颇多好感。《说文》里面说:七,阳之正。这个七啊,又神秘又空灵,常为泛指,表明多的意思。

托尔斯泰老人家说,幸福的家庭都是相似的,唯有不幸的家庭,各有各的不幸。我当过多年的心理医生,觉得不幸的家庭都是相似的,唯有幸福的家庭却是各有各的不同。

你可能要说,这不是成心和托尔斯泰抬杠嘛!我还没有落到那种无事生非的地步。你想啊,只有香甜的味道,才可反复品尝,才能添加更多的美味在其中,让味蕾快乐起舞。比如椰蓉,比如可可,比如奶油……丰富的层次会让你觉得生活美好万象更新。如果那底味已是巨咸巨苦巨涩,任你再搁进多少冰糖多少香料,都顷刻消解。那难耐难忍的味道,依然所向披靡,让你除了干呕,再无良策。

早年间我当兵在西藏阿里,冬天大雪封山,零下几十度的严寒,断绝了一切和外界的联系。我们每日除了工作,就是望着雪山冰川发呆。有一天,闲坐的女孩子们突然争论起来,求证一片黄连素的苦,可以平衡多少葡萄糖的甜?(由此可见,我们已多么百无聊赖!)一派说,大约500毫升5%的葡萄糖就可以中和苦味了。另外一派说,估计不灵。500毫升葡萄糖是可以的,只是浓度要提高,起码提到10%,甚至25%……争执不下,最后决定实地测查。那时候,我们是卫生员,葡萄糖和黄连素乃手到擒来之物,说试就试。方案很简单,把一片黄连素用药钵细细磨碎了,先泡在5%浓度的葡萄糖水里,大家分别来尝尝,若是不苦了,就算找到答案了。要是还苦,就继续向溶液里添加高浓度的葡萄糖,直到不苦了为止,然后计算比例。临到实验开始,我突然有些许不安。虽然小女兵们利用工作之便,搞到这两种药品都不费吹灰之力,但藏北距离内地,山路迢迢,关山重重。物品运送到阿里不容易啊,不应这样为了自己的好奇暴殄天物。黄连素碎末混入到葡萄糖液里,整整一瓶原本可以输入血管救死扶伤的营养液,就报废了。至于黄连素,虽不是特别宝贵的东西,能省也省着点吧。我说,咱缩减一下量,黄连素只用四分之一片,葡萄糖液也只用四分之一瓶,行不行呢?

我是班长,大家挺尊重我的意见的,说好啊。有人想起前两天有一瓶葡萄糖,里面漂了个小黑点,不知道是什么杂物,不敢输入到病人身体里面,现在用来做苦甜之战的试验品,也算废物利用了。

试验开始。四分之一片没有包裹糖衣的黄连素被碾成粉末(记得操作这一步骤的时候,搅动得四周空气都是苦的),兑到125毫升的5%的葡萄糖水中。那个最先提出以这个浓度就可消解黄连之苦的女孩，率先用舌头舔了舔已经变成黄色的液体。她是这一比例的倡导者，大家怕她就算觉得微苦，也要装出不苦的样子，损伤试验的公正性，将信将疑盯着她的脸色。没想到她大口吐着唾沫，连连叫着，苦死了，你们千万不要来试，赶紧往里面兑糖……我们为自己以小人之心度君子之腹感到羞惭，拿起高浓度的糖就往黄水里倒，然后又推举一个人来尝。这回试验者不停地咳嗽，咧着嘴巴吐着舌头说，太苦了，啥都别说了，兑糖吧……那一天，循环往复的场景就是——女孩子们不断地往小半瓶微黄的液体里兑着葡萄糖，然后伸出舌尖来舔，顷刻抽搐着脸，大叫"苦啊苦啊"……

　　直到糖水已经浓到了几乎要拉出黏丝，那液体还是只需一滴，就会苦得让人寒战。试验到此被迫告停，好奇的女兵们到底也没有求证出多少葡萄糖能够中和黄连的苦味。大家意犹未尽，又试着把整片的黄连泡进剩下的半瓶里去，趁着黄连还没有融化，一口吞下，看看结果若何。这一次，很快得到证明，没有融化的黄连之苦，还是可以忍受的。

　　把这个试验一步步说出来，真是无聊至极。不过，它也让我体会到，即使你一生中一定会邂逅黄连，比如生活强有力地非要赐予你极困窘的境遇，比如你遭逢危及生命的重患，必得要用黄连解救，比如……你都可以毫无惧色地吞咽黄连。毕竟，黄连是一味良药啊！只是，千万不要人为地将黄连碾碎，再细细品尝，敝帚自珍地长久回味。太多的人，习惯珍藏苦难，甚至以此自傲和自虐。这种对苦难的持久迷恋和品尝，会毒化你的感官，会损伤你对美好生活的精细体察，还会让你歧视没有经受过苦难的人。这些就是苦难的副作用。苦的力量比甜的力量，要强大得多。不要把黄连掰碎,不要让它丝丝入扣地嵌入我们的生活。

只要你认真寻找,幸福比比皆是。幸福不是一种颜色,也不是七种颜色,甚至也不是一百种颜色……幸福比所有这些的相加还要多,幸福是无限的。

情感按钮

情感有按钮吗?

常常想。却没有答案。

人们很爱说,你不要感情用事,那神情像是在上书一个君主,不要起用一个坏武将。因为情感出马的时候,是莽撞的,不经思考的,没有胜算的,甚至一败涂地的。情感在这里成了不折不扣的贬义词。

情感真的是贬义的吗?如果真的是,那么就应该——把人五颜六色的情感都阉割了,变成一架没有情感的素白骨骼。

然而,这个世界上已经有了太多的机器,缺少的正是有血有肉有风骨有情愫有气节有慈悲的汉子和女子啊!

不信,咱们打个赌试试。

你愿意娶一个没有情感的女子吗?恐怕绝大多数的男子会说,不!

你愿意嫁一个没有情感的汉子吗?几乎所有的女子都会说,不!

你愿意生一个没有情感的孩子吗?不!不!我猜这是无数母亲的唯一答案。

你愿意有一个没有情感的母亲吗?不!绝不!我断定所有的孩子都会这样回答。

你愿意在没有情感的老师麾下当学生吗?学生们一定异口同声地说:不!

你愿意在没有情感的老板手下当员工吗?不!员工们会谨慎而坚定地作答。

你愿意在没有情感的国度里生活吗?……不!不!几乎所有的公民都会这样说!

人们这样需要情感,情感看来是万万少不得的。

但情感也需有节制。所有的事物都要有节制,超过了限制就是灾难。涓涓溪流是美丽的,不断地加大流量,成了滔滔洪水就是祸端。暖暖春光是惬意的,热下去再热下去,温度不断升高,成了烈火焚烧就是酷刑。适当的愤怒、适当的哀伤、适当的哭泣、适当的欢喜……如果它们的力度是恰到好处的,那么每一种情感都是动力。都会让我们的生活丰富多彩,充满连绵不绝的激情与活泼泼的张力。

可惜,情感的特征就是不受控制。在某种程度上,它我行我素,自说自话,如同脱缰野马,洒脱不羁。所以,给情感安上一个按钮,就是非常必要的了。

情感按钮,它应该是圆的还是方的?什么颜色呢?谁来掌控呢?

都是问题。

依我看,情感按钮最好是液晶屏的,轻轻一触,不显山不露水地就完成了操作。如果你想发火,在别人还没有发现的当儿,你就在第一瞬间,觉察到了这喷薄欲出的火苗来自何方。你会问自己,除了发火,我还有没有更好的表达方式?面前的这个人、这个时间、这个地点,是不是我发泄愤怒的最好对象与时空?发火除了让我有片刻的快意以外,会不会造成更长远的伤害和后果?如果你将这一切都考虑周全了,你还是想勃然大怒,我觉得那就让火山爆发一次吧。这就像你的武库里有一枚原子弹,你就是超级大国的总统,你有核按钮。只是所有的爆炸都是有强大破坏力的,你可以炸毁邪恶,也可能粉碎自我。如果你悲痛欲绝,你是可以哭的。不但可以无声地哭泣,也可以声震寰宇号啕痛哭。情感没有对错之分,只有存在与否。既然存在了,就要像对付堰塞湖一样,挖一条导流渠,让危险的库容降低。能缓慢地释放最好。实在不行了,也要爆破,总之,宜疏不宜堵。不然,所有的情感都蕴藏着巨大的能量,一旦失去控制,就会电闪雷鸣风驰电掣地狂泄起来,那就极容易溃坝伤人。

情感按钮形状,我觉得最好是椭圆形的。关于圆形的好处,各种书上都有解释,有说这样最省材料,有说这样最美观,还有说这样最方便的。关于椭圆形的好处,讲的似乎不多。椭圆形,应该是圆形的弟弟吧。先有了圆形,然后圆形在某种压力下,就变成了椭圆形。圆形的所有优点它都保存着,只是比圆形更多了一些灵活变通。我喜欢椭圆形的原因是,它没有棱角,从任何方向抚摸起来,都是妥帖的、流畅的、简便的。既然我们的情感需要控制,那么这个按钮,当然以便利快捷温润周全为好。

如果要给情感按钮规定一种颜色,什么色儿好呢?红色,太鲜艳了,如果是火冒三丈的时候,这本身就是一个强烈的刺激。要不,黄色?想想,似乎太触目惊心了一点。想那海难的救生衣,道路的危险警示,都是或深或浅加入了一点红橙的黄。甫一看到,就让人警觉,甚至有不祥的预感。情感的按钮,还是更祥和一些吧。要不就绿色?环保并且时尚。细一琢磨,似乎稍微稚弱和青翠了些,不够坚定强韧。思来想去,最后决定取沧海和蓝天的色泽。

情感按钮,就用包容一切的蓝吧。海水的蔚蓝,翻起的浪花是雪白的,如同硕大无朋的蓝宝原石,镶着银亮而曲折的边。我乘坐游轮环球旅行,每日看不够的就是无边无际的大海了。我惊叹这个星球上有那么多的水,那么广阔的蓝色,而且,它们绝不单调枯燥,而是变幻无穷。不知哪里来的不竭动力,它们无时无刻不在充满胜利地涌动着,含蓄但深不可测。中国有句古话,叫做"仁者乐山,智者乐水"。我因为从小就在西藏当兵,和无数山峦相依为命,虽不敢自诩为仁者,却是爱山的,如同爱一位同宿舍的老友。这一次,见了真正浩渺无际奔腾不息的大海,才知道自己是多么崇拜水啊。不是智者,但是爱水,爱这孕育了无数生灵的颜色。

物种的起源,是来自水的。想当初,我们都是最简单的孢子,遨游水中。我们从海洋那里得到了最初的营养,开始了步履蹒跚的进化长征。如今我们成了这个星球上最智慧的生物,我们也面临着巨大的危机。看到海洋的时候,我们的心会宁静下来,在它面前,我们是如此渺小而单薄,比一朵浪花的生涯更短暂飘忽。一朵浪花的前世今生,可能进过鱼腹,可能幻成彩霞,可能成为雨滴和寒露,可能在蚌壳的体内变成珍珠……很多人的一生,绝无这般精彩绚丽。

还是回到情感按钮这里吧。我们每个人都在自己的情感之河上竖立一座水闸,它有一个蓝色的椭圆形的如同海洋之眼的按钮。当你无法控制自己情绪的时候,就轻轻地触摸它,它是光洁温润的,带给你镇定和松弛。如果你真的要放纵一次自己的情绪,就请在慎重思考之下,把按钮按下。如果你在这样的触摸中,渐渐地冷静下来,找到了另外的出口,那么,恭喜你啊,避免了一场情绪的厮杀。

爱情没有快译通

我和朋友做过一个游戏,很有趣。

你说你也想做,好啊,我希望大家都有机会参与,别看我们都已是成人,其实每个人心底都埋着一颗喜爱玩耍的种子。我先来讲一讲规则,所有的游戏都是有规则的,要想玩得好,就得守纪律,要不就乱了套了。

那规则就是——找一张白纸,写上你的一个常常出现的情绪,比如说——愤怒、怀念、孤独、忧郁等。哦,看到这里,你可能要说,都是让人懊丧的情绪啊?正面的可不可以写呢?当然可以啦,比方高兴、喜悦、慈爱、关切等,都行。

好了,现在你已写好了自己的想法。把那张藏着你的秘密的纸条对折,然后让它安安稳稳地平躺在桌上,一副大智若愚的模样,暂时谁也不让看。

此刻它就像一个沉睡的蚕宝宝,一动不动地眠着,只有到了揭开谜底的时分,才带着长长的思绪,飞出美丽的白蛾。

然后你找一个人,最好是对你比较了解,你把他或她当做知心朋友的人。你对他或她说,此刻,我正被一种情绪缠绕着,满心念的都是它。现在,你猜猜看,那是一种什么思绪?

他或她肯定会说,我又不是你肚子里的虫,我怎么会知道?

你说,别急啊,我会给你线索,这就是我的表情。平日当我被这种情绪笼罩的时候,我就做出这副模样,你猜猜看。

说完以上的话以后,你就坐到他对面(为了叙述方便,我就不论男女,都用"他"字了),最好找一个光线明媚的地方,让你的一颦一笑,都让他尽收眼底。好啦,现在你心里默念着刚才写在纸上的字,脸上做出你沉浸在这种思绪中时对应的表情,也可以辅助身体的语言。比如,你平日愁苦的时候,蛾眉紧锁,杏眼低垂,再加上挂着腮帮子,耷拉着头……总之,不要刻意表演,越自然,越像生活中真实的你越好。

你保持如此的表情和姿势一分钟后,就可以恢复常态了。然后让你的朋友说出,刚才你在想什么?

他或许会沉默,会思索,会疑惑……注意啊,你一定要有足够的耐心,并且有克制力,不可提示,不可启发,不可诱导。否则咱们就前功尽弃啦。

依我和朋友玩过多次的经验,此时绝大多数的人会沉思良久,好像他们面对的不是一个朝夕相处耳濡目染的大活人,而是恐龙什么的,然后久久不吭声。最后在大家都等得不耐烦的时候,才迟迟疑疑地吐出一个词,比如"苦闷"、"孤单"等,然后忙不迭地打开桌上的纸条。一看之下,半晌不语,那答案和猜测往往风马牛不相及。

比如一个美丽的女孩子,做出眺望远方的模样。她的男友猜测——你是在想家!想父母!她哧了一声说,糊涂虫,我是在想你!男友说,我不就在你身边吗?当你出现这种神态的时候,我总是吓得屏气息声,不敢打破沉默。我不知道自己哪点没有做好,惹得你不满意,你才如此凄楚地思念他人……女孩子说,你怎么会这么笨呢?你既然爱我,就该懂得我的心。男孩子说,爱,只能解决一部分问题,并不能解决所有的问题。该说的你还得说出来,沉默不是金,是土是空气。女孩子说,我像革命先烈一样,我就是不说,我非要你猜。猜得出来我就嫁你,猜不出来,我就离开你……男孩子就愁眉苦脸地说,如果今后的几十年,天天都在灯谜和哑语中生活,累不累啊?!

另一个男子汉眼睛特别大。他做出第一个表情的时候,看着那铜铃一般圆睁的双眸,大家异口同声地说,噢,你在愤怒!

他一脸失望地说,才不是呢。好了,这个不算,我再做一次。他做出的第二个表情,又是如法炮制,瞪起双眼。大家稍微犹豫了一下,还是口径一致地说,你在发火!

他不甘心,又来了第三次。这一次的结果就更令人惆怅了。大家没精打采地说,你换个新内容让我们也好抖擞精神,干吗又做出打架的样子?!

男子汉后来沮丧地告知我们:他的纸条上,第一次写下的是

"幸福",第二次写下的是"喜爱",第三次写下的是——"慈祥"!

你肯定要说,差得这般十万八千里,我才不信呢!你一定是没选好对象,或者是围观的人太弱智,才如此指鹿为马。

我一点也不生气你的这种指责,我很希望你能亲自试一试。找自己最亲爱的人,最好。假如能百发百中地猜对,那真是人间少有的幸福伴侣。

我耐心地等待着你的试验……怎么样?做完了吧?你不仅仅做了一次,而是做了许多次。桌上的纸条叠起又打开,打开又写下,好像一只只归巢后又被驱赶而出的信鸽。你很希望能打破我的预言。但你做完后,为什么长久地沉默不语?还透出淡淡的忧伤?你的手指把纸条扯成一缕缕,任它飘荡,好似破碎的思绪。

是的,真正的现实就是这般冷静而无商榷。最厚重的隔膜,就在咫尺之遥。在你以为肌肤相亲的帷幔当中,横亘着无法穿越的海峡。

科学技术是越来越发达了,但迄今没有一种仪器,可以测量出人类情感的进行状态,可以预计出人的情绪指数。当我们能够探知遥远星球的一次轻微地震的时候,我们不知道自己的同床伴侣,是否辗转反侧。爱情没有快译通,心灵的交流如此细腻朦胧。当我们以为自己洞察他人心扉的时候,其实往往隔靴搔痒南辕北辙。

不要怨天尤人,不要动不动就上纲到爱与不爱。爱不是万能钥匙,爱不能在每一个瞬间都摧枯拉朽。爱无法破译人间所有的符码,爱纵是金属,也会有局限和疲劳。增进了解可以加固爱,误会错怪可以动摇爱,这是我们每个人都曾有过的体验。

隔膜往往是双层的。当我们无法正确地表达的时候,我们首先就失却了被人悟知的前提。所以,训练我们明快简捷准确平和的表达能力,是人生的重要课题。不要以为说出自己的心思是一件很简单的事情,在很多的时候,我们先是不敢说,再之是不肯说,然后是不屑说,最后就成了不会说。尤其是当我们软弱的时候,我们没有勇气说。当我们悲哀的时候,我们被文化的传统训导为不可说,说了就显懦弱,说了就是渺小。当我们痛苦的时候,我们以为不当说,说了就遭人耻笑。当我们孤独的时候,我们想不起说。

其实,一个人的坚强与否,不在于他是否说出自己的苦难,而在于他如何战胜自己的苦难。说的本身,也是一种描述和正视,当我们能够直视那些令人痛楚的症结的时候,力量也就随之产生了。

既不夸大,也不缩小;既不言过其实,也不矫饰虚掩,直面惨淡的人生,逼视淋漓的鲜血,该是人生勇敢和智慧的大境界。

其次我们要会听。有人说,听谁还不会啊,是个人都带着自己的耳朵,想不听还办不到呢!

了解和交流,在于两颗心的同一律动,在于你深深地明了对方向你描述的那一切。从这个意义上说来,"会听",也许是人生另一番需要修炼的深远功夫。坦诚说出自己的感受,即便艰难,好歹还有自我的内心世界可以参照,只需勇气和描述的技术,基本就可完成。但听的功力,除了有一双好耳朵,还需有一颗擦拭干净不畸形不变异的心。如果自心是哈哈镜,把人家的话听得变了形,那责任就不在说者,而在听者。

会听的心,要有大的空间,除了容纳自身,还能接纳他人。会听的心,要有对人的真诚,因为听的那一刻,你将把心灵至尊的位置,让给你的朋友。会听的心,是柔软和温暖的,让人感到融融的温馨。会听的心,是坚强的,因为它有自己顽强的意志,不会在袭来的痛苦之中摇摆淹没……

有一个可以救命的外科手术,叫做"心脏搭桥",说的是在堵塞了血管的心脏上,再造一条新的流畅的脉络,让新鲜的充足的血液,流入衰弱的心脏。我很喜欢这个手术的名称,借来一用。我们除了在自己的心脏上搭桥,也需在不同的心脏之间搭桥,以传达我们彼此间的感觉和友谊。

提醒幸福

我们从小就习惯了在提醒中过日子。天气刚有一丝风吹草动,妈妈就说,别忘了多穿衣服。才相识了一个朋友,爸爸就说,小心他是个骗子。你取得了一点成功,还没容得乐出声来,所有关切着你的人一起说,别骄傲!你沉浸在欢快中的时候,自己不停地对自己说:千万不可太高兴,苦难也许马上就要降临……

我们已经习惯于提醒,提醒的后缀词总是灾祸。灾祸似乎成了提醒的专利,把提醒也染得充满了淡淡的贬义。

我们已经习惯了在提醒中过日子,看得见的恐惧和看不见的恐惧始终像乌鸦盘旋在头顶。

在皓月当空的良宵,提醒会走出来对你说:注意风暴。于是我们忽略了皎洁的月光,急急忙忙做好风暴来临的一切准备。当我们大睁着眼睛枕戈待旦之时,风暴却像迟归的羊群,不知在哪里徘徊。当我们实在忍受不了等待灾难的煎熬时,我们甚至会恶意地祈盼风暴早些到来。

在许多夜晚,风暴始终没有降临。我们辜负了冰冷如银的月光。

风暴终于姗姗地来了。我们怅然发现,所做的准备多半是没有用的。事先能够抵御的风险毕竟有限,世上无法预计的灾难却是无限的。战胜灾难更多的是靠临门一脚,先前的惴惴不安帮不上忙。

当风暴的尾巴终于远去,我们守住零乱的家园。气还没有喘匀,新的提醒又智慧地响起来,我们又开始对未来充满恐惧的期待。

人生总是有灾难。其实大多数人早已练就了对灾难的从容,我们只是还没有学会灾难间隙的快活。我们太多注重了自己警觉苦难,我们太忽视提醒幸福。

请从此注意幸福!

幸福也需要提醒吗?

提醒注意跌倒……提醒注意路滑……提醒受骗上当……提醒荣辱不惊……先哲们提醒了我们一万零一次,却不提醒我们幸福。

也许他们认为幸福不提醒也跑不了的。也许他们以为好的东西你自会珍惜,犯不上谆谆告诫。也许他们太崇尚血与火,觉得幸福无足挂齿。他们总是站在危崖上,指点我们逃离未来的苦难。

但避去苦难之后的时间是什么？

那就是幸福啊！

享受幸福是需要学习的，当幸福即将来临的时刻需要提醒。人可以自然而然地学会感官的享乐，人却无法天生地掌握幸福的韵律。灵魂的快意同器官的舒适像一对孪生兄弟，时而相傍相依，时而南辕北辙。

幸福是一种心灵的震颤，它像会倾听音乐的耳朵一样，需要不断地训练。

简言之，幸福就是没有痛苦的时刻。它出现的频率并不像我们想象的那样少。人们常常只是在幸福的金马车已经驶过去很远，捡起地上的金鬃毛说，原来我见过她。

人们喜爱回味幸福的标本，却忽略幸福披着露水散发清香的时刻。那时候我们往往步履匆匆，瞻前顾后不知在忙着什么。

世上有预报台风的，有预报蝗虫的，有预报瘟疫的，有预报地震的。没有人预报幸福。

其实幸福和世界万物一样，有它的征兆。

幸福常常是朦胧地很有节制地向我们喷洒甘霖。你不要总希冀轰轰烈烈的幸福，它多半只是悄悄地扑面而来。你也不要企图把水龙头拧得更大，使幸福很快地流失。而需静静地以平和之心体验幸福的真谛。

幸福绝大多数是朴素的。它不会像信号弹似的，在很高的天际闪烁红色的光芒。它披着本色的外衣，亲切温暖地包裹起我们。

幸福不喜欢喧嚣浮华，常常在黯淡中降临。贫困中相濡以沫的一块糕饼、患难中心心相印的一个眼神、父亲一次粗糙的抚摸、女友一个温馨的字条……这都是千金难买的幸福啊。像一粒粒缀在旧绸子上的红宝石,在凄凉中愈发熠熠夺目。

幸福有时会同我们开一个玩笑,乔装打扮而来。机遇、友情、成功、团圆……它们都酷似幸福,但它们并不等同于幸福。幸福会借了它们的衣裙,袅袅婷婷而来,走得近了,揭去帏幔,才发觉它有钢铁般的内核。幸福有时会很短暂,不像苦难似的笼罩天空。如果把人生的苦难和幸福分置天平两端,苦难体积庞大,幸福可能只是一块小小的矿石。但指针一定要向幸福这一侧倾斜,因为它有生命的黄金。

幸福有梯形的切面,它可以扩大也可以缩小,就看你是否珍惜。

我们要提高对于幸福的警惕,当它到来的时刻,激情地享受每一分钟。据科学家研究,有意注意的结果比无意要好很多。

当春天的时候,我们要对自己说,这是春天啦,心里就会泛起茸茸的绿意。

幸福的时候,我们要对自己说,请记住这一刻!幸福就会长久地伴随我们。

那我们岂不是拥有了更多的幸福!

所以,丰收的季节,先不要去想可能的灾年,我们还有漫长的冬季来得及考虑这件事。我们要和朋友们跳舞唱歌,渲染喜悦。既然种子已经回报了汗水,我们就有权沉浸幸福。不要管以后的风霜雨雪,让我们先把麦子磨成面粉,烘一个香喷喷的面包。

所以,当我们从天涯海角相聚在一起的时候,请不要践踏片刻后的别离。在今后漫长的岁月里，有无数孤寂的夜晚可以独自品尝愁绪。现在的每一分钟，都让它像纯净的酒精，燃烧成幸福的淡蓝色火焰，不留一丝渣滓。让我们一起举杯，说：我们幸福。

所以，当我们守候在年迈的父母膝下时，哪怕他们鬓发苍苍，哪怕他们垂垂老矣，你都要有勇气对自己说：我很幸福。因为天地无常，总有一天你会失去他们，会无限追悔此刻的时光。

幸福并不与财富地位声望婚姻同步，它只是你心灵的感觉。

所以，当我们一无所有的时候，我们也能够说，我很幸福。因为我们还有健康的身体。当我们不再享有健康的时候，那些最勇敢的人可以依然微笑着说：我很幸福。因为我还有一颗健康的心。甚至当我们连心都不再存在的时候，那些人类最优秀的分子仍旧可以对宇宙大声说：我很幸福。因为我曾经生活过。

常常提醒自己注意幸福，就像在寒冷的日子里经常看看太阳，心就不知不觉暖洋洋亮光光。

婚 姻 鞋

婚姻是一双鞋。

先有了脚，然后才有了鞋。幼小的时候光着脚在地上走感觉沙的温热、草的润凉,那种无拘无束的洒脱与快乐,一生中将我们从梦中反复唤醒。

走的路远了,便有了跋涉的痛苦。在炎热的沙地被炙得像鸵鸟一般奔跑,在深陷的沼泽被水蛭蜇出肿痛……

人生是一条无涯的路,于是人们创造了鞋。

穿鞋是为了赶路,但路上的千难万险,有时尚不如鞋中的一粒沙石令人感到难言的苦痛。

鞋,就成了文明人类祖祖辈辈流传的话题。

鞋可由各式各样的原料制成。最简陋的是一朵新鲜的芭蕉叶,最昂贵的是仙女留给灰姑娘的那只水晶鞋。

无论什么鞋,最重要的是合脚;不论什么样的姻缘,最美妙的是和谐。

切莫只贪图鞋的华贵,而委屈了自己的脚。别人看到的是鞋,自己感受到的是脚。脚比鞋重要,这是一条真理。许许多多的人却常常忘记。

我做过许多年医生,常给年轻的女孩子包脚。锋利的鞋帮将她们的脚踝搽得鲜血淋淋。粘上雪白的纱布,套好光洁绸丝袜,她们袅袅地走了。但我知道,当翩翩起舞之时,也许会有人冷不防地抽搐嘴角,那是因为她的鞋。

看到过祖母的鞋,没有看到过祖母的脚。她从不让我们看她的脚,好像那是一件秽物。脚驮着我们站立行走,脚是无辜的,脚是功臣。丑恶的是那鞋,那是一副刑具,一套铸造畸形残害天性的模型。

每当我看到包办而蒙昧的婚姻,就想到了祖母的三寸金莲。

幼时我有一双美丽的红皮鞋,但鞋窝里潜伏着一只夹脚趾的虫。每当我不愿穿红皮鞋时,大人们总把手伸进去胡乱一探,然后说:"多么好的鞋,快穿上吧!"为了不穿这双鞋,我进行了一个孩子所能爆发的最激烈的反抗。我始终不明白,一双鞋好不好,为什么不是穿鞋的人具有最后的判定权?

旁的人不要说三道四,假如你没有经历过那种婚姻。

滑冰要穿冰鞋,雪地要穿雪靴。下雨要穿雨鞋,旅游要有运动鞋。大千世界,有无数种可供我们挑选的鞋,脚却只有一双。朋友,你可要慎重!

少时参加运动会,临赛的前一天,老师突然给我提来一双橘红色带钉跑鞋,祝愿我在田径比赛中如虎添翼。我褪下平日训练的白网鞋,穿上像橘皮一样柔软的跑鞋,心中的自信也突然溜掉了。鞋钉将跑道揿出一溜齿痕,我觉得自己的脚被人换成了蹄子。我说我不穿跑鞋,所有的人都说我太傻。发令枪响了,我穿着跑鞋跑完全程。当我习惯性地挺起前胸,去冲撞冲刺线的时候,那根线早已像绶带似的悬挂在别人的胸前。

橘红色的跑鞋无罪,该负责任的是那些劝说我的人。世上有很多很好的鞋,但要看适不适合你的脚。在这里,所有的经验之谈都无济于事,你只需在半夜时分,倾听你脚的感觉。

看到那位赤着脚参加世界田径大赛的南非女子的风采,我报以会心一笑:没有鞋也一样能破世界纪录!脚会长,鞋却不变。于是鞋与脚,就成为一对永恒的矛盾。鞋与脚的力量,究竟谁的更大些?我想是脚。只见有磨穿了的鞋,没见有磨薄了的脚。鞋要束缚脚的时候,脚趾就要把鞋面挑开一个洞,到外面去凉快。

脚终有不长的时候,那就是我们开始成熟的年龄。认真地选择一种适宜自己的鞋吧！一只脚是男人，一只脚是女人，鞋把他们联结为相似而又绝不相同的一双。从此，世人在人生的旅途上，看到的就不再是脚印，而是鞋印了。

削足适履是一种愚人的残酷，郑人买履是一种智者的迂腐；步履维艰时，鞋与脚要精诚团结；平步青云时切不要将鞋子抛弃……

当然，脚比鞋贵重。当鞋确实伤害了脚，我们不妨赤脚赶路！

幸福和不幸永在

我不认为幸福与科学有什么成比例的关系。也就是说，它们分属于两个系统。一个是情感的范畴，属于精神的领域。一个是物质的范畴，属于无生命的领域。(这样划分不严谨，对生命科学有点不敬，请原谅。我说的生命指的是变化万千的活体感觉。)在科学产生之前很久，幸福就存在于我们的感知之中。后来科学出现了，但幸福感并没有出现相应的增长，它们是两股道上跑的车，虽然有的时候，轨道会发生小小的交叉。

我相信在原始人那里，远在科学的胚胎还裹于子夜的黑暗襁褓之中，幸福就顽强地莅临刀耕火种的山洞。证据之一就是那个时候的人，快乐地唱歌和跳舞，还创造出玄妙的神话和精美的文字。你不能说在通红的篝火旁手舞足蹈的那些裸人，不知道什么是幸福。如果谁硬要这么说，以为只有现代人方知晓和能够享受幸福，因而看不起我们的祖先，那倘若不是出于无知，就是赤裸的现代沙文主义。

在某种物质十分匮乏的时候，当它一旦出现，可能会在短暂的时间内帮助引发幸福的感觉。比如，一名男子十分思念热恋中的女友，如果在古代，他只有骑上一匹马，在草原上驰骋三天三夜，才能一睹女友的芳颜，当他看到女友眸子的那一瞬，我相信荡漾在他内心的感觉，就是幸福。如今，当同样的思念袭来的时候，他可以买上一张机票，两个小时之后就平安到达上海，当看到女友眸子的那一瞬，我相信他的幸福感同样强烈和震撼。

我们可以简单地说，飞机是和科学有重要关联的物件。因此，好像科学帮助了幸福。但接下来的问题是，这种幸福感是来源于马匹还是飞机？抑或是草原上的风还是空中的白云？我想，可能众说纷纭。即便问当事人，也会有不同的答案。会有人说，幸福当然和马匹和飞机有关了。如果没有马匹和飞机，这对相爱的恋人如何聚到一起？从马匹到飞机，这就是科技的进步和力量，使幸福的感觉提前出现，并变得比以前要省事容易。

我不同意这种意见。理由很简单，马匹和飞机只是这个人通往幸福的工具，而非幸福的理由和必然。在那架飞机上有很多乘客，有的人是例行公事，有的人还可能是奔丧。幸福和飞机的翅膀无关，只和当事人的心情有关。幸福是一种心灵深层的感觉，在最初的温饱和生殖的快感解决之后，它主要来源于人的精神体系的满足。

我知道我的观点可能会遭到很多人的质疑。比如有人会说,当你生病的时候,突然有了特效的药品,难道你和你的亲人不浮现出幸福的感觉吗?这死里逃生的光芒难道不是直接来源于科学的太阳吗?

我当过很多年的医生,我知道科技的进步对生命的延续是怎样的重要和宝贵。但生命延续的本身,并不一定达至幸福的彼岸。生命只是幸福感得以附丽的温床,生命本身是一个中性的存在。它是既可以涂写痛苦也可以泼洒快乐的一幅白绢。当病人和他的家属为某种特效药喜极而泣的时候,那种幸福的感觉主要源自骨肉间的深情。如果没有这种生死相依的情感,任何药物都无法发动快乐和幸福的过山车。

科学使粮食的产量增高,但这个世界上依然有吃不饱的穷人。既然引发贫困的源头不是科学,那么由贫穷所导致的痛苦,也不是科学的创可贴所能抚平。科学使交通工具的速度更快,人们可以更迅捷地从甲地到乙地。但时间的缩短和幸福的产出,并不成正比。君不见朝夕相处近在咫尺的夫妻,往往并不充溢幸福,而是满怀深仇?科学使人类升上太空,得以了解遥远的宇宙发生的变化。但我看到一位宇航员的回忆录说,他在太空中最深刻的想念是——回到地球。科学发现了原子能巨大的力量,但核武器的堆积,把人类推到了亘古未有的灾祸之中。科学延长了老年人的生命,但如果没有亲情的滋润和生存的尊严,这份延长的时间便与幸福毫不相干。

科学提供了产生幸福的新的机遇,但科学并不导致幸福的必然出现。我看到国外的一份心理学家的报告,在地铁卖唱为生的流浪者和千万富翁对于幸福的感知频率与强度,几乎是一样的。当一个人晚饭没有着落的时候,一个好心人给的汉堡就能给他带来幸福的感觉。但千万富翁就丧失了得到这份幸福的缘分。幸福是不嫌贫爱富的,我们至今没有办法确知某一种情况将必然导致幸福,同样,也无法确认某一种情况将必然导致不幸。

妈妈看到婴儿的出生,想来是天下的大幸福。但对于一个未婚母亲或是遭夫遗弃的妻子来说,这幸福的强度就可能要打折扣。生命消失之际按说和幸福不搭界,但我确实听到过一个人在他生命垂危之际,说他——很幸福——这个人就是我的父亲。这是他所给予我的最宝贵的精神财富之一,令我知道即使是面对永恒的消失,人也可以满怀幸福地沉稳走去。

说到这儿,离科学就有些远了,而是和人性有了更多的链接。科学要发展,人性要完善,幸福和不幸永在。

婚姻也需要学习

在我们的文化中,把对于婚姻的了解和把握看成是一种瓜熟蒂落水到渠成的事情。只要岁数到了,自然无师自通。

但是人类进化到了今天,婚姻关系绝不仅仅是性的结合,而远远有了更为深邃宽广的内容。

如果说单纯的生理机能还可待自然法则来开启,但是婚姻的社会性,却是必须学习才能掌握。

婚姻实质上是一个中性的词。也就是说,它可以分为好的婚姻和不好的婚姻。高贵与卑鄙、真诚与虚伪、宽宥与刻薄、奉献与索取、提携与拖累、升华与堕落……凡此种种人类精神世界的状态,都可以在婚姻中找到它们的模型。试想一下,两个性别、背景、教养、性格、职业、爱好……都不同的人走到一间屋檐下,四目相对朝夕与共,那确是一种肝胆相照"图穷匕首见"的赤裸裸的真实。矛盾终将暴露,摩擦必然产生,理解和退让是润滑油,共勉和并进是婚姻的理想状态。在婚姻中,人们将被迫学习交流和谅解,在这种缩小了的世界中,模拟整个人生的风云。

研究婚姻是一个大题目,尤其对准备走进婚姻的青年人来说,更应该是必修课。但在现实中,却是一个相对薄弱环节。中国的古话说:男大当婚女大当嫁。好像只要年纪到了,去婚嫁就是了,至于婚嫁之后的事,男女青年自会料理。

如果说单纯的生理机能还可待自然法则来开启,但是婚姻的社会性,却是必须学习才能掌握。可惜我们的学校里从中学到大学是不许谈恋爱的。既然,连前奏都在禁止之列,那么,主题就更是不登大雅之堂了。这就出现了一个悖论——我们期待着更多的高质量的婚姻,但是即将走入婚姻家庭的成员,却是对此重大事件云山雾罩不甚了了……他们和她们,或者是道听途说半遮半掩地自学成才,或者是两眼一抹黑仓促上阵,或者是花拳绣腿知其一不知其二更不知其三。更可怕的是有些人自以为掌握了驭妻驭夫的婚姻秘诀,其实是以讹传讹的腐朽观念……这种婚姻的愚民政策,导致了很多惨淡经营得过且过的低质量婚姻，无知导致了很多悲剧上演。由此可见，婚姻教育极为重要，需未雨绸缪，从尚未走进婚姻的年轻人抓起，才可事半功倍。

这正是婚姻研究机构的使命和责任。

每一个孩子都是从小处在父母的某种婚姻状态之中的。他们不但是这种关系的目击者、承受者，而且还是学习者和传播者。所以，我们常常听到这样的故事：一个从小生活在离异家庭中的孩子，长大了，非常渴望真情和幸福，但是，当他走进婚姻之后，如同中了魔法，竟然亦步亦趋地重复了父母失败的婚姻，他不乏勇气和追求，屡败屡战，然而终是重蹈覆辙、难以自拔。我们在唏嘘这种人间悲剧的背后，也不由得深深地反思——某些失败婚姻的模式，也同某种病症一般，具有传染和遗传的特质吗？

在婚姻中有很多未知的领域需要探索和研究，任重而道远。

婚姻的四棱柱

人们谈论婚姻的频率，就像谈论坏天气。女人们凑到一处，更是三句话不离本行，家是女人永远的话题。若是在公园里看到掩面哭泣的女人，十有九成是为了爱情。

我是一个于恋爱婚姻上没多少发言权的人。生平只谈了一次恋爱，就是和目前的丈夫。截至今日，只结了一次婚，对象也是目前的丈夫。俗话说,实践出真知,见多识广,我是不合格产品。因此一遇到人们谈论恋爱婚姻,就像一个没去过美国的人,不敢妄谈纽约,乖乖地缄口。但女友们反而更多地与我倾诉婚姻,因为我不吭声,就成了一只良好的耳朵。听啊听,无数的悲欢离合,把鼓膜震痛。理智很清醒,情绪却时时跟着起伏。好像是在看一出冗长的电视连续剧,结局虽早在意料中,还是会被哭泣的主角打动。

读者也常常写了信来,述说感情波澜。读的时候,经常被击中。有时又觉得它们不是写给我的,是落笔者写给自己心灵的。

每个人的故事都不同。但听得多了,看得多了,也渐渐地疲沓起来。或者说,是悟出了一点规律,常一听人说开头,就预测它的结尾,竟然也出奇地准了几回。于是就不自量力地想把婚姻归类,也许是当过多年医生的习气作怪,竟然把婚姻也看成麻疹,好像能总结出几条临床症状,预测结局似的。

天下婚姻万千,开端总是几种模式。好像你要是得感冒,起因脱不了受凉或是传染。要是患了痢疾,便一定是病从口入了。

婚姻的第一种开端模式,是莫逆之交。何为莫逆?字典上写的是:彼此情投意合,非常要好。顾名思义,"莫"是"没有"的意思,"逆"是"方向相反"的意思。莫逆之交是一个否定之否定,表示高度的协调与一致。

有人说,要是夫妻两个人,几十年都没有一点分歧,是不是太乏味、太枯燥?好像对着镜子中的自己,如影随形一辈子,会不会无聊至极?

这种揣测,乍一听很是有理。争吵好像是家庭的味精,矛盾仿佛黏合剂。很长一段时间内,我对相同必乏味的观点,人云亦云。后来一次出差,遇到一对老夫妇,他们温存而默契的眷恋,深深激动了我。与那些无时无刻都想显示幸福的年轻夫妇不同,他们宁静谦和,彼此一个手势一声叹息,对方都心领神会……他们的和谐,像一串老檀香木珠,隐隐地但是持久地散发着温馨的香气,让每一个看到这情景的人,心中叹息。我说,你们银婚金婚的,就真没红过脸吗? 那是不是也太没意思了?

老翁说,我们有分歧的时候,但是不会吵架。人可以同自己争吵,但人不可以同一个如此深爱自己的人反目。我们都有使对方冷静的能力。吵架不会使人感到生活有趣,只会使人痛恨生活。生活的美好来自和谐与温暖。

我又对老媪说,你们一辈子不吵架,别人都不信呢。

老媪微笑着说,别说你们不信,就是我们自己也不信。当初我们结婚的时候,并没想到一生不吵架。但这么多年过去了,我们真的无架可吵。有一天,我对老伴说,咱们吵一架吧,尝尝吵架的滋味。他积极响应说,好啊,开始吧。于是我说,你先吵吧。他谦让说,还是你先吵吧。我们互相看着,谦让了半天,结果还是没吵成。想起来,好懊丧啊。

我说,哈! 你们的经验是什么呢? 让大家都学习一下多好。

老翁慢吞吞地说,这可能是学不来的。我们平时都不同别人说我们不吵架的事,那会惹人笑话,好像这么大岁数了还在说谎。因为天下夫妻几乎都吵架,大家都不相信世上有不吵架的夫妻。我们很幸福,可幸福不是展品,我不想让所有的人都传诵这件事。我只能告诉你,也许我们是一个例外,但莫逆之交的夫妻,一生从不吵架的夫妻,绝对存在。

那一刻,我好惭愧,觉得自己不知晦朔,不知春秋。我们可以没见过钻石,但我们不能否认,世上有这种硬度极高的宝贝,在旷野中闪烁。

第二种婚姻的开端模式,是患难之交。它好像最具戏剧性,古时的公子落难,小姐搭救;才女风尘,名士救援……惊险与曲折,自是不必说了。到了现代,就演变成或是战斗负伤,或是打成右派,或是上山下乡,或是远走异地,或是病体难支,或是飞来横祸……总之,是一方遭遇大悲惨、大厄运,辗转于苦痛之中;另一方肝胆相照,鼎力相助,挽狂澜于既倒。于是爱的萌芽,就在这恶劣苦旱的土壤中滋生,掀开巨石,迎着风暴,绽开了绿的叶和红的花。

依我以前的印象,觉得这种开端的婚姻,是极稳固、极难得的。你想啊,大风大雨都闯过来了,在风和日丽的日子,岂不要收获加倍的幸福?没想到,许多惨痛的婚变,就蜷缩在这只涂满沧桑的旧匣子里。

究其原因,在于事件起始部分的不平等。婚姻这件事,最要紧的是脸对脸,心靠心。若有一方居高临下,就会埋伏畸变的导火索。当事人可能不自觉,但危险的种子已经种下。大难当头的时候,人的正义感、怜悯心都会异乎寻常地发达起来,拔刀相助与见义勇为,仁爱之心与乐善好施,甚至母性与女儿性,大丈夫"我不下地狱谁下地狱"的豪情,都油然而生,像五颜六色的调味酒,依次倾入堆积冰块的苦难之杯。于是略带苦味但却荧光四射的命运鸡尾酒,在艰窘之中,由位置较好的一方,绚丽地调配成功,递了过来。那另一方,在孤独苦寂中,将自我的感激误认为爱情,初起出于理智婉拒,最终抗拒不了凄凉与冷漠,依了人的本能,欣然接受,也是情理中的事。双双痛饮混合了各种复杂成分的婚姻酒,醉一个酩酊。那些世界上最动人的山盟海誓,往往发生在此时。然岁月更迭,逆境不可能永远存在,当外界的压力解除,爱情脱尽附加的藩篱,以本真的面目凸现的时候,潜伏的阴影就膨胀了。一旦双方地位、学识、教养、门第……的卵石,在激流消退后的平滩上裸露出来,无情的舆论又像烈日,将石头晒得滚烫,婚姻的危机就笼罩头顶。

况且,婚姻不是账本,旧话重提没有用,一方永远地施予,另一方总是赤字,心理就失去平衡。有些恩情,也如仇恨一般,太深重了,便无法报答,有时简直想一逃了之。不平等的婚姻,当跷跷板上位置低下的一方,腾然升起的时候,双方能否寻找到新的支点,是婚姻继续的要素。患难是泥沙俱下的荒地,在那里寻到的爱情,绝非纯金精钢,还需顺境霹雳火的淬炼。

所以,患难之交不但不保险,很可能是饱含危机的婚姻。你看古今中外多少愁云惨淡的故事,都产生于这类土壤,就可知它的曲折艰险。并非要人在难中,不谈爱情,我只是想说,苦难不是婚姻的保单。假如你是跷跷板位置较高的一方,请做好位置颠覆后的准备。假如你是位置较低的一方,请扪心自问,天翻地覆之后,我能否忠诚依然?!

假如回答都是:不。不妨在患难中,对爱情三思而后行。

第三种是一见钟情。与其说它属于社会学心理学范畴,我更愿意相信它在生理学中的地位。原本素不相识的男女,在毫无先兆的一见之下,迸出激烈的火花,从此如醉如痴,天地为之动容。朝思暮想,百计千方,不成眷属,终日寝食不安。有的学者,对这种婚姻模式,给予高度的评价,认为它是人类本性的爆发,无功利杂质掺入,纯真契合,地久天长。

我想，在那男女一见的瞬间，一定发生了一种我们目前的科学还不能完全解释的生理变化，大量的神秘物质分泌入血，年轻的机体，从瞳孔到心灵，都感到极大的愉悦。这种物质以高度的欢畅，牵引着我们，操纵着我们，使我们不假思索地按照它凌驾一切的指令，决定了终生的伴侣。

对这种"惊鸿只一瞥，爱到死方休"的神秘过程，我不敢妄加揣测。私下里猜它的来源一定非常古老，是人类延续种族繁荣昌盛的钥匙之一。想那动物雌雄的相投，必无长远的卿卿我我，常常是电光石火的一瞬，成就了好事。一定有存在于基因的密令，操纵着冥冥中的结合。我想探究的是，作为高度发达创造了语言交流的人类，是否需对"一见定乾坤"的传统重新审视？那毕竟是一种非常状态，犹如飓风，无法天长地久陪伴我们。不知道在哪一天黎明，激情悄然离去，连个招呼也不打，剩下冷却到常温的男女，相对无言。失却了神秘物质的激励和保护，以它为先导的婚姻，是否也将随风飘逝？

婚姻不是"一见"，是一世相守的千见万见亿见。钟情是否是永不疲劳的金属，始终保持着最初的弹性？一见钟情的质量，不在开头，而在结尾。它可有终生的保修期？

现在要说四棱柱的最后一面了——萍水相逢。

这词一听，便让人生出凄凉漂泊之感。当人们谈论婚姻的双方，原是"萍水相逢"时，多的是无奈与宿命，还有些许的调侃，好像一只得来容易的旧履，不值得珍惜。

我们太轻慢了萍水啊。何谓"萍"？那是一种随波荡漾的低等植物，淡淡绿绿，草芥一般。任何一抹风都可以将它掠了去，抛向远方，颇似普通人的命运。两棵浮萍，没有背景，没有根，被不知何处来的气流推着，无目地漫游，怎地就撞到了一起？俗话说：相逢是缘，相守是分。为什么遭遇的是这一棵浮萍，而不是那一株水草？为什么碰撞在这一块水域，而不是在那一方波涛？偶然的萍水相逢里头，藏着一个天大的必然缘分。

萍与萍之间，还有一个最大的优势，那就是平等。水平水平，天下没有比水更平坦的东西了。生在水里的植物，该是最懂得这道理。纵是不懂，水以天然的流动，也教会你懂。平等是一切婚姻的柱石，它不是一种有形的资产，却是长治久安的地平线。在平等的伞下缔结的爱情，少的是不着边际的浪漫，多的是同在一片蓝天下的理智。它们依傍于水，浮沉于水。雨打飘萍的时候，需同舟共济，水涨船高的时候，需荣辱不惊。需要磨合，需要考验，一个平淡的开端，未必不预示着一段肝胆相照的历史，象征着一个美满妥帖的结局。

萍水相逢和一见钟情，真是有些像呢。都是素昧平生，都是相约到老。千万不要把两者搞混啊。在开端的时候，它们像一对孪生姐妹，但女大十八变，渐渐地就有些质的分野了。一个是在瞬间爆炸，一个是徐徐地加温。

婚姻的本质更像是一种生长缓慢的植物，需要不断灌溉，加施肥料，修枝理叶，打杀害虫，才有持久的绿阴。

在婚姻的入口处，立着这根四棱的柱子，每一面雕刻着不同的花纹，指示着不同的道路。每一个经过的男人女人，都按照自己的意愿，选择了一个入口。家庭就像单向的铁路，是没有回程票的。我们在婚姻的列车上，铿锵向前。在生命的终点，有几多夫妇，手牵着手，从容出站？

爱怕什么

爱挺娇气挺笨挺糊涂的,有很多怕的东西。

爱怕撒谎。当我们不爱的时候,假装爱,是一种痛苦而倒霉的事情。假如被人识破,我们就成了虚伪的坏蛋。你骗了别人的钱,可以退还;你骗了别人的爱,就成了无赦的罪人。假如不曾识破,那就更惨。除非你已良心丧尽,否则便要承诺爱的假象,那心灵深处的绞杀,永无宁日。

爱怕沉默。太多的人,以为爱到深处是无言。其实爱是很难描述的一种情感,需要详尽地表达和传递。爱需要行动,但爱绝不仅仅是行动,或者说是语言和感情的流露,也是行动不可或缺的一部分。我曾经和朋友做过一个测验,让一个人心中充满一种独特的感觉,然后用表情和手势表达出来,让其他不知底细的人猜测他的内心活动。出谜和解谜的人都欣然答应,自以为万无一失。结果,能正确解码的人少得可怜。当你自觉满脸爱意的时候,他人误读的结论千奇百怪。比如认为那是——矜持、发呆、忧郁……

一位妈妈,胸有成竹地低下头,做出一个表情。我和另一位女士愣愣地看着她,相互对视了一下,异口同声地说:你要自杀?她愤怒地瞪着我们说:岂有此理,你们怎么那么笨!我此刻心头正充盈着温情!愚笨的我俩挺惭愧的,但没等我们道歉的话出口,那位妈妈恍然大悟道:原来是这样！怪不得我每次这样看着儿子的时候,他都会不安地说:妈妈,我又做错了什么？你又在发什么愁？

爱需要表达,就像耗电太快的电器,每日都得充电,重复而新鲜地描述爱意吧。它是一种勇敢和智慧的艺术。

爱怕犹豫。爱是羞怯和机灵的,一不留神它就吃了鱼饵闪去。爱的初起往往是柔若无骨的碰撞和翩若惊鸿的动力。在爱的极早期,就敏锐地识别自己的真爱,是一种能力,更是一种果敢。爱一桩事业,就奋不顾身地投入；爱一个人,就勇往直前地追求；爱一个民族,就挫骨扬灰地献身。

爱怕模棱两可。要心爱这一个,要心爱那一个,遵循一种"全或无"的铁律。爱,就是铺天盖地,不遗下一个角落。不爱就应该快刀斩乱麻,迟疑延宕是对他人和自己的不负责任。

爱怕沙上建塔。那样的爱,无论多么玲珑剔透,潮起潮落,遗下的只是无珠的蚌壳和断根的水草。

爱怕无源之水。沙漠里的河啊,即使不是海市蜃楼,波光粼粼又能坚持几天？当沙暴袭来的时候,最先干涸的正是泪水积聚的咸水湖。

爱怕假冒伪劣。真的爱也许不那么外表光鲜、色彩艳丽,没有精致的包装,没有夸口的广告,但是它有内在的质量保证。真爱并非不会发生短路与损伤,但是它有保修单,那是两颗心的承诺,写在天地间。

爱的脚力不健,怕远。距离会漂淡彼此相思的颜色。假如有可能,就靠得近一点,再近一点,直到水乳交融、紧密无间。万万不要人为地以分离考验它的强度,那样你也许会后悔莫及。尽量地创造并肩携手天人合一的机会。

爱像娇艳的花朵,怕转瞬即逝。爱可以不朝朝暮暮,爱可以不卿卿我我,但爱要铁杵磨针,恒远久长。

爱怕平分秋色。在爱的钢丝上不能学高空王子,不宜做危险动作。即使你摇摇晃晃,一时不曾跌落,也是偶然性救你,任何一阵旋风,都可能使你轰然坠毁,最明智保险的是赶快从高空回到平地,在泥土上留下深深的脚印。

爱怕刻意求工。爱可以披头散发,爱可以荆钗布裙,爱可以粗茶淡饭,爱可以风餐露宿。只要有一腔真情,爱就有了依傍。

爱的时候,眼睛近视散光,只爱看江山如画。耳朵是聋的,只爱听莺歌燕舞。爱让人片面,爱让人轻信。爱让人智商下降,爱让人一厢情愿。爱最怕的是腐败。爱需要天天注入激情和活力,但又如深潭,波澜不惊。

爱情刽子手

心理治疗揭露日常困扰的深层理由,延展直通生存的岩床。心理治疗的主要对象就是这一类生存的痛苦,而不是经常有人宣称的个人惨痛经验的挥之不去的点点滴滴。我的假设是:根本的焦虑源于个人千方百计——也许是自觉的也许是不自觉的——要解决生活中难以接受的事实,要解决生存的既定事实。

我发现有四个既定事实与心理治疗最为息息相关：

1. 我们命官以及我们所爱的人必然都会面临死亡
2. 我们只需按照自己的意愿生活的自由
3. 我们终归是孑然一身的孤独
4. 人生并无显而易见的意义可言

不论这些既定事实看来如何冷酷无情，智慧之根与解脱之道尽藏其中。面对生存的真相，进而借力使力，化危机为个人脱胎换骨的契机。

"责任"一词虽然有很多不同的用法，我个人偏好萨特的定义。他说，承担责任就是"担任设计师"。因此微妙命官都是自己生活的设计师。

每一位心理医生都知道，治疗之初最紧要的一个步骤就是：使病人相信他得为自己面临的人生困境负起责任。一旦认为自己遭受的困难是外在环境引起的，治疗必定无效。

自由的意思是，人要为自己的选择、行动、自己的生活处境负起责任。

孤独没有一劳永逸的解决方法。病人一心一意要逃脱孤独，可能会妨害他与别人的关系。许多人的友谊会破裂或婚姻会失败，就是因为他利用别人作为抵挡孤独的盾牌。

人生的一大矛盾是——自知产生焦虑。融合能够泯除自知，化解焦虑彻底又激烈。在这种情况下，焦虑是甩掉了，但也失去了自我。

正是基于上述的理由，心理医生不喜欢接手恋爱中的病人。心理治疗与恋爱水火不相容。因为在治疗过程中，有心从事探索的自知以及终将只是内心冲突所在的焦虑，两者不可或缺。

此一存在困境——生命在一个既无意义又无确定的宇宙中寻求意义与确定性——与心理医生的工作最为息息相关。

忍受不确定性的能力是从事心理治疗这个行业的必要条件。社会大众可能认为，心理医生按部就班，稳扎稳打，引导病人走向已知的目标。每一个步骤都可预期。这种情形其实少而又少。多数的情形是，心理医生迂回向导，随机应变，摸索前进。

身兼旁观者与参与者双重角色，有赖于心理医生全心全力的投入，也就使得我在个案中面临锥心刺骨的问题。

既然如此，科学方法所讲究的置身度外以力持客观的专业心态，显然不足以应用在心理治疗上。因为我们的生命，我们的存在，与死亡密不可分。有生就有死，有爱就有失，有自由就有恐惧，有成长就有分离。就此而言，我们一体同命。

在治疗过程中，每一粒眼睛里的沙子，都可能会变成石磨中的谷粒。

梦中最重要的事实是感情。

一般说来，心理防御除非是弊大于利，否则不要横加动摇最好。

世上顶尖的网球选手每天练习五个小时改进动作。禅师潜修法门永无止境。各行各业都有人在追求圆满的造诣。至于心理学家，境界的追求在于永无休止的自我改进，并无所谓的功德圆满。

我讨厌胖女人的着装。没有曲线的布袋装，如象皮披身的牛仔裤，就敢大摇大摆地出来亮相。心理治疗的过程或多或少地总会有反移情的现象。

胖女人身上通常容易看到爽朗的个性和敏捷的心思。

我在一家报纸上登出了这样一篇文章。结尾处这样写道：

为了进行研究,亚龙博士盼望有机会访问未能克服丧亲之痛的人士。自愿接受访问者,请拨电话……

"为什么我一看到报纸,就迫不及待地毛遂自荐?因为你是斯坦福的教授,而我的女儿要是活着,她一定会上斯坦福的。"

在心理治疗的过程中,再也没有哪样比言简意赅的摘述,更能提供替代性的安全感了。尤以清单式的摘述为然。

病人在治疗过程的最早期说出的几个梦,尤其是内容丰富翔实的梦,通常是特别地发人深省。

总的说来,如果一个人对于该做而未做的事感到愧疚,那也就意味着他当初可以有所作为。此一具有安慰意味的错觉,骤然面临不可挽回的经验便会不堪一击。冲击效应最强烈最令人茫然不知所措的经验,最能使人脱胎换骨,首推面临自己迫在眉睫的死亡。

另一种雷霆万钧的经验,乃是至亲之死。中文信息在我们的生命中占有重大意义的人,他们的死亡也会动摇我们自以为不会受到伤害的错觉。

丧子悲剧并非如预期的那样,能稳固婚姻的基础。许多夫妻异口同声地说,丧子之痛加深了婚姻的裂痕。

只要心理医生和病人相处得来,治疗痛常可以进行得很好。

箱子里是绵绵款款的情语,全是那个尸骨早寒的亲爱的女人,心智已经不存,氧核糖核酸已经物化重归大地怀抱。那个几年来毫无记忆可言的女人。

我一向秉信,好的治疗即是深刻透彻的治疗,而不是效率高的治疗。甚至——说起来痛心——也不是帮助大的治疗。好的治疗要配合好的病人,说穿了,就是要寻求真相的冒险之旅。

我每每在小组讨论的场合,眼巴巴地望着一条直通入某病人内心世界的线索,却不得不迁就现实,为了替整个小组披荆斩棘而放弃特定的对象。

一旦面临进退失据或有两种强烈的情感互相冲突,最好的方法就是与病人分享这个烫手的山芋。

冥思避静训练中,有个科目叫"观心定"。两个人手握手数分钟,四目对视,彼此深入冥想对方。有些人他觉得若即若离,有些人他觉得关系密切。其中一个人,他觉得已经到了水乳交融地步。

其实你不认识这个人。你只是像普鲁斯特说的那样,把你所希冀的属性一股脑儿地塞到了这个人身上。你爱上了你一手创造的形象。

我相信,在这样一见钟情的情况下,彼此都误解了对方的眼神。看到的是自己眼神的倒影,却以为是欲望的深情。他们各自在自己断裂的翅膀上插上了羽毛,抱着另一只羽毛断裂的小鸟,想飞上蓝天。感觉空虚的人,把自己融入另一个不完整的人,这是饮鸩止渴。翅膀断裂的鸟,一只和另一只翅膀断裂的鸟,融为一体就可以振翅高飞,这是刻舟求剑。像这种结合,耐心再多也不济事,到头来只有互相怪罪,彼此猜忌,各自为自己的伤口护短。

每一个生命都经纬万端,科技永远瞠目其后。

"第一封信是在某个礼拜一寄来的。那一天凄楚也没有什么特殊的。整个上午我都在忙一篇文章,快到中午的时候,我走到尽头拿信。——我通常是在吃午餐的时候看信。不知道为什么,我有个预感,觉得会有事情发生。我打开信,然后……然后……"

他万念俱灰的神情,布满了血丝的眼睛……

我说不下去了,我不知道怎么办。我在信箱里终于看到了……

我会想象鲜血装满了纸杯,听到鲜血喷溅到蜡纸杯的声音。一百滴鲜血大概可以装满一纸杯,只要十五秒的时间。

他巨大的瞳孔和不安的四肢在倾诉着焦虑。

我与病人相处,有个不成文的规矩。在他的时段,我就全心全意地奉献给他,不容同床异梦之旁骛。现在我做了修正——那个健康的人,才是我要从一而终的对象。

他就这样,一分一秒地把一个钟头撕得粉碎。

好奇心不足的人,难以治疗。好奇心的培养并非事不可为,但此事经纬万端又需时甚久。

成千上万的丈夫

有成千上万的男人,可能成为某个女人的好丈夫。

这句话,从一位做律师的女友嘴中,一字一顿地吐出时,坐在对面的我,几乎从椅子上滑到地上。

别那么大惊小怪的。这话也可以反过来对男人说,有成千上万的女人,可以成为你们的好妻子。你知道我不是指人尽可夫的意思。教养和职业,都使我不会说出这类傻话。我是针对文学家常常在作品中鼓吹的那种"唯一",才这样标新立异。女友侃侃而谈。

没有唯一,唯一是骗人的。你往周围看看,什么是唯一的?太阳吗?宇宙有无数个太阳,比它大的,比它亮的,恒河沙数。钻石吗?也许有一天我们会飞到一颗钻石组成的星球上,连旱冰场都是钻石铺的。那种清澈透明的石块,原子结构很简单,更容易复制了。指纹吗?指纹也有相同的,虽说从理论上讲,几十亿上百亿人当中,才有这种可能性。好在我们找丈夫不是找罪犯,不必如此精确。世上的很多事情,过度精确,必然有害。伴侣基本是一个模糊数学问题,该马虎的时候一定要马虎。

有一句名言很害人,叫做:每一片绿叶都不相同。我相信在科学家的电子显微镜下,叶子间会有大区别,楚河汉界。但在一般人眼中,它们的确很相似。非要把基本相同的事物,看得大不相同,是神经过敏故弄玄虚。在森林里,如果戴上显微镜片,去看高大的乔木,除了满眼惨绿,头晕目眩,无法掌握树林的全貌,只得无功而返。也许还会迷失方向,连回家的路都找不到了。

婚姻是一般人的普通问题,不要人为地把它搞复杂。合适做你丈夫的人,绝非前无古人后无来者的异数。就像我们是早已存在的普通女人,那些普通的男人,也已安稳地在地球上生活很多年了。我们不单单是一个人,更是一种类型,就像喜欢吃饺子的人,多半也热爱包子和馅饼。科学早就证明,洋葱和胡萝卜脾气相投,一定会成为好朋友。大豆和蓖麻天生和平共处。玫瑰花和百合种在一起,彼此都花朵繁茂,枝叶青翠。但甘蓝和芹菜相克,彼此势不两立。丁香和水仙花,更是水火不相容。郁金香干脆会致勿忘草于死地……如果你是玫瑰,只要清醒地坚定地寻找到百合种属中的一朵,你就基本获得了幸福。

当然了,某一类人的绝对数目虽然不少,但地球很大,人又都在走来走去，我们能否在特定的时辰，遭遇到特定的适宜伴侣，也并不是太乐观的事。

相信唯一，你就注定在茫茫人海东跌西撞寻寻觅觅，如同一叶扁舟想捕获一条不知潜在何处的鳟鱼，等待你的是无数焦渴的黎明和失眠的月夜。

抱着拥有唯一的愿望不放，常常使女人生出组装男友和丈夫的念头。相貌是非常重要的筹码，自然列在前茅。再加上这一个学历高，那一个家庭好，另一个脾气柔雅，还有一个事业有成……女人恨不能将男人分解，剥下各自最优异的部分，由女人纤纤素手用以上零件，粘合成一个美轮美奂的新男人，该是多么美妙！

只可惜宇宙浩渺，到哪里寻找这样的胶水！

这种表面美好的幻想，核心是一团虚妄的灰雾在作祟，婚姻中自然天成的唯一佳侣，几乎是不存在的。许多婚礼上，我们以为天造地设的婚姻，夭折得如同闪电。真正的金婚银婚，多是历久弥新的磨合与默契。

女人不要把一生的幸福，寄托在婚前对男性千锤百炼的挑拣中，以为选择就是一切。对了就万事大吉，错了就一败涂地。选择只是一次决定的机会，当然对了比错了好。但正确的选择只是良好的开端，即使航向对头，我们依然还会遭遇风暴。淡水没了，船橹漂走，风帆折了……种种危难如同暗礁，潜伏于航道，随时可能颠覆小船。选择错了，不过是输了第一局。开局不利，当然令人懊恼，然而赛季还长，你可整装待发，蓄芳来年。只要赢得最终胜利，终是好棋手。

在我们人生旅途中，不得不常常进入出售败绩的商场。那里不由分说地把用华丽外衣包装的痛苦，强售给我们。这沉重惨痛的包袱，使人沮丧。于是出了店门，很多人动用遗忘之手，以最快的速度把痛苦丢弃了。这是情绪的自我保护，无可厚非。但很可惜，买椟还珠，得不偿失。付出的是生命的金币，收获的只是垃圾。如果我们能够忍受住心灵的煎熬，细致地打开一层层包装，就会在痛苦的核心里，找到失败随机赠送的珍贵礼品——千金难买的经验和感悟。

如果执著地相信唯一，在苦苦寻找之后一无所获，或是得而复失，懊恼不已，你就拿到了一本储蓄痛苦的零存整取存单，随时都有些进账可以添到收入一栏里记载了。当它积攒到一笔相当大的数目，在某个枯寂的晚上，一股脑儿齐提出来，或许可以置你于死地。

即使选择非常幸运地与"唯一"靠得很近，也不可放任自流。"唯一"不是终身的平安保险单，而是需要养护需要滋润需要施肥需要精心呵护的鲜活生物。没有比婚姻这种小动物，更需要营养和清洁的维生素了。就像没有永远的敌人一样，也没有永远的爱人。爱人每一天都随新的太阳一同升起。越是情调丰富的爱情，越是易馊，好比鲜美的肉汤如果不天天烧开，便很快滋生杂菌以致腐败。

不要相信唯一。世上没有唯一的行当，只要勤劳敬业，有千千万万的职业适宜我们经营。世上没有唯一的恩人，只要善待他人，就有温暖的手在危难时接应。世上没有唯一的机遇，只要做好准备，希望就会顽强地闪光。世上没有唯一只能成为你的妻子或丈夫的人，只要有自知之明，找到相宜你的类型，天长日久真诚相爱，就会体验相伴的幸福。

女友讲完了，沉思袅袅地笼罩着我们。我说，你的很多话让我茅塞顿开。但是……

但是……什么呢？直说好了。女友是个爽快人。

我说，是否因工作和爱人都不是你的唯一，所以才这般决绝？不管你怎样说，我依然相信世界上存在着"唯一"这种概率。如同玉石，并不能因为我们自己不曾拥有，就否认它的宝贵。

女友笑了，说，一种概率若是稀少到近乎零的地步，我们何必抓住苦苦不放？世上有多少婚姻的苦难，是因追求缥缈的"唯一"而发生啊！对我们普通的男人和女人来说，抵制唯一，也许是通往快乐的小径。

婚姻有漏

实行计划生育多年，当年的婴孩开始踏上婚姻的红地毯。现在要想找一家中有兄弟姐妹的配偶，概率已越来越低。在法院工作的朋友告诉我，双方都是独生子女的婚姻，离婚率相当高，且从结婚到离婚的时间短，甚至只有几天。我吓了一跳说，为什么？她说，理由当然是各式各样的，但我看，主要是事因有漏。

事情之发生，都有一个原因。这个原因如果不纯粹，就是事因有漏。漏是沙漏的漏，一个缓缓下旋的洞。情感有多少血液，经得住这般从夏到秋夜以继日地漏？一个有漏的婚姻，从一开始就是不结实的。当所有的情感都漏光的那一天,婚姻就瘪了。

那么,婚姻的理由究竟是什么呢?有的人因为世俗的压力、父母的祈盼、舆论的导向,甚至觉得在玩一个有趣的游戏。有的人以为那是一笔投资、一注筹码、一套吃饭的碗筷、一栋半山的豪宅。有的人只是头脑发热荷尔蒙亢奋,更可怕的还有政治与经济的陷阱与阴谋,都会织进婚姻之因。

除了这些以往婚姻中常见的漏,朋友说,独生子女的婚姻漏,最高发的是他们太想找到朝夕相伴的手足(这当然不是错),但是,却缺少和兄弟姐妹亲密相处的经验。他们缺少忍耐。

婚姻是需要忍耐的。长久的持续的充满定力的忍耐。忍耐一个任性的姑娘成长为干练的妻子,忍耐一个办事不牢的小伙子成为坚如磐石的汉子。忍耐孩子在啼哭和不断摔跤中长大,忍耐彼此的白发和倦怠。忍耐性格的摩擦和裂变,忍耐孤独与风寒……

婚姻无漏的理由只有一个,那就是爱。因为有了爱,才会长出茁壮的忍耐。忍耐磨砺着爱的光洁,使它在坚硬的同时润泽而美丽。

修补爱情

东西用得久了,便会磨损。小到一双鞋子,大到整个天空。

于是诞生了修补这个行当。从业人员从街头古朴的老鞋匠,到谁都未曾谋面的一位叫做女娲的神仙。

只有珍贵的东西,才需要修补。我们不会修补一次性的筷子和菲薄的面巾纸,但若损坏的是一双象牙筷子和一幅名贵字画,又是家传的珍宝和友人的馈赠,那就大不一样了。你会焦灼地打探哪里有技术高超的工匠,为了让它们最大限度地恢复原貌,不惜殚精竭虑。

我们修补,是因为我们怀有深情。在那破损的物件的皱褶里,掩藏着岁月的经纬和激情的图案。那是情感之手留下的独一无二的指纹,只属于特定的人和特定的刹那。

考古人员修复文物,所费的精力,绝对大于再造一件新品。比如一个陶罐,掉了耳朵,破了边沿,漏了帮底,假若它是新出厂的,肯定扔在垃圾箱里,但在修复者眼里,它们是不可替代的唯一。于是绞尽脑汁,将它复原到美轮美奂。陶罐里盛着凝固的历史和永恒的时间。

修补是一个工程,需要大耐心、大勇气、大智慧。耐心是为了对付那旷日持久的精雕细刻,勇气是为了在漫长的修复过程中,坚定自己的信念和抵御他人的不屑。智慧是为了使原先的破损处,变得更加牢靠而美观。

人们常常担心修补过的器物,是否还有价值。也许在外观上会遗有痕迹,但在内在品质上,修补处该更具强韧的优势。听一位师傅说,锔过的碗,假如再摔于地,哪怕别处都碎成指甲盖大的碗碴,但被锔钉箍过的瓷片,依旧牢牢地拢在一起。

爱情是我们一生中最需精心保养的器皿,它具备可资修补的一切要素。爱是珍贵的,爱是久远的,爱是有历史的,爱是渗透了情感的,爱是无价之宝。

爱情的修理工,不能假手他人,只能是我们自己。当我们签下爱情契约的时候,也随手填写了它的保修单。我们既是爱情的制造者,也是它的使用者和维修者。这种三合一的身份,使人自豪幸福也使人尴尬操劳。爱情系统一旦出了故障,我们无法怨天尤人,只有痛定思痛地查找短路,更换原件,改善各种环境和条件……

古书上说,假如宝玉有了裂纹,可用锦缎包裹,肌肤相亲,昼夜不离身,如此三年。那美玉得了人的体温滋养,就会渐渐弥合,直至天衣无缝,成为人间至宝。

不知这法子补玉是否灵验?若以此法修补爱情,将它放进两颗胸膛,以血脉灌溉,以精神哺育,以意志坚持,以柔情陶冶,它定会枯木逢春,重新郁郁葱葱。

婴孩有不出生的权利

假如我是一个婴孩,我有不出生的权利。世界,你可曾听到我在羊水中的呐喊?

如果我的父母还未成年,我不出生。你们自己还只是一个孩子,稚嫩的双肩是否能负载另一个生命的重量?你们不可为了自己幼稚而冲动的短暂欢愉,而将我不负责任地坠入尚未做好准备的人间。

如果我的父母只是萍水相逢,并非期待结成一个牢固的联盟,我不出生。你们的事,请你们自己协商解决,纵使万般无奈,苦果也要自己嚼咽。任何以为我的出生会让矛盾化解关系重铸的幻想,都会让局面更加紊乱。请不要把我当成一个肉质的筹码,要挟另一方走入婚姻。

如果我的父母是为了权力和金钱走到一起,请不要让我出生。当权力像海水一样丧失,你们可以驾船远去,只有我孤零零地留在狰狞的礁石上飘零。对于这样的命运,我未出世已噤若寒蝉。当金钱因为种种原因不再闪光,你们可以回归贫困,但我需要最基本的生活条件。如果你们无法以自己的双手来保障我的生长,请不要让我出生。

假如我的父母结合没有法律的保障,我不出生。我并不是特别地看重那张纸,但连一张纸都不肯交给我的父母,你们叫我如何信任?也许你们有无数的理由,也许你们觉得这是时髦和流行,但我因为幼小和无助,只固执地遵循一个古老的信条——如果你们爱我,请给我一个完整而牢固的家。我希望我的父母有责任感和爱心,我希望有温暖的屋檐和干燥的床,我希望能看到家人如花的笑颜,我希望能触到父母丝绸般的嘴唇和柔软的手指。

我的母亲,我严正地向你宣告——我有权得到肥沃的子宫和充沛的乳汁。如果你因为自己的大意甚至放纵,已经在我出生之前,把原本属于我的土地,让器械和病毒的野火烧过,将农田荼毒到贫瘠和荒凉,我拒绝在此地生根发芽。如果我不得不吸吮从硅胶缝隙中流淌出的乳汁,我很可能要三思而后行。

我的父亲,我严正地向你宣告——如果你有种种基因和遗传的病变,请你约束自己,不要存有任何侥幸和昏庸。你不应该有后裔,就请自重和自爱。人类是一个恢宏整体,并非狭隘的传宗接代。如果你让我满身疾病地降临人间,那是你的愚蠢,更是我的悲凉。并非所有的出生都是幸福,也并非所有的隐藏都是怯懦。

我的祖父祖母外祖父外祖母,我要亲切地向你们表白。我知道你们的希冀,我也知道血浓于水的传说。我不能因为你们昏花的老眼,就模糊自己人生的目标。我应该比你们更强,这需要更多的和谐更多的努力。不要把你们种种未来的幻想,五花八门地涂抹到我的出生计划书上。如果你们给予我太多不切实际的重压和溺爱,我情愿逃开你们这样的家庭。

我的父母,如果你们已经对自己的婚姻不抱希望,请不要让我出生。不要把我当成粘合的胶水,修补你们旷日持久的裂痕。我不是白雪,无法覆盖你们情感的尸身。你们无权讳疾忌医,推诿自己的病况,而把康复的希望强加在一个无言的婴孩身上。那是你们的无能,更是你们的无良。

我的父母,我并非不通情达理。你们也可能有失算和意外,我不要求永恒和十全十美。我不会嫌弃贫穷,只是不能容忍卑贱。我不会要求奢华,但需要最基本的生存条件。我渴望温暖,如果你们还在寒冷之中,就缓些让我受冻。我羡慕团圆,如果你们不曾走出分裂,就不要让我加入煎熬的大军。

　　我的父母,请记住我的忠告:我的出生不是我的选择,而是你们的选择。当你们在代替另外一条性命做出如此庄严神圣不可逆反的决定的时候,你们可有足够的远见卓识?你们可有足够的勇气和坚忍?你们可有足够的智慧和真诚?你们可有足够的力量和襟怀?你们可有足够的博爱和慈悲?你们可有足够的尊崇和敬畏?

　　如果你们有啊,我愿意走出混沌,九炼成丹,降为你们的儿女。如果你们未曾有,我愿意静静地等待,一如花蕊在等待开放。如果你们根本就无视我的呼声,以你们的强权胁迫我出生,那你们将受到天惩。那惩罚不是来自我——一个嗷嗷待哺的赤子,而是源自你们千疮百孔的身心。

关于婚姻和家庭的独白

　　你认定了一个男人或是一个女人为终身伴侣,就是斩钉截铁地拒绝了这世界上数以亿计的男人和女人。也许他们更坚毅更美丽,但拒绝就是取消,拒绝就是否决,拒绝使你一劳永逸,拒绝让你义无反顾,拒绝在给予你自由的同时,取缔了你更多的自由。拒绝是一条单航道,你开启了闸门,就奔腾而下,无法回头。

拒绝的实质是一种否定性的选择。

我们的拒绝常常过于匆忙。这是因为我们在有可能从容拒绝的日子里,胆怯地挥霍掉了光阴。我们推迟拒绝,我们惧怕拒绝。我们把拒绝比作困境中的背水一战,只要有一分可能,就鸵鸟似的缩进沙砾。殊不知当我们选择拒绝的时候,更应该冷静和周全,更应有充分的时间分析利弊与后果。拒绝应该是慎重思虑之后一枚成熟的浆果,而不是强行捋下的酸葡萄。

结婚通常是在我们尚未完全明了它的严重性前,就匆忙决定了的一件事。

它是年轻人最大的也是最初的一场赌注。

晚婚和思考可以部分地补救我们的缺乏经验。

但它从根本上说,是不可预测的。

现代文明给了我们弥补的机会,这就是离婚。

如果一个人从第一次婚姻里学到的不是正确的经验,就可悲地进入了一轮更盲目的赌博。

失败有时可以提供教训,有时会使我们更加昏了头脑。

女孩为了使自己显得可爱,就不由自主地在男人面前装傻。

喜欢傻女人的男人,不是自己弱智,无法同聪慧的女孩并驾齐驱,就是旧礼教的信徒,以为女子无才便是德。

同这样的男人分手,原是不足惜的。

夫妻吵架表面上看来都是因为极小的事情,但下面常常潜伏着由来已久的情感危机。假如我们不想分手,就一定要把这股暗流找出来,清醒地对待它、排解它。

当我们守候在年迈的父母膝下时,哪怕他们鬓发苍苍,哪怕他们垂垂老矣,你都要有勇气对自己说:我很幸福。因为天地无常,总有一天你会失去他们,会无限追悔此刻的时光。

　　我不相信一见钟情。钟情其实是"一见"之后经过漫长时间思索的确认。如果只有一见,而没有其后的八见、十见、百见……情就始终无所粘附,不过是飘在空中的尼龙丝。

　　如果真的因一见而没齿不忘,那实际上钟的不再是情,而是自己浪漫的想象与幻觉。

　　幸福并不与财富地位声望婚姻同步,它只是你心灵的感觉。

　　对于我们的父母,我们永远是不可重复的孤本。无论他们有多少儿女,我们都是独特的一个。

　　假如我不存在了,他们就空留一份慈爱,在风中蛛丝般无以附丽地飘荡。

　　假如我生了病,他们的心就会皱缩成石块,无数次向上苍祈祷我的康复,甚至愿灾痛以十倍的烈度降临于他们自身,以换取我的平安。

　　我的点滴成功,都如同经过放大镜,进入他们的瞳孔,摄入他们心底。

　　假如我们先他们而去,他们的白发会从日出垂到日暮,他们的泪水会使太平洋为之涨潮。

　　面对这无法承载的亲情,我们还敢说我不重要吗?

　　母亲的关切就像一件旧时的毛衣,在严寒的日子里我们会忆起它的温暖,在风和日丽的春天,我们就把它遗忘。但对母亲来说,每一缕思念都那样绵长,每一条关于我们的音讯都令她长久地咀嚼。我们每一点微小的成绩都会熨平她额上的皱纹,我们的每一次挫折和失误都会令她扼腕叹息……

　　这也许是一条奇怪的放大定律——儿女的风吹草动,会凝聚成疾风骤雨降临母亲的心灵。当我们跋涉在人世间的时候，母亲的心追随着我们，感应着我们，承受着我们的苦难，分担着我们的忧愁。

尽管世上规定了母亲节，其实母亲无节日。或者说，母亲也是天天过节日的。孩子会笑了，孩子会走了，这就是母亲的节日啊。孩子唱第一首歌，孩子写第一个字，这都是母亲的节日啊。

孩子得了第一次奖，虽说只是一支普通的铅笔，这也是母亲盛大的节日啊。

孩子学到了知识，孩子建立了功业，孩子在世界上找到了属于他的另一半，孩子有了更小的孩子……这都是母亲的节日啊。

孩子的点滴进步，都是母亲永远铭记在心的节日。

一位母亲，培养出一个优秀的孩子，那就是人类永恒的节日。

一个不爱母亲的人，基本上是没有救的。无论他取得了怎样的成就，在他的内心深处，永远是冷漠。

(四) 学会探索自己的心灵

每个人都有长出好心情的土地,就看你是否耕耘。

挖掘心灵第一图

一位睿智的老人说,在每个人心灵深处,都珍藏着一个对这个世界最初的印象。它储存在脑海的褶皱中,平时被繁杂的信息遮挡着,好像昏睡的幽灵,不理晨昏。但它是无处不在的,笼罩着我们,统领着每个人对世界的基本视点。好像一纸符咒,规定了我们探寻世界的角度。

这话挺玄奥的,有点巫术的味道。我不服,挑战地问,可以当场试试吗?

老人很谦和地一笑,说,一家之言。你可以信,也可以不信。

我说,我恰好知道一个人的心底图像。您若说中了,我就信。

老人淡然回答,行啊。

我说，这个人啊，脑海里留下的最朦胧也就是最原始的印象是——一片无边的荒漠，尘沙漫天，苍黄渺茫。但他周围的小环境不错，好像是一个温暖的怀抱，有袅袅的香气环绕……

说完，我定定地看着老人，且听他如何分解。

老人缓缓说，他的精神世界对立而单纯，沉重而简明。对世界本质的认识充满疑惧，觉得人力无法胜天。宇宙不可知。人是孤独渺小的生物，基调混沌而迷茫。但他还会快乐而努力地活着，时时感受到温情和带着暖意的希望，寻找一个光亮安静芬芳的所在……

说完后，老人问我，他是这样一个人吗？

我抑制住自己的大惊异，说，对与不对，以后我再告诉您。现在，我最想知道的，就是您这种分析的基本方法。能教我一些吗？

老人说，少许心得，不值多说。有点占卜的意味，但并不是街头的摆摊算卦。首先，你让被试者静静地躺下，拼命想早先的事。意识好比柳絮，能飞多远飞多远。回忆的触角竭力向脑仁深处钻，最后变得似睡非睡似醒非醒，一片混沌最好。让人由眼前的明明白白，泡入米汤样的童年。到了再也沉不下去的时候，他的心里就会猛地浮出一幅画。让他把这幅画讲给你听，然后……

老人一一道来，我全身心紧急动员，照单接收。老人说，喏，基本思路就这些。剩下的事，看你的悟性了。

我说，您可要传帮带啊。

其后的一段时间，我像个居心叵测的探子，不断启发诱导各色人等，把他们脑海中留下的生命原初印象挖掘出来，一一告诉我，由我再转达老人。老人娓娓道出其中蕴涵的深意，好似隔山买牛。至于那人真实生活中的脾气品性，老人完全不感兴趣，也绝不想知道。在他的眼里，每个人的图谱，就是性格之书打开的目录,他不过是读出来而已。

开头不顺利。第一位男人所谈,简陋得像撕下的小人书碎片。

那幅图像吗?好像是一个黑夜,不知是灯灭了,还是眼睛得了病,总之黑暗包绕……完了,就这些。他干巴巴地舔舔嘴唇说。

他那时黑暗,我此时也黑暗。到处像泼了墨汁,如何分析?只好拼命启发他再想深入些。搜肠刮肚半晌,他补充如下:我摸着黑,仿佛找到一碗粥,就把它喝下去了。我妈妈走过来,眼泪洒在我脸上。很凉……哦,就这些,再也没有了。他坚决地结束了回忆。

真是老虎吃天啊。我沮丧地请教老人,老人说,哦,足够了。他是个悲观主义者,一生都在寻找。他对自己终极寻找的东西究竟是什么,本人也闹不清楚。在这寻找的途中,他会得到温暖和利益的回报,他会很珍视亲情。但这些并不能缓解他寻找的焦虑,冲淡他与生俱来的悲哀,稀释充满他周围的茫茫黑色。

我频频点头,最终也没有告诉老人,那是一位苦苦求索的哲学家的心底图像。反正老人并不需要他人的验证。

一个矮小的年轻人不好意思地说,我的第一图像,似乎没什么好说的,支离破碎。那是我和我弟弟在抢被窝。你知道,我小的时候,家里很穷,打通腿,就是两人合盖一个被筒。谁都想把自己盖得暖和些,就拼命把被子朝自己身上裹……就这些,整夜抢啊抢的。穷人家的被子,小,遮了这头捂不了那头。我比弟弟个儿大,总是占上风的时候多些。这就是全部了。

老人分析:这个年轻人竞争性很强,在他的眼里,弱肉强食是生存的基本状态。他信奉实力决定一切。因此他会不遗余力地为自己争夺尽可能多的物质利益和生存空间。但他一般不会害人,不会使用特别凶残的手段。在他的内心里,还残存着普天之下皆兄弟的道义。

实际情况:那年轻人个子不高,说苛刻点几乎要算其貌不扬了,加上家境贫寒,按照常理,该是比较自卑的。但他不,一点都不。整天意气风发精神抖擞的,上大学,考研究生,什么都不落空。每当竞争的时候,他总是毫不退却,奋勇向前。计谋算不上很光明正大,但手段也并不卑劣,懂得趋利避害,适可而止。也许是天助加上人和,他的运气一直不错。

一位依旧美丽的中年女企业家告诉我,世界在她眼里,是盘根错节的森林,热带雨林,遮天蔽日的。她在摸索着走,有时是爬,到处都有陷阱和叫不出名字的昆虫,很华丽也很狰狞……下着雨,很冷,有大毛虫发育成的极冷艳的蝴蝶在脖子后面盘旋……

我对这幅图像的真实性,抱有深刻的怀疑。她祖籍北方,从未踏到北回归线以南。再说一个幼小婴孩,想象得出热带雨林的具体模样吗?还有,毛虫和蝴蝶,这样复杂重叠的象征物,也是孩童鞭长莫及的。她的叙述,更像一场成人梦境、一个幻觉。但女企业家谈话时的郑重神态,使我无法贸然认定她在说谎。

老人听完我的转述与疑问,首先说,这是真实的。心灵的真实,不仅仅是亲眼所见,更多的时候,是一种浓缩升华后的感受。哪怕你说图像尽头,是一幅外星球人联欢的图画,我也确信无疑。人的感受有一种特质——无比忠诚。出于种种的利害关系,它可以欺骗别人,但它为自己保留下的图谱,却不会是赝品。这位女性对世界的看法,是荒诞奇诡而又不乏夺人心魄的诱惑与美丽,她应该擅长打拼,奋斗出了很好的成就。她好强,勇于挑战。但在不断的挣扎寻觅中,又感到巨大的孤独与人世的险恶。她臆造了一片热带雨林……

我无话可说。老人就像与那女人相识了一百年，用电脑扫描了她的整个人生，留下一纸谶语。

随着积累人们心底第一幅图像数量的增多，我渐渐发觉探索源头的奥秘，对每个人是一次心灵的剖析和飞跃。知道了自己眺望世界的基本视角，便有了揭示自身很多特点的钥匙。我们也许不能改变它，却可以因此变得更加理智和从容。

老人有一天对我说，你第一次对我描述的那个人，就是在沙漠中睁开眼睛看世界的人，是谁啊？你还没有告诉我。

我说，那个人就是我。我母亲抱着我，行进在从新疆到北京天地一色的途中。

人生如带

人类送往太空的礼品，有一盘录有声响的带子。

其他星球上的生物，有一天将凭着这带子认识我们地球人。

能在这样的带子上留下痕迹，该是至上的光荣。

人生的节奏越来越快。

好像有一只无形的狼犬追逐着我们，每人都在和冥冥之中的某种速度竞赛。

有一个主宰一切的幽灵，拧紧我们的每一寸筋骨，驱使我们向前。

这是怎样一种至高无上的力量？

它就是生命的不可重复性。

每个人诞生的时候,都是上帝之手涂抹干净的一盘磁带。伴随我们的生命,它开始缓缓地转动。录下大自然的风雨,录下慈父母的教诲,录下前人心血的结晶,录下远方未知的问号……

在带子的尽头,是沙沙走动的无声无息的空白。

每个人都顽强地想留下属于自己的声音。

带子很庄严,它默然向前,不理睬人们的叹息与挽留。它只保存一代又一代人类最精彩的声响,使自身更臻完美与辉煌。

与人类永恒的传送带相比,我们每个人渺小如蚁,孱弱如丝,轻淡如烟,消逝如水。

带子输送着一代又一代的人们走进宇宙的深处,那是一去不复返的轨道。

带子不断清洗着嘈杂的声音,毫无商榷地拒绝重复。带子只承认最新鲜伟大的发明,在历史的沉积中,变得越来越坚硬。要在上面留下痕迹,越来越艰难了。

你必须用人类迄今为止最优异的养料滋润自己的头脑,你要站在巨人的肩膀上。

巨人屹立着,并不因为你的弱小而弯下臂膀。巨人沉默着,他们敞开自己,却不肯搀扶你。攀登巨人几乎费掉我们毕生的精力,许多人在这样的探索中凝固,成为巨人的一部分,悲哀地失去了自身。

当那些最勇敢最智慧的人们,攀到前所未有的高度时,迎接他们的是严寒与荒凉。

面对纷繁的星空和遥远的黑洞,你踏出高贵而孤独的脚步。

你极可能走错,湮灭如灰尘。

带子是不保留探索者的脚印的,它淡然地看着一位位先驱扑倒,只为成功者留下位置。

宇宙用死亡限制人们的步伐。人类的每一个婴儿降生,都是历史的一次重新开始。智者离开时,卷走了他们没有诉诸文字的所有发现。

历史不记录回声。人的生命是长度固定的锁链,为了对抗死亡,为了在重复学习之余留出创造的空间,只有在每一个生命之环上负载更多的希冀与沉重,人类日益变得匆忙与紧张。

做人是越来越累了。我们已无暇再创造语言与文字这类服务于全人类的精神奢侈品,我们已在忙乱中迷失最初的意愿。人们越来越频繁地聚散,物品越来越快地更迭。我们以为过程就是终极,我们在旋转,以为是前进。

带子沉默着。

冷静甚至冷酷地等待着我们。

它只记录最优秀的声音。假如世间喑哑,它就耐心地等待。

人们在万籁寂静的深夜,倾听生命的磁带。

它均匀地无声地行进着、期待着。

锻造心情

心情好像一种很柔软的东西,经常因为自然界的风花雪月或是人世间的阴晴冷暖,剧烈波动着,蛛丝般震颤飘荡,无所依傍,哪里用得上"锻造"这样充满了金属音响的词呢?

　　心情于我们是那样重要。健康与美丽,如若没有一副好心情,犹如沙上建塔水中捞月,一切都无从谈起。心情与我们形影不离,不,它甚至比影子的追随还要固守得多。光不存在的时候,影子就藏在深深的暗中了。只有心情牢牢粘附在胸膛最隐密的地方,坚定不移地陪伴着我们。快乐的人,在黑夜中也会绽出笑容;凄苦的人,即使睡着了,梦中也滴泪。

　　心情是心田的庄稼。只要心脏在跳动,心情就播种着,活跃着,生长着,更迭着,强有力地制约着我们的生存状态。可能没有爱情,没有自由,没有健康,没有金钱,但我们必有心情。

　　心情是我们的收割机呢。如果你懊丧,收获的就是退缩畏葸和一事无成。如果你落落寡合,只一味地倾诉苦难,朋友最终会离去,留你孑然面对孤灯。如果你昂扬,希望就永远微茫地闪动,激你前行。如果你百折不挠,生活每一次把你压扁,你都会充满了韧性和幽默地弹跳而起,螺旋向上。如果你向每一丛绿树和鲜花打招呼,它们必会回报你欢笑与芬芳……

　　如果你渴望健康和美丽,如果你珍惜生命每一寸光阴,如果你愿为这世界增添晴朗和欢乐,如果你即使倒下也面向太阳,那么,请锻造心情。

　　它宁静而坚定,像火山爆发后凝固的岩浆,充满海绵状的孔隙又坚硬无比。它可以蕴涵人生的苦难,但绝不会被苦难所粉碎。它感应快乐的时候如丝如弦,体贴人间的每一分感动。它凝重时如锚如链,风暴中使巨轮安稳如磐。它在一次次精彩的淬火中,失去的是杂质,获得的是强韧。它延展着,包容着,被覆着我们裸露的神经,保卫着我们精神的海洋与天空。它是蓝色澄清的内心疆域,在那里栖息着我们永不疲倦的灵魂。

让我们的成品——沉稳宁静广博透明的心情,覆盖生命的每一个清晨和夜晚。从此不再因外界的风声鹤唳而瑟瑟发抖,不再因世间的荣辱得失而锱铢计较,不再因身体的顿挫不适而万念俱灰,不再因生命的瞬忽飘逝而惆怅莫名……

人生因此健康,因此壮丽。

飘扬的长发与人生的幸福

接到一封读者来信,是一个名牌大学的男生写来的。他说恋爱过程连战累挫,女友抛弃了他,很痛苦,简直丧失了活下去的勇气。他问我拯救自己的方式是否马上进入下一场恋爱?以前的每一位女友都有飘逸的长发,都是一见钟情。他说,我还要找一头长发的女孩,还要一见钟情。

通常的读者来信,我是不回的。但这一封,让我沉吟。他谈到了厌世和一个我不能同意的救赎自我的方法,我想对长发谈点看法。因为长发对他成了一种绝望与新生的象征。

早年间,看到很多女孩留长发,司空见惯了,也不去寻找这后面所包含的信息。后来,我偶然发现一位已婚女友的发式常有变化,有时是长发,有时是短发。刚开始我以为这是她出于美观或是时尚的考虑,后来她告诉我这和她的婚姻状况有关。如果这一阶段与她和丈夫关系不错,她就梳短发。如果关系很僵,她就留长发。我说,哦,我明白了,头发和爱情密切相关。她笑话我,说亏你还是个作家呢,难道不知头发是人的第三性征?

后来,我见到她稳定地梳起了马尾巴。说实话,那一头飘扬的长发(她的头发不错),和她满脸的皱纹实在是有些不宜。好在我已明白了头发的意义,对她说,你是下定了离婚的决心,要重新寻找新的伴侣了。

她有些惊奇,说我还没来得及告诉你,你怎么就知道了?

我说是你的头发出卖了你。她抚摸着头发说,这是爱情的护照。

那以后就对长发渐渐地留意起来。

女性的头发的样式,表示她的婚姻状况,这是一种集体无意识,已经深深地刻在我们的骨骼上了。女孩子为什么要留长发?首先因为一个人的头发,是一个很好的晴雨表,可以反映这个人的健康状况。在中医学里,称"发为血之余"。一个人的头发是否健康,表示着他的血脉是否丰沛充盈,生命力是否蓬勃旺盛。服饰可以调换,颜面可以化妆,但一个人的头发,是不能全面颠覆的。血自骨髓来,骨髓是一个人先天后天的精华之府。在骨髓的后面站着——肾。"肾主骨生髓",这才是关键所在。众所周知,在东方人的文化中,"肾"并不仅仅是一个泌尿器官,而是和人的生殖系统有着极为密切的关系。

好了,现在我们已经逐渐捅到了问题的核心。长发在某种意义上,表达的是这个人"肾"的健康状况,也就是间接地反映着他的生殖潜能。当你以为只是展示你飘扬的长发的时候,你其实是在暴露你的健康史。

所以,一般说来,未婚的和期望求偶的女子,爱留长发。如果一个未婚女孩梳个短发,大家就会说她像个"假小子"。女子在结婚的时候,会把头发来一个改变。正如那首著名的歌曲中唱到的:"谁把你的头发盘起,谁为你穿上嫁衣?"

如今,对女子头发的要求,是越来越苛刻了。君不见某些品牌的洗发水广告,拍出的长发美女,那头发的长度已经到了一挂黑瀑的险恶境地。画面曲折表达的意思是——你想赢得性感高分吗?请向我看齐。潇洒的刘德华干脆说:我的梦中情人,有一头长发。潜台词即是:你想成为著名歌星的梦中情人吗? 此处有一个绝好的机会——请用我们这个牌子的洗发水吧!

这种要求渐渐全方位起来。比如近年来的男性歌手组合"F4"的走红,除了种种因素之外,我觉得和他们形象中的一统长发有相当的关联。不单男性需要知道女性的健康和性征资料,女性也有同样的要求。女性的潜在的平等诉求被察觉和被满足,于是F4蓬松长发油然而生并一炮蹿红。

不厌其烦地就头发讨论了半天,是想说明"性"这个因素,是仅次于"食"的人类基本本能之一,它的影响力不可低估。它在很多时候,渗入到我们生活的种种缝隙中,以"缘分"甚至是"思想"这类面孔闪亮登场。

再来说说一见钟情。我是医生出身,见过若干关于"一见钟情"的生物学分析。在那些神话般的境遇之中,很可能是男女双方的体味在相互吸引,要么就是基因的配型有着某种契合,还有免疫互补……甚至,童年经验也在润物细无声地影响着我们。

不要把"一见钟情"说得那么神秘、那么不可思议地权威。我们不是生活在真空,很多以为虚无缥缈的事件背后,有着我们今天还不能彻底通晓的物质基础。

在我们以为是天作之合的帷幕下,有时埋伏着的不过是人的本能这个老狐狸。我在这里绝没有鄙薄本能的意思,但作为主人,知道有乔装打扮的本能先生混在客人堆里一个劲儿地劝酒,杯觥交错时就要提防酩酊大醉,以防完全丧失了理智,被本能夺了嫡。

本能这个东西,很有意思。魔力就在于我们能否察觉它。它习惯在暗中出没,魔法无边。我们被它辖制而不自知,它就是君临天下的主宰。但是,如果把它揪到光天化日之下,它就像雪人一样瘫软乏力。假设那位来信的男生,知道了他期望找到一位长发女友这一先入的标准,不过是要查询和检验一个女子的生殖系统潜能和最近若干时间以来的健康状况,那么,他在考虑长发因素的时候,可能就有了更多的角度和更宽容的把握。

本能是很会乔装打扮的,它不狡猾,但它善变。能够识出它的种种变相,不仅要凭一己的经验,也要借助他人的心得和科学的研究。

如果有人现在对那个男孩子讲,你选择女友的标准只是看她如何性感,我猜他一定要反驳,说根本就不是那样浅薄。我们情投意合,我们非常默契。我要找到的就是和她在一起的这一份独特的感觉等等。

其实在婚姻这件事上,绝对的好或是绝对的坏,大约是没有或是极少的,有的只是常态,只是平衡,只是相宜。单凭某个孤立的条件来寻找爱人,怕是不够成熟的表现。你是一个什么人,你可要先认清,才好去寻找一个和你相宜的人。我很喜欢一个词,叫做"志同道合"，人们常常以为这句话是指事业，我觉得形容婚姻更妙。

有的年轻朋友会说，我找的是伴侣，火眼金睛地把对方认清了不就得了，干吗先要从自己开刀？

理由很简单。忠诚的人只能欣赏忠诚，而不能欣赏背叛。诚恳的人只能接纳诚恳，而不能接纳谎言。慷慨的人可以忍受一时的小气，却不会喜欢长久的吝啬。怯懦的人可以伪装暂时的勇敢，却无法在无尽的折磨中从容。谁想用婚姻改造人，只是一个幻彩的泡沫，真实只能是——人必然改造婚姻。

恋爱婚姻是一个寻找对方更是寻找自己的过程。你整个的价值观和思想体系，都在这种亲密无间的关系中，得以延伸和凸现。

如果你把金钱当做人生的要素，你就不要寻找一个侠肝义胆的爱人。因为你即使在危难中曾受惠于他，但那是他的禀性，而非对你的赞同。当有一天你祭起"金钱至上"的大旗，无论你怎样千娇百媚，还是挽不回壮士出走的决心。

如果你荆钗布裙安于寡淡，就不要寻找一个鸿鹄千里的爱人。即使你以非凡的预见知道他会直抵云天，也不要向这预见屈服，把自己的一生押了出去。否则他的翅膀上坠着你，他无法自在邀游，你也被稀薄的空气掠得胆战心惊。

如果你单纯以色相示人，就要准备在人老色衰的时候，被厌恶和抛弃。如果你喜欢夸夸其谈，你就等着被欺骗的结局吧。

物以类聚，人以群分。失恋男生喜欢长发和一见钟情，他就不断地被这些吸引。他把恋爱当成了一道算术题，当一个答案打上红叉的时候，他赶忙用橡皮擦掉笔迹，在毛糙的纸上写下另一个答案。殊不知他早已将题目抄错。

不要把长发当成唯一，一见钟情也没有什么神秘。我手头就有若干个例子,某些离散的婚姻,往往始于绚烂无缺的开端。比起开头来,人们更重视过程和结尾,这就是"创业难,守业更难",这就是"成百里者半九十"的涵义。

我在一个有鸟鸣的清晨给这位男生回信。因为我已心境沧桑,而对方是一位青年,人在清晨的时候心脉比较年轻。我说,不要把人生匆匆结束,不要把恋爱匆匆开始。你把一件事做完再做另一件事好吗?

他很快给我回了信。他说,不是我没有做完,而是事情已经被女友提前结束。我复信说,为了你一生的幸福,你要把爱的前提,好好掂量,为此花费一点时间是值得的。没想清楚之前,旧的就不算真正结束。我明白你想用新鲜替代腐烂,想把新发丝黏结在旧发丝上让它随风飘扬……可你见过馊了的牛奶吗?如果你不把酸奶倒掉,不把罐子刷洗干净,便把新牛奶倒进去,那么,只怕很快我们就又要捂起鼻子了……

他已经久未来信了。我不知他是生我的气了,还是已酝酿了清新的爱情?

每天都冒一点险

"衰老很重要的标志,就是求稳怕变。所以,你想保持年轻吗？你希望自己有活力吗？你期待着清晨能在新生活的憧憬中醒来吗？有一个好办法——每天都冒一点险。"

以上这段话，见于一本国外的心理学小册子。像给某种青春大力丸做广告。本待一笑了之，但结尾的那句话吸引了我——每天都冒一点险。

"险"有灾难狠毒之意。如果把它比成一种处境一种状态，你说是现代人碰到它的时候多呢，还是古代甚至原始时代的人碰到的多呢？粗粗一想，好像是古代多吧。茹毛饮血刀耕火种时，危机四伏。细一想，不一定。那时的险多属自然灾害，虽然凶残，但比较单纯。现代了，天然险这种东西，也跟热带雨林似的，快速稀少，人工险增多，险种也丰富多了。以前可能被老虎毒蛇害掉，如今是被坠机、车祸、失业、污染所伤。以前是躲避危险，现代人多了越是艰险越向前的嗜好。住在城市里，反倒因为无险可冒而焦虑不安。一些商家，就制出"险"来售卖，明码标价。比如"蹦极"这事，实在挺惊险的，要花不少钱，算高消费了。且不是人人享用得了的，像我等体重超标，一旦那绳索不够结实，就不是冒一点险，而是从此再也用不着冒险了。

穷人的险多呢还是富人的险多？粗一想，肯定是穷人的险多，爬高上低烟熏火燎的，恶劣的工作多是穷人在操作。但富人钱多了，去买险来冒，比如投资或是赌博，输了跳楼饮弹，也扩大了风险的范畴。这就不好说谁的险更多一些了。看来，险可以分大小，却是不宜分穷富的。

险是不是可以分好坏呢？什么是好的冒险呢？带来客观的利益吗？对人类的发展有潜在的好处吗？坏的冒险又是什么呢？损人利己亡命天涯？嗨！说远了。我等凡人，还是回归到普通的日常小险上来吧。

每天都冒一点险,让人不由自主地兴奋和跃跃欲试,有一种新鲜的挑战性。我给自己立下的冒险范畴是:以前没干过的事,试一试。当然了,以不犯错为前提。以前没吃过的东西尝一尝,条件是不能太贵,且非国家保护动物(有点自作多情。不出大价钱,吃到的定是平常物)。

即有蠢蠢欲动之感。可惜因眼下在北师大读书,冒险的半径范围较有限。清晨等车时,悲哀地想到,"险"像金戒指,招摇而靡费。比如到西藏,可算是大众认可的冒险之举,走一趟,费用可观。又一想,早年我去那儿,一文没花,还给每月六元的津贴,因是女兵,还外加七角五分钱的卫生费。真是占了大便宜。

车来了。在车门下挤得东倒西歪之时,突然想起另一路公共汽车,也可转乘到校,只是我从来不曾试过这种走法,今天就冒一次险吧。于是扭身退出,放弃这路车,换了一趟新路线。七绕八拐,挤得更甚,费时更多,气喘吁吁地在差一分钟就迟到的当儿,撞进了教室。

不悔。改变让我有了口渴般的紧迫感。一路连跑带颠的,心跳增速,碰了人不停地说对不起,嘴巴也多张合了若干次。

今天的冒险任务算是完成了。变换上学的路线,是一种物美价廉的冒险方式,但我决定仅用这一次,原因是无趣。

第二天冒险生涯的尝试是在饭桌上。平常三五同学合伙吃午饭,AA制,各点一菜,盘子们汇聚一堂,其乐融融。我通常点鱼香肉丝辣子鸡丁类,被同学们讥为"全中国的乡镇干部都是这种吃法"。这天凭着巧舌如簧的菜单,要了一盘"柳芽迎春",端上来一看,是柳树叶炒鸡蛋。叶脉宽得如同观音净瓶里洒水的树枝,还叫柳芽，真够谦虚了。好在碟中绿黄杂糅，略带苦气，味道尚好。

第三天的冒险颇费思索。最后决定穿一件宝石蓝色的连衣裙去上课。要说这算什么冒险啊，也不是樱桃红或是帝王黄色，蓝色老少咸宜，有什么穿不出去的？怕的是这连衣裙有一条黑色的领带，好似起锚的水兵。衣服是朋友所送，始终不敢穿的症结正因领带。它是活扣，可以解下。为了实践冒险计划，铆足了勇气，我打着领带去远航。浑身的不自在啊，好像满街筒子的人都在议论。仿佛在说：这位大妈是不是有毛病啊，把礼仪小姐的职业装穿出来了？极想躲进路边公厕，一把揪下领带，然后气定神闲地走出来。为了自己的冒险计划，咬着牙坚持了下来，走进教室的时候，同学友好地喝彩，老师说，哦，毕淑敏，这是我自认识你以来，你穿的最美丽的一件衣裳。

三天过后，检点冒险生涯，感觉自己的胆子比以往大了点。有很多的束缚，不在他人手里，而在自己心中。别人看来微不足道的一件事，在本人，也许已构成了鞘翅般的裹胁。突破是一个过程，首先经历心智的拘禁，继之是行动的惶惑，最后是成功的喜悦。

常读常新的人鱼公主

童话，并不只是给儿童读的。

我在成年之后，还常常读童话。每当烦心的时候，从书架上随手扯出的书，必是童话。比如安徒生的《海的女儿》，我就读过多遍，它也被翻译成"人鱼公主"。比较起来，我更喜欢"人鱼公主"这个名字。海的女儿，好像太阔大太神圣了些。人鱼呢，就显得神秘而灵动，还有一点点怪异。

大约八岁的时候，第一次读到人鱼公主的故事。读完后泪流满面，抽噎得不能自已。觉得那么可爱和美丽的公主，居然变成了大海上的水泡，真是倒霉极了。从此在很长一段时间内，看到了湖面上河面上甚至脸盆里的水泡就有些发呆，心中疑惑地想，这一个水泡，是不是善良的人鱼公主变成的呢？看到风把小水泡吹破，更是万分伤感。读的过程中，最焦急的并不是人鱼公主的爱情，而是最痛她的哑。认定她无法说出话来，是一生未能有好结局的最主要的根源。突发奇想，如果有一个高明的医生，拿出一剂神药，给人鱼公主吃下，以对抗女巫的魔法，事情就完全是另外的结局了。而且还想出补救的办法，觉得人鱼公主应该要求上学去，学会写字。就算她原来住在海底，和陆地上的国家用的文字不同，以她那样的聪慧，学会普通的表达，也该用不了多长时间吧？比如我自己，不过是个人类的普通孩子，学了一二年级，就可以看童话了，以人鱼公主的天分，应该很快就能用文字把自己的身世写给王子看，王子看到了，不就真相大白了吗！

大约十八岁的时候，又一次比较认真地读了人鱼公主。也许是情窦初开，这一次很容易地就读出了爱情。她之所以能忍受那么惨烈的痛苦，是为了自己所爱的人。她忍受了非人的折磨，在刀尖样的甲板上跳舞，她是宁肯自己死，也不要让自己所爱的人死。这是一种多么无私和高尚的不求回报的爱啊！心里也在琢磨，那个王子真的可爱吗？除了长得英俊，有一双大眼睛之外，好像看不出有什么太大的本领啊。游泳的技术也不怎么样，在风浪中要不是人鱼公主舍身相救，他定是溺水必死无疑的了。他也没啥特异功能，对自己的救命恩人一点精神方面的感应也没有，反倒让一个神殿里的女子坐享其成。当然啦，那个女孩子不知道内情，也就不怪她。但王子怎么可以这样地糊涂呢？况且，人鱼公主看他的眼神，一定是含情脉脉，他怎么就一点"放电"的感觉也没有呢？好呆！心里一边替人鱼公主强烈地抱着不平，一边想，哼！倘若我是人鱼公主，一定要在脱掉鱼尾变出双脚之前，设几个小计谋，好好地考验一下王子，看他明不明白我的心？因为从鱼变成人这件事，是单向隧道，过去了就回不来的。要把自己的一生托付出去，实在举足轻重。不过，真到了故事中所说的那种情况——由于王子的不知情，没有娶人鱼公主，公主的姊妹们从女巫那儿拿了尖刀，要人鱼公主把尖刀刺进王子的胸膛，让王子的鲜血溅到自己的双脚上，才能重新恢复鱼尾……局面可就难办了。思来想去，只有赞同人鱼公主对待爱情的方法，宁可自己痛楚，也要把幸福留给自己所爱的人……

到了二十八岁的时候，我已经做了妈妈。这时来读人鱼公主，竟深深地关切起人鱼公主的家人来了。她的母亲在生了六个女儿之后去世了，我猜这个女人临死之前，一定非常放心不下她的女儿，不论是最大的还是最小的。她一定是再三再四地交代给公主的祖母——老皇后，要照料好自己的孩子，特别是最小的女儿。老皇后心疼隔辈人，不单在饮食起居方面无微不至地看顾孩子们,而且还给她们讲海面上人类的故事。可以说,老皇后一点也不保守,甚至是学识渊博呢。当人鱼公主满十五岁的时候,老皇后在她的尾巴上镶了八颗牡蛎,这是高贵身份的标志和郑重的成人典礼啊。当人鱼公主遇到了危难的时候,老皇后的一头白发都掉光了,她不顾年迈体弱,升到海面上,看望自己的孙女……我强烈地感受到了这位老奶奶的慈悲心肠和对人鱼公主的精神哺育。人鱼公主的勇气和聪慧,包括无比善良的玲珑之心,都不是从天上掉下来的,诸多得益于她的祖母啊。

到了三十八岁的时候,因为我也开始写小说,再读人鱼公主,不由自主地探讨起安徒生的写作技巧来。我有点纳闷儿,安徒生在写作之前,有没有一个详尽的提纲呢?我的结论是——大概没有,似乎能看到安徒生的某种随心所欲,信马由缰。当然了,大的轮廓走向他是有的,这个缠绵悱恻一波三折既有血泪也有波浪的故事,一定是在他的大脑里酝酿许久了。但是,连续读上几遍之后,感到结尾处好像有点画蛇添足。试想当年:安徒生很投入地写啊写,把这么好的一个故事快写完了,突然想起,咦,我这是给孩子们写的一个童话啊,怎么好像和孩子们没多少关系了?不行,我得把放开的思绪拉回来。他这样想着,就把一个担子压到了孩子们的头上。他在故事里说:你喜欢人鱼公主吗?猜到小孩子们一定说——喜欢。然后他接着说,人鱼公主变成了水泡,你难过吗?断定大家一定说——难过。那么好吧,安徒生顺理成章地说,人鱼公主变成的水泡,升到天空中去了,她在空中听到一个低低的声音告诉她,三百年之后,她就可以为自己造一个不朽的灵魂了。三百年,当然是一个很久很久的时间了。不过,幸好还有补救的办法,那就是——如果人鱼公主在空中飞翔的时候,看到一个能让父母高兴的小孩子,那么她获得不朽灵魂的时间就会缩短。如果她看到一个顽皮又品行不好的孩子,就会伤心地落下泪来,这样,她受苦受难的时间就会延长……我不知道安徒生是否得意这个结尾,反正,我有点迟疑。干吗把救赎工作,交给每一个读过人鱼公主故事的小孩子啊?是不是太沉重了?

现在,我四十八岁了。为了写这篇文章,又读了几遍人鱼公主。这一次,我心平气和,仿佛天眼洞开,有了一番新的感悟。这是一篇写灵魂的故事。无论海底的世界怎样瑰丽丰饶,因为没有灵魂,所以人鱼公主毅然离开了自己的亲人。她本来把希望寄托在一个爱她能胜过爱任何人的王子身上,那么王子就可以把自己的灵魂分给她,她就从王子手里得到了灵魂。为了这份与灵魂相关联的爱情,人鱼公主付出了自己所能付出的一切,她的勇敢、善良、舍身为人……都在命运燧石的敲打下,大放异彩。但是,阴错阳差啊,她还是无法得到一个灵魂。人鱼公主是顽强和坚定的,她选定了自己的道路就绝不回头,终于,她得到了自己铸造一个灵魂的机会。在一个接一个严峻的考验之后,在肉体和精神的磨砺煎熬之后,人鱼公主谁都不再依靠,而是紧紧依靠着自己的精神,踏上了寻找不朽灵魂的漫漫旅途。

这个悲壮而凄美地寻找灵魂的故事,是如此的动人心弦,常读常新。有时想,当我五十八岁……六十八岁……一百〇八岁(但愿能够)的时候,不知又读出了怎样的深长?

握紧你的右手

常常见女孩郑重地平伸着自己的双手,仿佛托举着一条透明的哈达。看手相的人便说:男左女右。女孩把左手背在身后,把右手手掌对准湛蓝的天。

常常想世上是否真有命运这种东西?它是物质还是精神?难道说我们的一生都早早地被一种符咒规定,谁都无力更改?我们的手难道真是激光唱盘,所有的祸福都像音符微缩其中?

当我沮丧的时候,当我彷徨的时候,当我孤独寂寞悲凉的时候,我曾格外地相信命运,相信命运的不公平。

当我快乐的时候,当我幸福的时候,当我成功优越欣喜的时候,我格外地相信自己,相信只有耕耘才有收成。

渐渐地,我终于发现命运是我怯懦时的盾牌,当我叫嚷命运不公最响的时候,正是我预备逃遁的前奏。命运像一只筐,我把对自己的姑息、原谅以及所有的延宕都一股脑地塞进去。然后蒙一块宿命的轻纱。我背着它慢慢地向前走,心中有一份心安理得的坦然。

有时候也诧异自己的手。手心叶脉般的纹路还是那样琐细,但这只手做过的事情,却已有了几番变迁。

在喜马拉雅山、冈底斯山、喀喇昆仑山三山交汇的高原上，我当过卫生员，在机器轰鸣铜水飞溅的重工业厂区里我做过主治医师。今天，当我用我的笔杆写我对这个世界的想法时，我觉得是用我的手把我的心制成薄薄的切片，置于真和善的天平之上……

高原呼啸的风雪，卷走了我一生中最好的年华，并以浓重的阴影，倾泻于行程中的每一处驿站。

岁月送给我苦难，也随赠我清醒与冷静。我如今对命运的看法，恰恰与少年时相反。

当我快乐当我幸福当我成功当我优越当我欣喜的时候，当一切美好辉煌的时刻，我要提醒我自己——这是命运的光环笼罩了我。在这个环里，居住着机遇，居住着偶然性，居住着所有帮助过我的人。

而当我挫折和悲哀的时候，我便镇静地走出那个怨天尤人的我，像孙悟空的分身术一样，跳起来，站在云头上，注视着那个不幸的人，于是我清楚地看到了她的软弱、她的怯懦、她的虚荣以及她的愚昧……

年近不惑，我对命运已心平气和。

小时候是个女孩，长大了成为女人，总觉得做个女人要比男人难，大约以后成了老婆婆，也要比老爷爷累。

生活中就像没有无缘无故的爱一样，也没有无缘无故的幸运。对于女人，无端的幸运往往更像一场阴谋一个陷阱的开始。我不相信命运，我只相信我的手。

因为它不属于冥冥之中任何未知的力量，而只属于我的心。我可以支配它，去干我想干的任何一件事情。我不相信手掌的纹路，但我相信手掌加上手指的力量。

蓝天下的女孩，在你纤细的右手里，有一粒金苹果的种子。所有的人都看不见它，唯有你清楚地知道它将你的手心炙得发痛。

那是你的梦想、你的期望！

女孩，握紧你的右手，千万别让它飞走！相信自己的手，相信它会在你的手里，长成一棵会唱歌的金苹果树。

永别的艺术

看书就似常下饭馆，口味刁了，一般佳肴已引不起口水。对人说，这篇文章可看，已是好评语。近读一文，内有几位日本女性，款款道来，谈她们如何人到中年，就开始柔和淡定地筹划死亡。好像戏刚演到高潮，主角就潜心准备谢幕时的回眸一笑，机智得令人叹服。

有一位女性，从六十二岁起，就把家中房子改建成三间，适合老年人居住，以用作"最后的栖身之所"。删繁就简，把用不着的家具统统卖掉，只剩下四把椅子、两个杯盘。丈夫叹道：这么早就给我收拾好啦！

一位女儿为父母收拾遗物，阁楼就像旧仓库，到处是旧书和电话簿,摞得比人还高。式样该进博物馆的服装,包装的盒子还未撕开。不知何时买下的布料,质地早已发脆。像出土文物一般陈旧的卫生纸,不起丝毫泡沫的洗涤剂……但房地产证、银行存折、名章等重要物件,却不知藏在什么地方。她想起母亲生前常说,我是不会给孩子们添任何麻烦的……心想,人不能在死亡面前好强,还是未雨绸缪的好。

她把父母家中的家具、衣物、餐具都处理了,最难办的是,母亲生前花了250万日元自费出版的自传,剩下一百多册,无法处置。再三考虑之后,女儿双手合十默念道:妈妈,留下来的人还要生存,只有对不起您了。说完,她只收起四部自传,其余的都销毁。母亲的日记,她带走了。但每读一遍,都沉浸在痛苦之中。当她四十九岁时,先烧掉了自己的日记,然后把母亲的日记也断然烧光,从此一了百了。

风靡全球的《廊桥遗梦》,其实也是一部从遗物讲起的故事。死之前应该做的事,似乎还挺多。如果疏忽了,有时是难以弥补的缺憾。一位妻子患病住进医院,丈夫天天守候在床边,寸步不离。妻子刚开始是感动,随之就是生疑。终于察觉到不是一般的病,丈夫是在尽力增多和自己待在一起的时间。她深深地不安了,一再强烈要求出院,回到自己家中。丈夫知她病情重笃,哪敢让她走,只好不断说"明天我们就办手续",敷衍她。女人终于在一天夜里,大睁着双眼走了。丈夫整理妻子遗物的时候,发现了她与情人八年相通的记载,总算明白妻子最放心不下的是什么了。

读着这些文字,心好像被一只略带冷意的手轻轻握着,微痛而警醒。待到读完,那手猛地松开了,有新鲜蓬松的血,重新灌注四肢百骸,感到阳间的温暖。

第一次清晰地感受生人对死亡的准备,是十几岁下乡时,房东大娘在秋阳下晾晒老衣。她脸上欣赏的神色和寿装绚丽妖娆的色彩,令我感到老人有一种早日套入它们的期待。细想起来,农牧社会的死亡,也是节俭和单纯的。一个人死了,涉及的不过是几件旧衣,或烧或送,都好处置。其他农具家具炊具,属于大家庭,不会也不应随了死者遁去。

现在社会在种种进步之中,也使死亡奢华和复杂起来。你不在了,曾经陪伴你的那些物品还在。怎么办呢?你穿过的旧衣,色彩尺码打上强烈个人印迹,假如没有英王妃黛安娜的名气,无人拍卖无处保存。你读过的旧书,假如不是当世文豪,现代文学馆也不会收藏,只有掩在封存中,车载斗量地卖废品。你用过的旧家具,式样过时,假如不是紫檀或红木,也无后人青睐,或许丢弃垃圾堆。你的旧照片,将零落一地,随风飘荡,被陌生的人惊讶地指着问:这是谁?

当我认真思忖死后的技术性问题时,感觉到的不再是对死亡的畏惧,而是对不幸参与料理这一事物的人充满歉意。假如是亲人,必会引起悴痛,但我的本意,是望他们平静。假如是素不相识的人,出于公务或是仁慈相助,更应减少他人的劳动强度。

我原以为死亡的准备,主要是思想和意志方面。不怕死,是一个充满思辨的哲学范畴。现在才发觉,涉及死亡的物质和事务,也相当繁杂。或者说,只有更明智巧妙地摆下人生的最后棋子,才能更有质量地获得完整的尊严。

让年富力强的人考虑死亡,似乎是一件可笑的事情。但死亡必定会在某一个不可知的时辰,与我们正面相撞,无论多么伟大的人都要臣服它的麾下。

经常想想自己明天或者最近就可能死,其实很有益处。

一是有利于感悟生命,体验到它的脆弱和不堪一击,会格外地珍惜今天。有许多暂时看来无法跨越的忧愁与痛苦,在死亡的烈度面前都变得稀薄了。

第二是有利于抓紧时间。日常生活的琐碎重复,使我们常常执拗地认为,自己是坐拥无限时光的大富翁,可以随意抛洒。死亡给了我们一个不由分说的倒计时,无论你此刻多么精力超群,时间之囊里的水,都在一去不复返地失落着,储备越来越少。

第三是有利于我们善待他人,快乐自身。死亡使真情凸显,友情长存。

总之,死亡可是不讲情面的伴侣,最大特点就是冷不防,更很少发布精确的预告。于是如何精彩地永别,就成了值得深入探讨的问题。日本女人的想法,像她们的插花,细致雅丽,趋于婉约。我想,这门最后的艺术,不妨有种种流派,阴柔纤巧之外,也可豪放幽默。小桥流水或横刀跃马,都可以事先多次设计,身后一次完成。或许将来可有一种落幕时分的永别大赛,看谁的准备更精彩,构思更奇妙,韵味更悠长。

唯一的遗憾,就是这比赛的冠军,不能亲自领奖了。

男妇产科医生

他坐在我对面,十分庄重。

他是一位男妇产科医生,在这个岗位上已经度过了三十多个春秋,从翩翩少年到德高望重的医学权威。

全中国大约有九万名妇产科医生,其中男医生不到百分之十。也就是说,在我们广阔的国土上,只有几千名男妇产科医生在这一特殊领域,专心致志地为女性工作着。也许比搞原子弹和航天飞机的人还少吧?

我只能用"庄重"这个词形容他,虽然我刚开始想用"慈祥"或是"温和"。不,慈祥太衰迈乏力了,而他不但叫人感觉到无惧可亲,还有一种很内敛的力量蕴含其中,预备着在危难中给你以期望和能够兑现的光明。

至于"温和"。他毫无疑问是和蔼的,但"温和"似乎太单纯平淡了一些,面对这样一位深谙生死和女性秘密的科学家,你断定自己将得到哲学和生命的启迪。

对话。我的问题时有冷僻和挑战,但他始终是从容不迫和安详的。于是想,在鲜血淋漓的手术台上,面对泛滥的癌肿,他一定也这般神闲气定。

问：作为一名男性，您为什么挑中了妇产科？好奇还是组织决定？

答：那时我是刚刚毕业的大学生，当实习医生。当征求去向的时候，我填写了外科和妇产科。我比较喜欢外科的手起刀落，更爽快和当机立断，有间不容发治病救人的成就感。

我在国外研究的时候，看到过麦多先生的一句话。

"有两种男人做了妇产科医生。有一种是对妇女有一种特殊的敏感和关心。而另一些则是十分谨慎，因为要判断病人是很困难的。换言之，他们处理的每个病例和操作，都不会发生在他们自身。当他帮助病人度过分娩阵痛、卵巢癌、乳癌的时候，他可能存在一定的隔距，因为他知道，他是绝不会蹈此覆辙的。"

我想，我是属于非常谨慎的那一类人；但我并不认为医生治病的经验仅仅来自感受。你没有得艾滋病，但你要摸索出治疗它的方法。要是只有得过很多病才可以当医生，那么，医生早就死光了。

问：随着社会的进步，越来越多的女人要求在手术时，保留她们的子宫。您怎么看？

答：以前的病人很惧怕医生，基本上是医生说什么，她们就服从。但是现在不一样了，病人常常提出她们特别的想法。子宫是一个很不平凡的器官，它既关乎本人的肌体，也关乎后代。有没有孩子这件事，会影响女人、男人，甚至上下几代人，娘家婆家……所以，这是一个很慎重的问题。我认为，医生不是修理机器的管道工，面对的不仅仅是一个生了病的器官，而是一个完整的、有血有肉、和周围有着千丝万缕联系的活生生的人……摘不摘除子宫，我主要是依据病情，综合家庭、生育情况、年龄等因素。昨天一个病人强烈要求保留子宫,对我说要是切掉了子宫,她就得崩溃……我说,你留下它,就是在身体里埋着一颗定时炸弹。作为医生,我无法答应这种请求。但是你可以到其他医院再看看,听听别的医生建议。我的实际意思是——如果你要坚持保留,可以另请高明。因为这也关系到我一个医生的原则问题。但话不能那样说,不委婉,对病人太刺激了。当医生的,也应该是语言大师。后来她思索再三,还是接受切除子宫的手术。我不是一个手术狂。切除是破坏,当可以避免或是能缩小它的危害时,我必尽力而为。曾经为一个病人在子宫里切除了二百多个肌瘤,剔出那些大大小小的颗粒,当然,比一揽子切除子宫费时费力。操作很麻烦,像在一团海绵状的橡胶里抠除豌豆。这个项目的世界纪录,由英国医生保持着,从子宫里一下切除了三百多个肌瘤,我们还不曾打破它。

问:在医院,谁是中心?病人还是医生?或者护士?

答:现在提倡在医院里,病人是中心。我以为这是一种奇怪的说法。据说医务人员态度不好,可以到消协投诉。这很可笑。医生不能等同于饭店服务员、汽车售票员。他所提供的服务,不是普通的商品,而是一种极为特殊的,和鲜血生命联系在一起的宝贵物质。我在报纸上看到,有的医院开始手术明码标价,这非常可笑。手术是千变万化的,在手术前怎么可能完全预计到呢?

医生作为一个行业,是十分崇高的。当然,这并不是说看不起普通劳动者。以前那个卖糖的张秉贵老人活着的时候,我常到他的柜台前站着,并不买糖,只是远远地看他举手投足。微笑着向顾客问好,优美地一抄手,把顾客要的糖,一块不多一块不少地抓到秤盘里。那种严丝合缝劲儿，叫你涌出许多感慨。精致地包扎，微笑着送给你……动作的连贯流畅，叫你痛悟工作是一种享受，敬业的美丽和庄严。

问：当你在台上做手术的时候，是何感觉？

答：我渴望手术。那种充满血腥和药气的氛围，极端安静。没有电话、聊天、无关的话题。没有敲门声。不会有人无端地闯进来，用莫名其妙的事干扰你。你全神贯注，被一种神圣感涨满，很纯净，没有丝毫犹疑，就是全力以赴地救治手术单下覆盖着的这条生命。主刀的时候，妙不可言。所有的人以你为核心，完全服从你的指挥，没有讨论和敷衍，不扯皮。你甚至是很武断的，像至高无上的船长，其余的人，只是水兵。遇到危险，你必须当机立断，操纵着潜艇，在血泊里航行。威武豪迈。有一种"得气"的感觉。

我觉得给医生送红包，医生就好好手术，反之，就不负责任的说法，很难想象。在技术上几乎不成立，因为无法操作。别的行业可能会有一个尺寸、一个波动的范围。给了钱，我就尽心尽意给你办，不给钱，就拖着不办。医生只要一上了手术台，是没有选择的。起码在技术上无法掌握这个幅度。不可能故意不给病人好好做手术，给他点儿厉害瞧瞧，恰到好处地增添某种痛苦，并不危及他的生命……不，手术远无法那么精确地控制，吉凶未卜，台上什么事都可能发生。

问：对于毫无背景的病人，你能否一视同仁？

答：你说的是关系户吧？在我们的登记卡片上，有一行小小的注释，标明这个病人是某某介绍来的，那个是谁谁的门路。我有的时候很奇怪，怎么几乎所有住院的病人，都能通过各种关系找到内部的人呢？例外也是有的，有时我会在卡片上看到一位老太太，名字下有一片空白，就是说，没有任何人打过招呼，完全是因为病情笃重，自己住进来的。我就说，现在我同你们打招呼，她没有关系，我给她一个关系——就是我。请特别关照。

当然，我也碰到过给首长的夫人做手术，被人反复叮嘱的时候。我只能回答说我会特别当心，不要出什么技术事故。我能做到的就是这些。

问：你当了这么多年的医生，经历了无数的生死。对人生怎么看？

答：我是一个宿命论者。几乎是生死有命的响应者。死和病，都不是可以预防可以选择的。有的时候，一切人力都无效，生命自有它的轨道。我经常写一些科普著作，当然，我在书里不会这样说。我会告诫大家减肥，不要养成某些不良习惯，比如酗酒抽烟等等。但我自己从来不吃什么补品，因为自己不喜欢补，所以，也不愿用它送人，时间长了，就生出蚂蚁。我也没有特殊的保健措施，不抽烟，是因为不喜欢那气味。如果接受那味，也许会抽的。我喜欢紧张的活动，白天很忙，几乎没有思索的工夫。我的格言是——紧张有力量。晚上下班回家的路上，是我一天最惬意的时候，骑一辆26型女车，气不足……

问：是特意不把气打足，还是车胎慢撒气？

答：故意不把气打足。这样，骑不快，有利于想事。我的很多文章，都是在路上慢慢酝酿出来的。

问：你提到病人送礼品，你是否经常需要病人的感激？当然，我指的不是纯物质上的。

答：我通常不接受病人礼品，但不绝对。比如一个病人出院几个月后,请我吃一顿便饭,我会接受。从医这么多年,从病人一个眼神、一个动作,能看出他是否真心诚意感谢你。医生的劳动需要别人的承认和肯定,需要病人由衷的感激。我不喜欢那些表层的感谢之词,哪怕是很贵重的礼物,如果里面没有蕴含真挚的情感,我也不看重。医生在高强度的生死搏斗中,和病人是战友。他需要病人对花费在他身上的心血和劳动,予以理解和敬重。

问:如果有来世,你还会再做医生吗?

答:会。我的两个孩子都不做医生,他们说,不要说自己干,就是从小到大,看着你这般辛苦,看也看得累了。医生每天看到的是痛苦和呻吟,听到的是烦人的主诉,承担的是责任和压力,医生的工作是很枯燥的。但我会继续做医生,我从这个行业里,学到了很多哲学,懂得了如何尊重人。科学家也许更多地诉诸理智,艺术家也许更多地倾注感情,医生则必须把冷静的理智和热烈的感情集于一身。

问:我想提一个比较敏感的问题,做妇产科医生,接触的是女性特殊部位。作为男性,是否经受特别的考验?

答:这个问题还从未有人问过我。

在生活中,我是一个和常人一样的男子。当我穿上白衣,就进入了特殊的角色。我是一名医生,我会忘记我的性别,或者说,我成了中性人。白衣有效地屏蔽了世俗的观念,使我专心致志地面对病人。白衣对我有象征的意义,是一身进入工作状态的盔甲。当然,还有一些特别需要注意的规矩,比如,为病人检查的时候,必须有其他女医务人员在场。从来不同病人开玩笑,哪怕彼此再熟,也要矜持把握。

对于女性的生殖系统,当我工作的时候,只把它看做是一个器官,仅此而已。这对一个敬业的训练有素的医生来说,不是很困难的事。就像一个口腔科医生,让女病人张开嘴,想看的只是她的牙齿,而不是要和她接吻。这些年来,我看过无数的病人,有年轻的有年老的,好看的丑陋的,妙龄少女或是白发苍苍的老妪……在我眼里,她们都是一样的,都是我的病人。

问:妇产科的男医生,会不会碰到障碍?

答:有些女病人不愿找男医生,这在我年轻的时候,感觉比较明显。现在年纪大了,在大城市里,不成为很大的问题了。我刚当医生的时候,战战兢兢,因为没有经验。但病人把希望寄托在医生身上,使人压力很大。你比她年纪小,初出茅庐,但她依旧毫不犹豫地把你当成上帝。病人把年轻的医生当成长者,把平庸的医生当成圣人。后来有几年,有了一些经验,胆子大一些了。但医生当得年头多了,又战战兢兢起来,感到生命脆弱责任重大,医生被赋予上帝的角色,但我知道自己不是。好像一个怪圈,又回到了原地。

问:你治疗了多少病人?做过多少手术?

答:不知道。没计算过。有人会精确地计算,有人大略地估计。比如一天大致做了几例手术,一年大约多少天,算出总数。我从来没有计算过。

问:你见过这么多女人,你以为对女人来说,最高贵的品质是什么?

答:(毫不迟疑地)善良。其次是美丽。

问:最后有一个纯属私人的问题,请教于您。我有一位关系密切的女友,各方面条件都很好,大龄未婚。有人给她介绍了一个男友,也是处处优异,工作为妇产科医生。她无法接受,理由是他对女人懂得太多了,没有神秘,就没有幸福。我觉得这有些先入为主,劝她。她说,你又不是那种男医生,你如何知道他们的心?

答:幸福和神秘画等号吗?什么东西最神秘?是肉体吗?我以为最神秘的是人的思想,身体没有什么可神秘的。女人只靠身体的神秘吸引男人吗?当身体不再神秘以后,幸福存在何方?人的感情是最神秘的,有感情才有幸福。

兴趣就像食物,越丰富越好

一位营养学家曾对我说,一个人每天摄入的食物,至少要超过18种。我吓了一大跳,叫道:哎呀呀,那么多!肚子里岂不是要开成一个杂货店?营养学家说:人的成长发育就像建造一座大厦,需要各种各样的材料,比如砖瓦木料、油漆水泥、瓷砖钢窗、浴缸水管……在一个人小的时候,营养越丰富越好,才能保证身体健康,骨骼强壮,长成优良的体魄。

他的话,我思索了很久。从人的生理想到人的心理,如果说,一个孩子长身体的时候,食物越丰富越好,那么,在发展个人精神世界方面,也不应该偏食,需要从小培养起对世界广泛的兴趣。

小时候,我天性好动,每天到处跑来跑去,眼睛看到一个目标,脚步就不由自主地奔过去。眼光可比双腿跑得快多了,这样,人的重心就向前倾斜,接下来的事件就很可悲了,全身凌空飞起,一个大马趴,匍匐在地上。我对于"欲速则不达"这句话的体会,简直刻骨铭心。因为后面的事儿就不是到达目的地后如何满足好奇心,而是膝盖磕到地上,鲜血流淌,疼得直抽冷气。但这种凄惨的遭遇,并没有损耗掉我对未知事物的兴趣,只是以后慢慢地不那么毛躁了,眼睛在盯着目标的时候,也要关照脚下的路上是否有石子。

我喜欢语文,也喜欢数学。我觉得这两门功课都很重要,一种是说话的学问(我把写文章也放在广义的"说话"范围里,它指的是用笔把你心里要说的话,告诉别人),一种是计算的能力。人活在世上,离不开与人交流和科学技术两件大事,这就和语文算术密切相关。要是你连自己的意见都表达不清,就很容易引起别人的误会,这样,一来耽误时间,二来也会增加许多不必要的麻烦。至于数学是科学的奠基石,就不必我多说了。所以,对于必须掌握的功课,要从道理上明白它的重要性。兴趣和道理,像一对双胞胎,有时候,我们是先有了兴趣,才明白其中蕴涵的道理,比如瓦特发明蒸汽机。有的时候,恰恰相反,是我们明白了道理,才逐渐地培养起兴趣。

我十六岁的时候,被分配去当卫生员。当时我伤心死了,觉得自己好倒霉啊,一天净和脓血病菌打交道不说,见到的人没有一个笑模样,都是唉声叹气愁眉苦脸的病秧子。心想这样干下去,用不了多久,肯定自己也得变成一副苦瓜脸。但是我从理智上知道这个工作还是很光荣的,一个人得了病,就是他一生中最需要人帮助的时候,谁能保证自己一辈子永远健康呢? 在别人最需要的时候,能够为人家做一点事情,就应该竭尽全力。我强迫自己认真地学习医学知识,热情为病人服务,慢慢地就对医学有了兴趣,病人都爱找我看病,说我是个好医生,我后来一直当到了内科主治医师。在从事医学工作二十年以后,因为写作的需要,决定暂时不当医生了。脱下穿了几十年的白色工作服时,我的心里充满了一种难舍难分的眷念。我这才意识到,对医学的兴趣与热爱,已深深地融化在我的血液中。

  人的兴趣也应该像吃饭一样,不挑食。世界是这样绚丽多彩,像一台大屏幕的彩色电视机。你要是把自己的兴趣局限得很小,就像一台小小的黑白电视机,它会限制我们的视野。

  爱好大自然,应该是我们所有爱好中,最经久不息、永不褪色的选择。人类是自然之子,我们从自然中来,还要回到自然中去。自然教给我们很多书本上没有的知识,让我们感悟到生命的宝贵和时间的永恒。大自然会激起我们探索宇宙奥秘的信心,会荡涤我们在城市中变迟钝的神经。会使我们变得善良宽容,与世界上的万物和平相处。

  人的兴趣像一种奇怪的竹子,会在某个特定的时候,猛地蹿出坚硬的土地,新生的笋芽见风就长,如果有了合适的水土,就会蓬蓬勃勃地指向蓝天,长成一竿笔直的翠竹。记得那时我上小学五年级,读了一些天文学的书,突然对辽阔的星空产生了强烈的好奇,每个晴朗的晚上,都仰着脖子,在城市明亮的灯光缝隙中,吃力地辨认着天上的星座,甚至希望自己也能发现一颗偶然闯过的小星,会以我的名字命名……我甚至给当时的北京天文台台长写了一封信,向他请教一个很专业的天文学问题,那是我从一本天文学著作中看到的一个迄今未解决的天文疑案。我每天都到学校的传达室,焦急地询问有没有我的信,但是很可惜,直到我小学毕业,也没有收到台长的回信。我临离开学校的最后一件事,就是嘱咐看门的老大爷,要是有了我的信,可千万要告诉我啊。我始终没有收到印着"北京天文台"字样的信封(它不止一次在我的睡梦中翩翩飞来,信封是蓝色的,台长的字迹很大,可就是看不清写的是什么,真急死人),不过,这一点也没使我灰心,我下定决心,长大后投考大学天文系,亲自探索宇宙的秘密。要不是后来爆发了文化大革命,使我们这一代人都失去了上学的机会,我一定会梦想成真。我一直保持着对自然科学浓厚的兴趣,可能和小时候的这段经历有关。

就像自然界存在着生态平衡,各种营养素之间需要互补一样,人的兴趣越是多样化,越能开阔我们的眼界,融会贯通,使我们心明眼亮,反应机敏。比如你热爱电子计算机,就要涉及软硬件许多领域,它促使你读外语,查字典,学习更多的科学技术。如果你热爱集邮,小小的方寸之地里,有纵横古今驰骋八方的知识。如果你对体育有兴趣,它除了送你健康的体能和高超的技巧以外,还会锻炼你的友善与合作精神。如果你爱好的是书法和绘画,那更是在文化和艺术的大海里游泳了……

一个人在少年时代,应该努力培养自己多方面的兴趣,尽力开拓自己的潜能。因为每个人都是与众不同的个体,一定有一粒自己特别爱好、特别感兴趣的事物的种子,埋在我们的心底。有的人寻找一生,也不知道自己到底爱干什么,怎样才能干得更好。真正的兴趣,或许像一只狡猾的小狐狸,潜伏在草丛中睡个不醒。只有广泛爱好这张巨大的网,铺天盖地般罩下来,才有可能把小狐狸捕获,让我们受益终身。

爱因斯坦说过,爱好是最好的老师。我对这句话的理解是——人凭着责任心,是可以把自己不爱好的事干好的;但人若是干自己爱好的事,再加上责任心这副强有力的翅膀,他就会干得更出色。而且这个充满乐趣的工作,会使他满怀创造性劳动的自豪感,取得更好的成绩。

我从小就喜欢作文,那时并没有想到以后要当作家,只是觉得语言是一种很有趣的东西,可以把心里想的念头留在纸上,不管多长时间以后,只要你重读到这些文字,以前的感觉就十分神奇地复活了。后来我当医生,很想使自己忘掉对语言的这种热爱,因为一个医生只要服务态度好,对病人能把他患病的情况,深入浅出地解释清楚,也就说得过去了。但是我真的无法放弃对语言的这种关注,包括我写病历的时候,在力求精确迅捷的前提下,也总忘不了来一两个形容词。后来,当我终于有机会在写作和医学之间做一个选择的时候,我知道继续做医生对我来说,是很保险很轻车熟路的事,而写作则是崭新的挑战。我很为难。

半夜醒来的时候,我对自己说,你是更喜爱医学,还是更喜爱写作呢?

我听见自己的心灵在回答,我更喜爱写作。

我听从了自己的兴趣和爱好。写作使我很辛苦,但也使我很快乐。"爱好"不单成了我的老师,简直就是我的军师了。

学会探索自己的心灵
——谈大学生心理健康

不久前,重庆四名大学生仅因同学"不会为人处世"就借机教训以致对方坠楼而死,北京某重点大学计算机系一女生也因同学制造流言而致自杀(未遂)。如今,大学生心理健康问题已日益引起重视,笔者日前就此采访了女作家毕淑敏。有意思的是,毕淑敏现在也是一名"学生"。(以下▲代表毕淑敏,△代表笔者)

△毕老师,您过去是医生,现在是作家,又正攻读北师大心理学的博士学位。相信这么多角度聚在一起,您一定会对大学生心理健康问题有自己的解析,请您谈谈。

▲关注大学生的心理非常重要,而更重要的是学生要学会进行自我的心理探索,要对自己有一个客观、清醒的把握。世界上以人为研究对象的科学不多,而作家、医生、心理学研究者都集中在甲面,这些角度的综合就是人的角度。我的看法是:人要能认识自己、掌握自己的命运。人的一生,不会没有挫折,尤其是大学生这个阶段,挑战多、选择多、特别集中,对此要有一个把握,不要去拒绝选择的痛苦,要认识到这是一个摸索的过程,把自己当做一个独特客体来认识。实际上,学会探索自己的心灵,是一个非常重要的人生课题。

△您是怎样看待有心理疾病的大学生的?

▲我们的文化似乎常常把"心理健康"贬义化了。但实际上每个人一生中都会有心理低落期,心理不健康不是一个可指责的事情,它可以发生在任何年龄。正如一个健康的人会生病,吃药后又可恢复一样。心理不健康不是一种耻辱,不应受到歧视,而应有自我察觉,积极治疗。

△现在当您走在校园时,您有没有心理不健康的时候?有没有过这样一种情况:发现考试成绩不如别人,心里很难受?

▲有啊,我没有读心理学本科,看了些书也不系统。所以,刚听课时陌生词很多,可是别人都知道,于是就不安。我是重新开始,而周围很多都是训练有素的专家,自然也会有一种"小学生式"的自卑感,甚至退缩感。

△那么,这时您怎么做?

▲首先是自我觉察,就是"我知道我现在在一个情绪里",别人不会知道你这种情绪的脉络是什么,所以,自己要清醒把握。第二步,就是承认这种情绪是有原因的,我不会采用自我敷衍的阿Q方式,我有权利不高兴。然后第三步,这种情绪就此结束,我会问自己,我有没有别的事不高兴啊?没有,我有没有办法高兴起来啊?有,然后告诉自己:我现在已经明白了,这种情绪可以停止了。这个过程说起来很慢,实际上我做起来很快。

△不知道您的方法有没有推广到亲人身上?

▲当我的亲人出现这种情况时,我会问他是不是不高兴了,回答往往是:"有吗?""会吗?"然后就一起分析交流。这时,通过语言交流所表达的亲人的关心非常重要。

△这个道理似乎同样可以延伸到大学生心理健康问题

上来。

▲对。现代生活节奏使人们交流往往公式化,所以,对大学生进行心理辅导时采取一种充满关怀、真诚的方式很重要;而当大学生感觉处于心理危机时,去心理辅导机构作交流也非常有必要。

△不知道您有没有遇见过有心理疾病的大学生?

▲常常。曾经有一位大学的女孩子对我说,有个男孩子为了追求她,用血写了一封情书,这让她很矛盾,有很大的压迫感,似乎只能答应,否则就会自杀、报复等等。我就对她说,爱情的基础是什么?那个男孩说不以容貌求爱,因为会变化;不以地位和权势求爱,因为是外在的。那我就说爱情同样也不是以有一方的鲜血,而应以情感的思想基础,这样才能有愉悦。否则就算在一起也不过是一种病态的满足。像这样的事遇见很多,归根结底还是得有对自己的把握。

△您觉得为什么会有大学生心理不健康?学生、家长、学校、社会,哪方面的责任大一些?

▲追究责任不是一个可以简单说清楚的问题,不妨把注意力放在事情是怎样发生的上面。首先这本质上是一个必然的事情,很多问题的遭遇是生命流程中一个成长的必然阶段,比如性。第二,大学生所处的青年阶段是人生链条中的一环,家庭、父母、生长的环境都不是他所能选择的,离异、教育子女方式的缺陷等可能在其心灵上投下阴影。第三,现在是一个剧烈变化的时代,挑战和压力都很大。第四,青年大学生特别敏感,责任负担又重,矛盾突出,选择空间大不确定性也就大,又常常必须迅速做决定,所以,压力特别大。这些,都需要学生的自我调试能力。

另外,这一代大学生中独生子女比例高,而且有很多从农村进入城市,在各种急剧转变的挑战面前,正如弗洛伊德所说:进入一个新环境,就会有一种恐惧感,对未来的不把握容易导致退缩感。不过,这种负面情绪也可能就此升华,我们的大学生要学会升华自己的负面心理。

△无论是作家、医生还是专门进行心理学研究,都有着"治病救人"的相同使命,您觉得对于患有心理疾病的大学生来说,外来帮助更重要还是自身觉醒更重要?

▲外界环境肯定是重要的,但人任何时候最终决定权都在自己手上。即便是寻求外界的帮助,也要自己去做。所以,大学生特别要注重培养自己一种自我成长的能力,一种开放的心理姿态。

△自八十年代中期以来,因心理问题而导致身心疾病已经成为大学生休学、退学乃至产生轻生念头的主要原因。您认为要改变这种状况,应该从哪些方面做起?

▲的确。现在常常接触到一些大学生出现心理问题的消息,刚开始总觉得天之骄子发生这些事情不可思议,让人听了心里挺沉重的。我觉得首先要做的,就是承认这些事情证明了大学生群体是一个需要心理帮助的、需要高度关怀的群体,正视它;其次,现在的心理健康机构、人员都处于相对比较缺乏的状态,但是心理辅导的效果又不是立等可取的,需要特别的爱心、专业知识和很好的工作环境,需要时间来发展。而所有这些的一个前提,就是社会的关注。

△虽然现在已经有十多门心理学教育课程走进大学课堂,但这显然才刚刚起步。在您看来,心理学教育发展的困难目前主要在什么地方?

▲心理学教育还是一门非常年轻的科学,在西方也不过一百多年的历史,我国原来的心理学主要是教育心理学,而且受苏联巴甫洛夫行为主义流派的影响很大,比较全面的恢复是在1978年"文革"以后。如今还仅仅是个开端。可以举个参照数字,美国心理学家协会有二十五万成员,而且全部是博士学位。所以,我们还是要多努力、多重视,才会有发展。另一方面,这项事业又关乎提高全民心理素质,要大力发展。

△今年8月您出版了一本有关心理学的散文集《爱怕什么》,我想会有许多人将它当做一本心理健康的教材来读的。

▲谢谢!不敢奢望,只期望能与年轻的心灵有一些碰撞。

△最后一个问题是老生常谈了:您最想对那些有心理疾病的大学生们说些什么?

▲这不是一件需要自卑的事情,要学会关爱自己、正视自己、探索自己,需要时到专业机构向专业人员寻求"助你自主"。

祝你在清晨飞翔
—— 答有关职业压力的问题

压力本来是一个物理上的词汇,比如气压、水压、风压……推广开来,医学上有"血压、脑压、颅内压"等,多属于专业领域,不料如今风云突变,压力成了高频词。

生活有压力,经济有压力,学业有压力,晋升有压力,人际关系有压力,情感世界有压力,婚姻也有压力……人们的交谈中,无不涉及林林总总的压力。压力已经像打翻了的汽油桶,弥散到现代人生活的各个领域,散发着浓烈的气味。我们躲不胜躲,防不胜防,不定在哪个瞬间,就燃起火焰。

其实适当的压力,是保持活性的重要条件。如果空气没有了压力,我们的呼吸就会衰竭。如果血液没有了压力,我们的四肢就会瘫痪。如果水管子没有了压力,那结果之伤感是任何一个住在高层楼房的人士都烂熟于心的,你将失去可饮可用的清洁的水。上个世纪的石油英雄王铁人也说过"井无压力不出油,人无压力不进步"的豪言壮语。

只是这压力需适度。比如冬日里柔柔的阳光照在身上,这是一种轻松的压力,让我们温暖和振奋。设想这压力增加十倍,那基本上就成了吐鲁番酷热的夏季,大伙只有躲在地窖里才能过活。假如这压力继续增加,到了一百倍、一千倍的强度,结果就是焦炭一堆了。

现代人常常陷于压力构建的如焚困境之中。也许是某一方面的压力过强,也许是许多方面的压力综合在一起。如是后者,单独究其某一方面的压力,强度尚可容忍,但积少成多日积月累,细微的压力堆积起来,就成了如山的重负。金属都有疲劳的时候,遑论血肉之躯?如不减压,真怕有一天成了齑粉。

人们常常把读书称作"读闲书",说的是人有了闲暇,才能静下心来读书。我建议忙人更要读书。你有必要在百忙之中再添一忙,那就是抽出时间读读有关压力的书。读完之后,百忙也许就缩减成了七十忙五十忙,你就有了喘息和伸展腰肢的时间。

寻找压力的种种成因,为扑朔迷离捉摸不定的压力画像,澄清了我们对压力的模糊和迷惘之处,让折磨我们的压力毒蛇从林莽之中现形,让我们对压力的全貌和运转的轨迹,有较为详尽的了解。中国的兵法上有句古话,叫做"知己知彼,百战不殆",当你认识到了你所承受的压力的强度和种类,在某种程度上我们就已经钉住了压力的七寸。

如果你因压力忙到无力自拔,忙到昏天黑地,忘记了自己的生日和家人的团聚,忘掉了自己如此辛辛苦苦究竟是为了什么,如果你想改变,就试着了解压力吧。当你明白了压力的起承转合,找到了适合自己的减压方式之后,你的呼吸就会轻松一点,胸中的块垒也会松动出些微的空隙。坚持下去,持之以恒,那么也许在某一个清晨醒来的时候,你会冲出压力的重围,轻松地飞翔起来。

心理拒绝创可贴

我有过若干次讲演的经历,在北大和清华,在军营和监狱,在农村土坯搭建的课堂和美国最奢华的私立学校……面对从医学博士到纽约贫民窟的孩子等各色人群,我都会很直率地谈出对问题的想法。在我的记忆中,有一次经历非常难忘。

那是一所很有名望的大学,约过我好几次了,说学生们期待和我进行讨论。我一直推辞,我从骨子里不喜欢演说。每逢答应一桩这样的公差,就要莫名地紧张好几天。但学校方面很执着,在第N次邀请的时候说:该校的学生思想之活跃甚至超过了北大,会对演讲者提出极为尖锐的问题,常常让人下不了台,有时演讲者简直是灰溜溜地离开学校。

听他们这样一讲,我的好奇心就被激励起来,我说,我愿意接受挑战。于是,我们就商定了一个日子。

那天,大学的礼堂挤得满满的,当我穿过密密的人群走向讲台的时候,心里涌起怪异的感觉,好像是"文革"期间的批斗会场,不知道今天将有怎样的场面出现。果然,从我一开始讲话,就不断地有条子递上来,不一会儿,就在手边积成了厚厚一堆,好像深秋时节被清洁工扫起的落叶。我一边讲演,一边充满了猜测,不知树叶中潜伏着怎样的思想炸弹。讲演告一段落,进入回答问题阶段,我迫不及待地打开了堆积如山的纸条,一张张阅读。那一瞬,台下变得死寂,偌大的礼堂仿若空无一人。

我看完了纸条说,有一些表扬我的话,我就不念了。除此之外,纸条上提得最多的问题是——"人生有什么意义?请你务必说真话,因为我们已经听过太多言不由衷的假话了。"

我念完这张纸条以后,台下响起了掌声。我说你们今天提出这个问题很好,我会讲真话。我在西藏阿里的雪山之上,面对着浩瀚的苍穹和壁立的冰川,如同一个茹毛饮血的原始人,反复地思索过这个问题。我相信,一个人在他年轻的时候,是会无数次地叩问自己——我的一生,到底要追索怎样的意义?

我想了无数个晚上和白天,终于得到了一个答案。今天,在这里,我将非常负责地对大家说,我思索的结果是:人生是没有任何意义的!

这句话说完,全场出现了短暂的寂静,如同旷野。但是,紧接着就响起了暴风雨般的掌声。

那是我在讲演中获得的最热烈的掌声。在以前,我从来不相信有什么"暴风雨"般的掌声这种话,觉得那只是一个拙劣的比喻。但这一次,我相信了。我赶快用手做了一个"暂停"的手势,但掌声还是绵延了若干时间。

我说,大家先不要忙着给我鼓掌,我的话还没有说完。我说人生是没有意义的,这不错,但是——我们每一个人要为自己确立一个意义!

是的,关于人生的意义的讨论,充斥在我们的周围。很多说法,由于熟悉和重复,已让我们从熟视无睹滑到了厌烦。可是,这不是问题的真谛。真谛是,别人强加给你的意义,无论它多么正确,如果它不曾进入你的心理结构,它就永远是身外之物。比如我们从小就被家长灌输过人生意义的答案。在此后漫长的岁月里,谆谆告诫的老师和各种类型的教育,也都不断地向我们批发人生意义的补充版。但是,有多少人把这种外在的框架,当成了自己内在的标杆,并为之下定了奋斗终生的决心?

那一天结束讲演之后,我听到有同学说,他觉得最大的收获是听到有一个活生生的中年人亲口说,人生是没有意义的,你要为之确立一个意义。

其实,不单是中国的青年人在目标这个问题上飘忽不定,就是在美国的著名学府哈佛大学,也有很多人无法在青年时代就确立自己的目标。我看到一则材料,说某年哈佛的毕业生临出校门的时候,校方对他们做了一个有关人生目标的调查,结果是27%的人完全没有目标;60%的人目标模糊;10%的人有近期目标;只有3%的人有着清晰而长远的目标。

25年过去了,那3%的人不懈地朝着一个目标坚忍努力,成了社会的精英,而其余的人,成就要相差很多。

我之所以提到这个例子,是想说明在人生目标的确立上,无论中国还是外国的青年,都经历过相当程度的朦胧或是混沌状态。有人会说,是啊,那又怎么样?我可以一边慢慢成长,一边寻找自己的人生意义啊。我平日也碰到很多青年朋友,诉说他们的种种苦难。我在耐心地听完那些折磨他们的烦心事之后,把他们渴求帮助的目光撇在一旁,我会问,你的人生目标是什么呢?

他们通常会很吃惊,好像怀疑我是否听懂了他们的愁苦,甚至恼怒我为什么对具体的问题视而不见,而盘问他们如此不着边际的空话。更有甚者,以为我根本就没有心思听他们说话,自己胡乱找了个话题来搪塞。

我会迎着他们疑虑的目光,说,请回答我的这个问题,你为什么而活着呢?

年轻人一般会很懊恼地说,这个问题太大了,和我现在遇到的事没有一点关联。我会说,你错了。世上的万事万物都有关联。有人常常以为心理上的事只和单一的外界刺激有关,就事论事,其实心理和人生的大目标有着纲举目张的紧密接触。很多心理问题,实际上都是人生的大目标出现了混乱和偏移。

举个例子。一个小伙子找到我,说他为自己说话很快而苦恼,他交了一个女朋友,感情很好。但女孩子不喜欢他说话太快。一听他口若悬河滔滔不绝地说个没完,女孩就说自己快变成大头娃娃了。还说如果他不改掉这毛病,就不能把他引荐给自己的妈妈,因为老人家最烦的就是说话爱吐唾沫星子的人。

你说我怎么才能改掉说话太快的毛病?他殷切地看着我,闹得我都觉得如果不帮他这个忙,简直就成了毁掉他一生爱情和事业的凶手。

我说,你为什么要讲话那么快呢?

他说,如果慢了,我怕人家没有耐心听完我的话。您知道,现在的社会,节奏那么快,你讲慢了,人家就跑了。

我说,如果按照你的这个观点发展下去,社会节奏越来越快,你岂不是就得说绕口令了?你的准丈母娘就不是这样的人啊,她就喜欢说话速度慢一点并且注意礼仪的人啊。

他说,好吧,就算你说的这两种人都可以并存,但我还是觉得说话快一些,比较占便宜,可以在单位时间内传达更多的信息。

我说,那你的关键就是期待别人能准确地接受你的信息。你以为只有快速发射信息才是唯一的途径。你对自己的观点并不自信。

他说,正是这样。我生怕别人不听我的,我就快快地说,多多地说。

他这样说完之后,连自己也笑起来。我说,其实别人能否接受我们的观点,语速并不是最重要的。而且,你能告诉我,你为什么这样在意别人是否能接受你的观点?

这个说话很快的男孩突然语塞起来,忸怩着说,我把理想告诉你,你可不要笑话我。

我连连保证绝不泄密。他说,我的理想是当一个政治家。所有的政治家都很雄辩,你说对吧?

我说,这咱们就接触到了问题的实质。要当一个政治家,第一要自信。他们的雄辩不是来自速度,而是来自信念。一个自信的人,不论说话快还是慢,他们对自我信念的坚守流露出来,会感染他人。我知道你有如此远大的理想,这很好。你要做的事,不是把话越说越快,而是积攒自己的力量,让自己的信念更加坚强。

那一天的谈话就到此为止。后来,这个男生告诉我,他讲话的速度就慢了下来,也被批准见到了自己的准丈母娘,听说很受欢迎。

这边刚刚解决了一个说话快的问题,紧接着又来了一位女硕士,说自己的心理问题是讲话太慢,周围的人都认为她有很深的城府,不敢和她交朋友,以为在她那些缓慢吐出的话语背后,隐藏着怎样的阴谋。

我试了很多方法,却无法让自己说话快起来,烦死了。她慢吞吞地对我这样说,语速的确有一种压抑人的迟缓,好像在话的背后还隐藏着另一句话。

我看她急迫的神情,知道她非常焦虑。

我说,你讲每一句话是否都要经过慎重的考虑?

她说,是啊。如果不考虑,讲错了话,谁负得了这个责?

我说,你为什么特别怕讲错话?

女硕士说,因为我输不起。我家庭背景不好,家里有人犯了罪,周围的人都看不起我;家里很穷,从小靠亲戚的施舍我才能坚持学业。我生怕一句话说差了,人家不高兴,就不给我学费了。所以，连问一句"你吃了吗?"这样中国人最普通的话，我也要三思而后行。我怕人家说，你连自己的饭都吃不饱，也配来问别人吃饭问题。

听到这里，我说我明白了。你觉得自己的每一句话都可能引致他人的误解，给自己造成不良影响。

女硕士连连说，对对，就是这样的。

我笑了，说，你这一句话说得并不慢啊。

她说，那我是相信你不会误会我。

我说，这就对了。你说话速度慢，不是一个技术性的问题，是你不能相信别人。你是否准备一辈子都不相信任何人？如果是这样的话，我断定你的讲话速度是不会改变的。如果你从此相信他人，讲话的速度自然会比较适宜，既不会太慢，也不会太快，而是能收放自如。

那个女生后来果然有了很大的改变，她的人际关系也有了进步。

今天我们从一个很大的目标谈起，结果要在一个很小的地方结束。我想说，一个人的心理是一座斗拱飞檐的宫殿，这座宫殿的基础就是我们对自己人生目标的规划和对世界对他人的基本看法。一些看起来是技术和表面的问题，其实内里都和我们的基本人生观有着千丝万缕的联系。心理问题切不可头痛医头脚痛医脚，那样如同创可贴，只能暂时封住小伤口，却无法从根本上让我们的精神强健起来。

蓝宝石刀

一次朋友聚会,来了几位新面孔。席间,有男士谈起自己新交的女友,说是一位美女。于是不但在座的男子几乎全体露出艳羡之色,就是各个年龄段的女人,也普遍显出充分的向往与好奇。

大家纷说,原以为美女都已随着古典情怀的消逝,被现代文明毒死,不想这厢还似尼斯湖怪般藏着一个。众人正感叹着美女的重新出山,突然从客厅的角落里发出了一个声音:美女是有公众标准的,不是你说她是,她就是的。恋爱的人,眼里出西施。

大家诧然复茫然,想想也有理。先别忙着赞叹,到底是不是个真美女,还有待考察商榷呢!

说这煞风景话的男子,看上去细而柔的身材,平淡的五官,但并不虚弱,四肢甚至可以说是有力的。

于是有人对那位与美女交往的男子说,带着照片吗?拿出来让大伙看看嘛!既让我们养养眼,也让蓝刀鉴定一下,到底算不算真美女!

我悄声问身旁的朋友,蓝刀是谁?

他指指细而不弱的小伙子说,他就是。

我说,蓝刀——好古怪的名字!江湖上的?武林高手?

朋友说,他是整形外科的医学博士。因为他常用蓝宝石手术刀,所以圈内人称他蓝刀。

美女之友架不住众人的鼓动,从西服内袋掏出一张照片,姿势娴熟。想来是常常观摩的。

彩照,长跑火炬似的在众人手间传递。几位上了年纪的,还掏出了老花镜。好不容易轮到我。姑娘确实美丽,身材相貌都属上乘,起码不逊于时下影视界的靓丽偶像。

照片最后传到蓝刀手里。不知道是巧合还是大伙等着他一锤定音,喧哗的客厅,悄无声息了。

蓝刀只看了一眼。真的,只一眼,我觉得即使从敬业的角度来说,他也该多看几眼的。后来蓝刀解释,一是将别人女友盯住不放,有失礼仪。再是对于老农来说,庄稼长势如何,一瞄足够。

蓝刀说,总体上,还不错。这是一位17世纪的美人形象。

大家驳道,美人又不是瓷器,还有时代限制?

蓝刀正言,时间感很重要。比如盛唐以肥为美,杨贵妃就是个双下巴。连那时的菩萨塑像,也个个超重。而17世纪的标准美人是:眼要重睑,也就是平常说的双眼皮。鼻子要从侧面看是微微上翘的,万万不能是鹰钩。嘴唇不可太大,更不可太小。上嘴唇较下嘴唇稍薄,反过来就是败笔。左面的颊上有一个酒窝,要是不幸长在右面就要减分。颈部可以有褶皱,但形状一定要好,如同一圈天然的项链……

大家听到这里就大笑说,真够苛刻,难为女人了。有人起哄道,蓝刀,不要光说好的,来点具有专业水准的。那潜台词是期待蓝刀指出这女子的容貌缺陷。

蓝刀以目光征询美女男友意见。小伙子好像也很想长点知识,做出愿意洗耳恭听的模样。

蓝刀说,既然说到专业,我就再发表点意见,学术研究,没有别的意思。若是冒犯了,请多原谅。这位女性的相貌,从照片上来看,一是从发际到下颏之间的距离,应为本人的三个耳朵的长度。以这个比例要求,似稍嫌长了一点。鼻尖、嘴唇中点和下颏点,应为一直线,此为美人非常重要的一个指标。但这位女士鼻尖稍向右偏了一点,于是面部就有了少许不平衡之感。女性好细腰,但并不是越细越好,从美学角度来看,腰围以头围的1.618倍最好……

大家哄笑起来,说,蓝刀,闭嘴吧。照你这样算下去,人间真的没有美女了。蓝刀也就不再就该女士发表意见。但由此引出的话题新鲜有趣,整个晚上,蓝刀成了主角。

一位桥梁工程师说,对不起,不是针对你个人。我倒是很有点看不起整容医生的。

蓝刀很沉着地问,为什么呢?

工程师说,虽然你们是医生,却没有急诊。我不是医生,可我知道,几乎所有的科,都有急诊。比如外科,就不必说了。妇产科、小儿科……就连牙科吧,也有。比如你的腮帮子被人打漏了,你就得上口腔医院马上缝。可有谁急诊整形呢?它是富贵事,可有可无的。

蓝刀说,你说得对,整形外科没有急诊。但是,一个烧伤的病人,你不为他整容,他就无法回到正常的人群当中。你倒是用急诊把他的生命挽救回来,但他自惭形秽,自暴自弃,再也无法挺胸做人。还有,若是他不整容走到街上,月黑风高,谁要是在胡同拐角处突然看到一个满脸焦疤的人,以为遇到了妖怪,惊恐万状,虚脱休克,人道吗?

听蓝刀这么一讲,大家就觉得整容也是社会发展到高级阶段的产物,医学百花中的一朵。

有人问:什么人适宜做整容?

蓝刀清清嗓子说,我先不回答这个问题。我想说的是——什么人不适宜做整容。

蓝刀说,有八种人我是不给他做整形手术的。

第一种人,天天身上带着一面小镜子,无论何时何地都随手把小镜子拿出来,顾影自怜或自惭形秽的人,不做。

大伙忙问,为什么?

蓝刀说,他认为人世间最重要的事就是他的容貌,自信心和尊严都系此一事。这样的人,无论手术做得怎样成功,他都会认为未能达到目的。所以,我不能自找烦恼。

第二,进我诊所,拿着一本或几本时尚导刊,指着封面或是封底的某明星或歌星的大幅照片说,我的要求不高,就是做成她的那个鼻子加上她的那个嘴巴……

大家笑道,这是不能做。无论如何你无法使她满意。

蓝刀叹气道,我心中常常又好笑又生气,便对来者说,你以为我是谁? 上帝吗? 可惜,我不是。纵使我能把你修理出那规格的鼻子和嘴巴,你可有那样的才气和斗志?

第三种不做的人是:头不梳,脸不洗,衣冠不整,浑身散发不洁气息……

不等蓝刀说完,大家打断道,这条好似不合情理吧? 正是因为某些人的仪表不良,他们才要求整理容貌,你怎么反而拒之门外呢？

蓝刀说，一个人的容貌可以被毁或是天生缺憾。但爱整洁是教养和习惯问题，不仅是对他人的敬重，更是对自己的珍惜。如果一个人没有这份热爱生命的感觉和精心维持，那么，我就是辛辛苦苦地帮他建设了再好的硬件，软件跟不上，还是没良效的。我尊重自己的劳动，我愿把宝贵的精力放到更善待自己的人身上。

大家默然片刻后表示可以接受。接着问，其他呢？

蓝刀说，第四种，凡来人说，我本人并不想来此做什么整容手术，都是我的家人——丈夫或是男友，要我来做的……这样的人，我也概不接待。

大家说，啊，那么绝对啊？

蓝刀说，是。容貌是自己的内政，无论它怎样丑陋，只要自己接受，别人就无权干涉。如果一个人因为惧怕或是讨好，听命于另外一个人，被迫接受了在自己身上动刀动剪动针动线，那是很不情愿和凄凉的事情。我不愿成为帮凶。

大伙频频点头，表示言之成理。

蓝刀说，第五种，多次在就诊时迟到或无故改变约定的人，不做。

大家说，这倒有些奇怪，你又不是兵营。遵纪守时的问题，和医疗何干呢？

蓝刀说，整形手术需反复多次，其中的艰苦和磨难，超乎想象。手术程序一旦开始，又不可中断。你可能把大腿上的皮瓣做好准备移到脸上，但本人突然不干了……所以，纪律性和承诺感不好的人，我不为他做手术。医生精力有限，我不愿在医疗以外的事情上花费太多的时间。

第六种,对同一问题,反复询问,我这次答复了,下次又问的人,我不做。

大家笑道,蓝刀,脾气够大啊。是不是求你做手术的人太多了,店大欺客啊?

蓝刀说,一个人对自己高度关注的事,况且我反复讲过多遍,还记不住,这是记忆问题吗?不是。是信任问题。他不信任我,所以不厌其烦地追问。好像审讯。我虽可理解这种心情,但我不能给一个不信任我的人动手术。无论是对我还是对他,都不愉快。

大家愣了一下,没人再作声,表示尊重一名资深医生对病人的挑剔。

第七种,态度特好或是态度特不好的病患,对医生满口奉承和送礼的病患,表现得特别合作或是特别不合作的病患,概不做。蓝刀一字一顿很慢地说。

大家道,这一条,能顶好几条。情况却大不一样。态度不好不做,明白;但态度特好的也不做,费解。

蓝刀说,他为什么特别殷勤?后面肯定有这样一个假设——如果他不送礼,我就不会尽心尽力地为他手术。他能奉承我,也就能诋毁我,不过是正反面吧。手术是一件充满概率的事情,即使我惨淡经营殚精竭虑,也不可能百战百胜。为了那个无所不在的概率,我要保留弹性。我需要有医生的安全感和世人对"万一"的理解。得给自己留一条后路。

客厅空气一下子变得有点沉重。

该第八种了。也就是最后一种了。沉默半晌,大家提醒蓝刀。

蓝刀说，这一种，简单。凡是手术前不接受照相的人，不做。

有人打趣道，整形大夫是不是和某影楼联营了，可以提成？要不，为什么有这样古怪的要求？

蓝刀道，一个人破了相，不愿摄下自己不美的容颜，可以理解。但是，为了对比手术的效果，为了医学档案的需要，留有确切的原始记录，总结经验教训，都要保留病患术前的相貌。当然，会做好保密的。但是，有些人说什么也不接受这一合情合理的要求。没办法，既然他连面对真实情形的勇气都没有，怎能设想他和医生鼎力配合呢？所以，只有拒之门外了。

蓝刀说到这里，很有一些痛惜之意。

分手的时候，蓝刀热情地说，欢迎大家到我的诊所做客。大伙回答，蓝刀，我们会去的。不是去整形，是去听你说这些有趣的话。

性别按钮

假如我们身上有一个按钮，可以随时改变我们的性别，我将在一生的许多时候使用它，让我们假设按钮的颜色，男性为红女性为绿吧，因为我们这个民族素有红男绿女这样一个成语。

我想象自己的身体也许像交通繁忙的十字街头，红红绿绿闪烁个不停。

当我还是一个胎儿的时候,我选择女性。因为根据最新的科学研究证明:在女性特有的那两个XX染色体上,除了表示性别,还携带着许多抗病的基因。流产夭折的孩子多半是男婴,就是因了这个缘故。请别谴责我的自私,外面的世界这么喧哗美丽,我这辆小小的跑车,不能还没驶出车站就抛锚。

当降生终于开始的时候,我毫不犹豫地选择男性。我要向人世间发出最嘹亮动人的哭声,宣告一个生命——我的到来。一个理由是女孩子的哭声多半太秀气,自己就听得没情绪。最主要的原因是为了让我的亲人们高兴。无论社会怎样进步,中国人还是喜欢男孩。尤其在产房里的时候,生了男孩的妈妈眉飞色舞,生了女孩的妈妈低眉顺眼……为了能让自己的妈妈理直气壮,为了能让望眼欲穿的爷爷奶奶喜笑颜开,我只好义无反顾地选择男性。这可绝不是向世俗的偏见低头,而只是想在出生的这一个瞬间,带给我的亲人更多的快乐。

我在襁褓中慢慢长大。这期间,做男婴还是做女婴都无所谓。在没有发明舒适的纸尿布以前,我想还是做男孩好一些,享受干爽的机遇比较多。随着科学的不断进步,这件小事不再能左右我揿动按钮。在这段人生最美好的时光里,我男女不辨地随意躺在绵软的带栅栏的小床里,用小手追逐缓缓移动的阳光,学会对着使我们愉悦的事物微笑。我们脱离了母体的温暖,独自面对自然界的风霜。我们尝试着对饥饿和病痛发出抗争,但我们其实很无奈。假如没有亲人的呵护,无论男孩还是女孩,我们都软弱。

像初夏的青苹果,我们缓缓地长大。这段时间如果一定要我选择，我就当女孩吧。因为在这期间，我们会无师自通地学会人世间最重要的知识——语言。女孩的舌头像鹦鹉，她们学话的速度比男孩快多了。虽说中国流传着"贵人语迟"的民谚，但我还是喜欢做个平凡人，早早地学会向他人表达自己的看法。

接着，我们突然像竹笋一样，日新月异地膨胀起来，不断地增长淘气本事。爬高上低，没头没脑地疯跑，在自己的脸上糊上泥，把玩具肢解得遍地都是，从一块石头疯狂地跳上另一块石头，在水里溅起一连串的水花……这都是男孩子的特权啊！我要做个男孩，把身上的红色按钮死死揿下。做男孩可以把鞋子踢烂、把衣服剐破、把手指划出血、把膝盖磕破皮而不遭家长的斥责。男孩在玩耍上享有天然的豁免权，当他们无意间伤害了别人的财产和自己的身体时，大人们多半会宽容地说，嗨！男孩子嘛，就是这个样子！

女孩子可要倒霉得多。几千年的观念像一张透明的娇柔的网，将你裹得紧紧的。你时刻感到不能自由自在地呼吸和手舞足蹈。你看得见外面的一切，却不能随心所欲地飞翔。你抗议的时候，别人会莫名其妙地说，没有呀，没有谁束缚你。真叫你有苦说不出。

开始上学了。我愿意回到女儿身。男孩子太顽劣了，屁股底下像有颗大滚珠，不会安安静静在椅子上待一刻。他们终究会意识到知识的重要，可是距那大彻大悟的关头，他们还要穿过漫长的隧道。在这个觉醒的过程中，他们恶劣的成绩，将被老师斥责，同学耻笑，家长软硬兼施，邻里议论纷纷……这种经历对一个人的心智是大考验。许多男孩就在这种挫折感中，失去了人最宝贵的自尊。而女孩，就比较的平顺，因为她们知道死用功。灵灵秀秀的女孩穿得干干净净,乖乖地举手发言,讨老师的喜欢。下了课,带着平平整整的作业本回家,给爸爸妈妈一个好成绩。小学真是一个女孩的黄金时代,她们像新生的豆荚饱满和嫩绿,充满着勃勃的生机。

到了十一二岁的时候,我要赶快把绿色按钮变换成红色按钮,再迟就来不及了。那位将陪伴每一个女人青春时代的殷红色朋友就要来啦!她每月一次的造访你无法拒绝,陪着她,你困倦激动好哭爱发脾气……惹不起,我们躲得起。

去做男人。

男人此刻异军突起。他们在一夜之间变得强健英俊,仿佛蜕尽了最后一层躯壳的知了,高高地飞到了白杨树梢,向全世界发出尖锐的鸣叫。尽管歌声还不够老练,但他们终究会成熟起来的。这个时期的男性永远是一个谜,你不知道他们是在哪一个早上,突然从男孩变成了男子汉。老天爷的鬼斧神工,毫不留情地把他们大脑的沟壑凿深,雕刻出他们坚毅的下巴和眉宇,慷慨地在制造他们潇洒智慧的同时,随赠了一大包的幽默。仿佛在不经意之间,他们流露出勇气与旷达。当然啦,他们也脆弱,也孤独,也想入非非,也躁动不安,但鹿一般雄壮的气息缠绕着他们,他们在奔跑中不断完善。

岁月的炉火燃烧着,熔炼着男人和女人的金丹。

女人最美丽的季节到了。俗话说女大十八变,最动人的变化悄悄地发生着,我终于忍不住跑回去做女人了。

少女的头发像鸦羽一样闪亮,你盯着看久了,会闪出墨绿的光泽。瞳孔里因为蕴含了过多的期望而显得秋水粼粼。肌肤像刚刚裱制出的白绸,细腻光滑无一丝波痕。柔曼的腰肢,玲珑的曲线,都带着稍纵即逝的精致。

她们的心绪,像一块绿毡似的秧田,看似平静,其实每一阵微风荡过,都引起所有的枝叶震颤。

草莓红了。芭蕉被雨淋湿。成熟的樱桃想飞到天上去,无所不在的万有引力又使它飘落黄土地。

无论女人有多少瑰丽的想象,她们一生中最重要的事,是寻找那个缺了肋骨的男人,帮他重新嵌进他的胸膛。无论找到找不到,都有无尽的苦恼与欢乐。

男人和女人终于镶在一起了。

在女人行将破裂的那一瞬,我决定逸出她的躯壳,去做一个男人。因为此时的男人好威风啊!

婚后的男人,太累太累。好像追赶太阳的夸父,一头担着事业,一头担着家庭。出于怕苦怕累的天性,又使我翻回头去想做女人,但女人已开始孕育生命。这是充满创造也充满艰险的劳动,简直是女人一生中最大的劫难。

女人变得面目全非,身躯沉重,步履蹒跚。脸上趴着褐色的蝴蝶,曲线被圆弧毫不留情地替代。心脏汹涌地鼓荡着,供给着两个人的血脉。

那是生与死的循环啊。女人或者捧出两条生命,或者与她的婴孩一起沉没海底。

面对生命的链条,我怯懦地闭上眼睛。我真的不知该选择做男人还是做女人,也许人生就是无止境的苦难,无论怎样巧妙地在礁石上跳来跳去,我们还是得被巨浪浇得透湿。

也许在真正美妙的融合中,男人和女人是一堵砌在高坡上的墙。你不可能将他们分开,你不可能说自己是其中的砖还是泥水。墙矗立着,或者訇然倒塌;或者很有风度地站上一千年,依然像刚完工那般新鲜。

真的,我们不必区分得太分明。一个好的男人和一个好的女人,在共患难的日子里,是一种奇怪的有四只脚和四只手的动物。他们虽然有两颗心,却只有一个念头——风雨同舟地向前。

新的生命诞生了。

从这儿以后,还是坚持做男人吧。哺育的担子太重,社会又给女人增加了太多的角色。在家是举案齐眉的贤妻良母,父母膝下返璞归真的孝女;出外是叱咤风云的巾帼强人,社交场合典雅华贵的夫人……一副副面具需要轮换着镶在脖颈上,深夜里女人会仰天叹息:我在哪里?

做男人就简明扼要多了。他们缓缓地但是坚定不移地向着既定的目标前进,好像一艘巨大的航空母舰。他们的轮廓在岁月中渐渐模糊,但内心仍坚定如铁。失败的时候,他们在人所不知的暗处,揩干净创口的血痕。当他们重又出现在太阳下的时候,除了觉出他的脸色略显苍白以外,一切如常。他们也会哭泣,但流出来的是血不是水。血被风干了,就是美丽的玫瑰花,被他们不经意地夹在成功的证书里。

男人的自由多,男人的领域大。男人被人杀戮也被人原谅,男人编造谎言又自己戳穿它。男人可以抽烟可以酗酒可以大声地骂人可以随意倾泻自己的感情。历史是男人书写的,虽然在关键的时刻往往被一只涂了蔻丹的指甲扭转。那也是因为在那只手的后面,有一个男人微笑地凝视着她。

我懵懵懂懂疲倦地走过了许多年,频繁地选择着性别按钮,连自己也感觉厌烦。似乎每一次选择的动机都是避重就轻,人类的弱点在选择中暴露无遗。

选择的机会不是很多了,我们已经老迈。

时间是一个喜欢白色的怪物,把我们的头发和胡子染成他爱好的颜色。他的技术不是太好,于是我们就变得灰蒙蒙。孩子长大了,飞走了,留下一个空洞的巢穴。由于多年在一起生活,我们吃一样的饭,喝同一种茶叶沏出的水,甚至连枕头的高度也是一致的。我们变得很相像。像一对古老的花瓶,并肩立在博物架上,披着薄薄的烟尘。

我们不可遏制地走向最后的归宿。我们常常亲热地谈起它,好像在议论一处避暑的胜地。其实我们很害怕,不是害怕那必然的结局,是害怕孑然一身的孤独。

我们争论谁先离开的利弊。男人和女人仿佛在争抢一件珍贵的礼物,都希图率先享受死亡的滋味。

在这人生最后一轮的选择中,我选择女性。

我拈轻怕重了一辈子,这次挺身而出。男人,你先走一步好了。既然世上万事都要分出个顺序,既然谁留在后面谁更需要勇敢,我就陪伴你到最后。一个孤单的老翁是不是比一个孤单的老妪更为难?让我嚼这颗坚硬的胡桃到最后吧。

这是生命的分工,男人你不必谦让。

你病了,我会在你的床前,唱我们年轻时的歌谣。我会做你最爱吃的饭,因为你说过,除了你的母亲,这个世界上我做的饭最对你的口味。我们共同回忆以往的时光,把辛苦忙碌一辈子没来得及说的话,借病房的角落全部说完。

其实话是说不完的。

有一天,你突然说要告诉我一个秘密。你说男人都有自己的秘密,你对我这样好,其实我不值得你对我这样好……

你要用秘密回报我的真诚,这样使我在你死后不会太伤心。

我立刻用苍老的手,堵住你的嘴。我说,你别说,永远别说。我们之间没有秘密,最大的秘密就是我们怎样在茫茫人海中相识,从过去一直走到将来。

男人走了,带着他永远的秘密。

现在,我已无法再选择。

那两个红色绿色的按钮,已经剥落了油彩,像两颗旧衣服上的扣子。

选择性别,其实就是选择命运。男人和女人的命运有那么多的不同,又有那么多的相同。

我最后将两颗按钮一起揿下,我不知道会发生什么样的事情。

它们破裂了。留下一堆彩色的碎片。

我作为一个女人,来到这个世界。我又作为一个女人,离开这个世界。似乎所有的选择都是徒劳。

不。我用一生的时间,活出了两生的味道。

虾红色情书

朋友说她的女儿要找我聊聊。我说,我——很忙很忙。朋友说她女儿的事——很重要很重要很重要。结果，两个“忙”字，在三个“重”字面前败下阵来。于是，我约她的女儿若樨，某天下午在茶艺馆见面。

我见过若樨，那时她刚上高中，清瘦的一个女孩。现在，她大学毕业了，在一家电脑公司做工。虽说女大十八变，但我想，认出她该不成问题。我对她的外形做了提前估量，无非是高了，丰满了，大模样总是不改的。

当我见到若樨之后，几分钟之内，用了大气力保持自己面部肌肉的稳定，令它们不要因为惊奇而显出受了惊吓的惨相。其实，若樨的五官并没有大的变化，身高也不见拔起，或许因为减肥，比以前还要单薄。吓倒我的是她的头发，浮层是樱粉色，其下是姜黄色的，被剪子残酷地切削得短而碎，从天灵盖中央纷披下来，像一种奇怪的植被，遮住眼帘和耳朵。以至我在很长一段时间内，觉得自己是在与一只鸡毛掸子对话。

落座。点了茶，谢绝了茶小姐对茶具和茶道的殷勤演示。正值午后，茶馆里人影稀疏，暗香浮动。我说，这里环境挺好的，适宜说悄悄话。

她笑了，是骨子里很单纯、表面却要显得很沧桑的那种。她说，到酒吧去更合适。茶馆，只适合遗老遗少们灌肠子。

我说，酒吧，可惜吵了点。下次吧。

若樨说，毕阿姨，您见了我这副样子，咱们还有下次吗？您为什么不对我的头发发表意见？您明明很在意，却要装出毫不在意的样子。我最讨厌大人们的虚伪了。

我看着若樨，知道了朋友为何急如星火。像若樨这般青年，正是充满愤怒的年纪。野草似的怨恨，壅塞着他们的肺腑，反叛的锋芒从喉管探出,句句口吐荆棘。

我笑笑说,若樨,你太着急了。我马上就要说到你的头发,可惜你还没给我时间。这里的环境明明很雅致,人之常情夸一句,你就偏要逆着说它不好。我回应,说那么下次我们到酒吧去,你又一口咬定没有下次了。你尚不曾给我机会发表意见,却指责我虚伪,你不觉得这顶帽子重了些吗?若樨,有一点我不明白,恳请你告知。我不晓得是你想和我谈话,还是你妈妈要你和我谈话?

若樨的锐气收敛了少许,说,这有什么不同吗?反正您得拿出时间,反正我得见您。反正我们已经坐进了这间茶馆。

我说,有关系。关系大了。你很忙,我没你忙,可也不是个闲人。如果你不愿谈话,那我们就马上离开这里。

若樨挥手说,别,别!毕阿姨。是我想和您谈,央求了妈妈请您。可我怕您指责我,所以,我就先下手为强了。

我说,我不怪你。人有的时候,会这样的。我猜,你的父母在家里同你谈话的时候,经常是以指责来当开场白。所以,当你不知如何开始谈话的时候,你父母和你的谈话模式就跳出来,强烈地影响着你的决定,你不由自主地模仿他们。在你,甚至以为这是一种最好的开头方法,是特别的亲热和信任呢!

若樨一下子就活跃起来,说,毕阿姨,您真说到我心里去了。其实,您这么快地和我约了时间聊天,我可高兴了。可我不知和您说什么好,我怕您看不起我。我想您要是不喜欢我,我干吗自讨其辱呢?索性,拉倒!我想尽量装得老练一些,这样,咱们才能比较平等了。

我说,若樨,你真有趣。你想要平等,但却从指责别人入手,这就不仅事倍功半,简直是南辕北辙了。

若樨说,我知道了,下回,我想要什么,就直截了当地去争取。毕阿姨,我现在想要异性的爱情。您说怎么办呢?

我说,若樨啊,说你聪明,你是真聪明,一下子就悟到了点上。不过,你想要爱情,找毕阿姨谈可没用,得和一个你爱他,他也爱你的男子谈,才是正途。

若樨脸上的笑容风卷残云般地逝去了,一派茫然,说,这就是我找您的本意。我不知道他爱不爱我,我更不知道自己爱不爱他。

若樨说着,从皮夹子里,拿出了一张折叠得整整齐齐的纸,递给我。

我原以为是一个男子的照片,不想打开一看,是淡蓝色的笺纸,少男少女常用的那种,有奇怪的气息散出。字是虾红色的,好像是用毛笔写的,笔锋很涩。

这是一封给你的情书。我看了,合适吗?

读了开头火辣辣的称呼之后,我用手拂着笺纸说。

我要同您商量的就是这封情书。它是用血写成的。

我悚然惊了一下。手下的那些字,变得灼热而凸起,仿佛烧红的铁丝弯成。我屏气仔细看下去……

情书文采斐然,述说自己不幸的童年,从文中可以看出,他是若樨同校不同系的学友,在某个时辰遇到了若樨,感到这是天大的缘分。但他长久地不敢表露,怕自己配不上若樨,惨遭拒绝。毕业后他有了一份尊贵的工作,想来可以给若樨以安宁和体面,他们就熟识了。在若即若离的一段交往之后,他发现若樨在迟疑。他很不安,为了向若樨求婚,他特以血为墨,发誓一生珍爱这份缘分。

"人的地位是可以变的,所以,我不以地位向你求婚。人的财富是可以变的,所以我也不以财富向你求婚。人的容貌也是可以变的,所以我也不以外表向你求婚。唯有人的血液是不变的,不变的红,不变的烫,从我出生,它就灌溉着我,这血里有我的尊严和勇气。所以,我以我血写下我的婚约。

"如果你不答应,你会看到更多的血涌出……如果你拒绝,我的血就在那一瞬永远凝结……"

我恍然刚才那股奇特的味道,原来是笺上的香气混合了血的铁腥。

你现在感觉如何?我问若樨。并将虾红色的情书依旧叠好,将那一颗骚动的男人之心,暂时地囚禁在薄薄的纸中。

我很害怕……我对这个人摸不着头脑,忽冷忽热的……可心里又很有几分感动。血写的情书,不是每个女孩子都有这份幸运的。看到一个很英俊的男孩,肯为你流出鲜血,心里还是蛮受用的。我把这份血书给好几个女朋友看了,她们都很羡慕我的。毕竟,这个年头,愿意以血求婚的男人,是太少了。

若樨说着,腮上出现了轻浅的红润。看来,她很有些动心了。

我沉吟了半晌。然后,字斟句酌地说,若樨,感谢你信任我,把这么私密的事告诉我。我想知道你看到血书后的第一个感觉。

若樨说,……是……恐惧……

我问,你怕的是什么?

若樨说,我怕的是一个男人,动不动就把自己的血喷溅出来,将来过日子,谁知会发生什么事?

我说,若樨,你想得长远,这很好。婚姻不是一朝一夕的事情。每个女孩披上嫁衣的时候，一定期冀和新郎白头偕老。为了离婚而结婚的女人，不是没有，但那是阴谋，另当别论。若樨，除了害怕，当你面对另一个人的鲜血的时候，还有什么情绪？

若樨沉入到当时的情景当中，我看到她长长的睫毛在急速地眨动，那是心旌动荡的标识。

我感到一种逼迫，一种不安全。我无法平静，觉得他以自己的血要挟我……我想逃走……若樨喃喃地说。

我看着若樨，知道她在痛苦地思索和抉择当中。毕竟，那个男孩迫切地需要得到若樨的爱，我一点都不怀疑他的渴望。但是，爱情绝不是单一的狙击，爱是一种温润恒远。他用伤害自己的身体，来企图达到自己的目的，如果一朝得逞，我想他绝不会就此罢手。人，或者说高级的动物，是会形成条件反射的。当一个人知道用自残的方式，可以胁迫他人按照自己的意志行事的时候，他会受到鼓励。

很多人以为，一个人的缺点，会在他或她结婚之后，自动消失。我觉得如果不说这是自欺欺人，也是一厢情愿。依我的经验，所有的缺陷，都会在婚姻之后变本加厉地发作。婚姻是一面放大镜，既会放大我们的优点，也毫不留情地放大我们的缺点。因为婚姻是那样的赤裸和无所顾忌，所有的遮挡和礼貌，都会在长久的厮磨中湔色，露出天性粗糙的本色。

也许，我可以帮助他……若樨悄声说，声音很不确定，如同冷秋的蝉鸣。

我说，当然，可以。不过，你可有这份力量？他在操纵你，你可有反操纵的信心？我们不妨设想得极端一些，假如你们终成眷属，有一天，你受不了，想结束这段婚姻。他不再以血相逼，升级了,干脆说,如果你要离开我,我就把一只胳膊卸下来,或者自戕……到那时,你又该如何应对呢?如果你说,你有足够的准备承接危局,我以为你可以前行。如若不是……

若樨打断了我的话,说,毕阿姨,您不要再说下去了。我外表虽然反叛,但内心里却很柔弱。我没有办法改变他,和他在一起的时候,我很不安全。我不知道在下一分钟他会怎样,我是他手中的玩偶。

那天我们又谈了很久,直到沏出的茶如同白水。分手的时候,若樨说,您还没有评说我的头发。

我抚摸着她的头,在樱粉和姜黄色的底部,发根已长出漆黑的新发。我说,你的发质很好,我喜欢所有本色的东西。如果你觉得这种五花八门的颜色好,自然也无妨。这是你的自由。

若樨说,这种头发,可以显示我的个性和自由。

我说,头发就是头发,它们不负责承担思想。真正的个性和自由,是头发里面的大脑的事。你能够把神经染上颜色吗?

关于思想和心灵的感悟

文学自然可以哭泣,但那眼泪须不只属于你自己,必得有能引起众人共鸣的激情。文学自然应该特殊,但什么是真正的特殊,可要有清醒的意识。那就是为你所独有的一份对人世间的把握,借助了祖宗遗留给我们的古老工具——语言,优美清晰地表达出来,以传递心灵的感应。

我的一些非常重要的经验,来自一些说话很沉闷的人那里。就像一大堆矿石才能提炼出几克稀有金属,需要足够的耐心和时间。

谈话的第一要素是尊重,倾听时除了聚精会神以外,还要不时报以会心的微笑。对方兴致勃勃地说下去,闪光的语言就有可能随之出现。

当我非常欣赏一位作家的作品时,就竭力不去结识他。

因为崇敬,我不想近距离地观察他。

每个人都是多棱的,即使是一个高尚的人,灵魂中也潜伏着卑微。但那些最好的文章,是优秀的作家在霞光普照的清晨,用生命最甘美的汁液写下的,他们自己也清醒地知道不可能重复。这里面一定有我们未知的属于神的部分。

当我们结识世俗的本人时,会或多或少干扰破坏了我们对美的遐想。

人应该锻炼出敏锐地感应他人情绪的本领,犹如我们一出房门,就觉察出气温的变化。

说起来繁难,只要认真去做,并不复杂。

从一个人的衣着、面色、下意识的小动作、偶尔吐出的个别话语,他的精神状态基本上昭然若揭。

并不是号召所有的人都察言观色,以求一逞。

人是团体的动物,他人的心情会迅速波及自己的心情。为了保护情绪不感冒,我们必须了解周围最密切接触的人——心情的温度。

现代的科学技术越来越发达,但它们相对于人来讲,永远是身外之物。人类已经把自己的衣食住行打点得越来越精致,把外在的条件整治得越来越舒适了。但是心灵呢?这灵长中的灵长,却在越来越辉煌的物质文明中萎缩,淹没在闪烁的霓虹灯下,迷失在情感的沙漠里。

随着年龄渐长,我与那些心中最美好的希望,有了一种默契。那就是——有些愿望不必实现,就让它们永远存留在我们的想象中吧。

现代社会是一只飞速旋转的风火轮,把无数信息强行灌输给我们。见多不怪,我们的心灵渐渐在震颤中麻痹,更不消说有意识地掩饰我们的惊讶,会更猛烈地加速心灵粗糙。在纷繁的灯红酒绿和人为的打磨中,我们必将极快地丧失掉惊奇的本能。

在我们的思想里有许多思想的建筑物和思想的废墟。我们常常忙于建设,而对清理废墟注意得不够,以为新的建立起来,旧有的就会自动消失。

其实批判自己是一件很艰难的事情。如果畏惧它,我们的头脑就会新旧杂糅,某些时候就会出现混乱。

否认了"惊",就扼杀了它的同胞兄弟。我们将在无意之中,失去众多丰富自己的机遇。假如牛顿不惊奇,他也许就把那个包裹着真理的金苹果,吃到自己的肚子里面了。人类与伟大的万有引力相逢,也许还要迟滞很多年。

假如瓦特不惊奇,水壶盖噗噗响着,一个划时代的发现,就蒸发到厨房的空气中了。我们的蒸气火车头,也许还要在牛车漫长的辙道里蹒跚亿万公里。

保持惊奇,我常常这样对自己说。它是一眼永不干涸的温泉,会有汩汩的对于世界的热爱,蒸腾而起,滋润着我们的心灵。

宁吃鲜桃一口,不吃烂杏一筐——我以为这必是有钱有食人说的话。假若是穷人,恐怕还得要那一筐烂杏。挑挑拣拣,可吃的部分总还是比一口鲜桃要多。

纵使杏完全不能吃了,砸了核儿吃仁,也还可充饥。当然,那杏核若是苦的,也就没办法了。

不过还可卖苦杏仁,也是一味药材。

现代社会令人眼花缭乱,每个人在某种意义上说,都是孤陋寡闻。你在你的行业里是专家里手,在其他领域里,完全可能是白痴。这不是羞愧的事情,坦率地流露惊奇,表示自己对这一方面的无知以及求知的探索,是一种可嘉的勇气。

更不消说我国自古就有道高一尺、魔高一丈的传统。恕我悲观,辨假永远也赶不上造假。消费者书生意气纸上谈兵,造假者磨刀霍霍鼎力革新。以单一的柔软的消费者对抗虎视眈眈的造假者,我等甘拜下风。

小孩子是常常说真话的。人在成长中锻炼出抑制说真话的本领,随着年岁的增加,说真话的频率便越来越少。到了老年,又渐渐地说起真话来。

所以真话是一种离新生和死亡都比较近的品质。

不要以为所有的谎言都是恶意,善良更容易把我们载到谎言的彼岸。

有些事物和人物的价值,就是在我们看不到的地方影响着我们。

快乐的核心是什么？是责任。完成的责任越重大越艰苦，它带给人的快乐越深刻越长久。

人的记忆大体分为两种类型。

一是善于遗忘痛苦，一是善于铭记痛苦。

前者多豁达，后者多建树。

幸福就是没有痛苦的时刻。它出现的频率并不像我们想象的那样少。人们常常只是在幸福的金马车已经驶过去很远，拣起地上的金鬃毛说，原来我见过她。

助手有两种。一种是甘心情愿做助手，永远的助手。一种是在学习和准备着，随时打算不做助手。

前一种人忠诚有余机变不足，后一种人有野心，经常逾越助手的位置。而将两者结合在一起的助手，还没有出生。

一个好的主意，往往是在混乱中产生的。犹如最好的蘑菇，寄生于朽木。

丰收的季节，先不要去想可能的灾年，我们还有漫长的冬季来得及考虑这件事。我们要和朋友们跳舞唱歌，渲染喜悦。既然种子已经回报了汗水，我们就有权沉浸幸福。不要管以后的风霜雨雪，让我们先把麦子磨成面粉，烘一个香喷喷的面包。

如果我们不同意某个问题，我们有两种可以选择的方式。一是反对，一是等待。反对是寄予自身的力量，等待是遵循事物发展的规律。

见多未必识广。有的人见得多了，只是助长了骄气、狂气、奢气、匪气……反倒比孤陋寡闻的人离知识更远。

见闻只有进入智慧的大脑，才可化为养料。

世界上有一些仇恨和一些恩情是无法还报的。遇到这种时候，我们只有远远地走开。

我愿同智商很高的人对话，愿同智商稍高于我的人共事。

与挣钱相比，花钱更能显示出一个人的眼光与趣味。挣钱是光凭气力就可做到的事，花钱还需智慧。

如果你一时分辨不出一个人的品行，就去看他怎样花钱。一掷千金的是纨绔和诗人，量入为出的是节俭和主妇。张弛有序的是大家和智者，首尾不顾的是愚妇和莽汉……假如他根本就不花钱，除了极端的悭吝就是一个缺乏生活情趣的人。

人到无求，心必坦荡，言必真诚，志必磊落，行必光明。

关于生命与命运的遐想

甲为乙办事，乙就付给甲报酬，价钱彼此可以谈得很清楚。

甲为乙丙俩人办事，乙丙就付报酬给甲，也是很清楚的事。但每个人只需付二分之一，也很明白。

甲若是为百个人办事，无论每个人得的收益如何，大家只觉得付给甲百分之一是正当的，否则就是甲多吃多占了。

假如甲为一千个人、十万个人服务呢？假如他服务的人群数字再无限地增大下去呢？按照数学的规律，这个无穷大的分之一,结果就是零。

也就是说,受贿的人群可以心安理得地享受甲的劳动成果,却不必为此支付报酬,甚至连感谢都不必说一声。

这就是为什么传说中的英雄丹柯掏出自己的心,燃烧起来为众人引路。危险过去后,人们会把他跌落地上仍在发光的心踩灭。

这不是众人的无情,是铁的规律。

文学在某种意义上,就是这种为无穷大的民众服务的事业。

所以它的清贫与无功利性,几乎是命中注定的。

矢志于这一行的人,不必愤而不平,只问自己是否愿意承受。

人的生命是一根链条,永远有比你年轻的孩子和比你年迈的老人。我们每个人都有自己的位置,它是一宗谁也掠夺不去的财宝。不要计较何时年轻,何时年老。只要我们生存一天,青春的财富,就闪闪发光。能够遮蔽它的光芒的暗夜只有一种,那就是你自以为已经衰老。

人类的表情肌,除了表达笑容,还用以表达愤怒、悲哀、思索、惆怅以至绝望。它就像天空中的七色彩虹,相辅相成。所有的表情都是完整的人生所必需的,是生命的元素。

痛苦有两种存在形式——包裹着和开放着。

就我个人来讲,我比较喜欢开放的痛苦。它就像会褪色的毛衣一样,在阳光下渐渐失去新鲜的色彩。

有些人不敢敞开自己的痛苦,是因为惧怕打开痛苦那一瞬刺入肺腑的疼痛。但包裹着的痛苦会像癌症一般生长,蔓延,吞噬我们的心灵。

我们只要把最猛烈的痛苦坚挺过去,就会发现可以比较从容地收拾痛苦的残骸了。

每个人的血液中都有与众不同的液体,可惜我们往往意识不到。如果有一种可以测量出我们特殊才能的仪器,我们就会发现有多少人荒废了他们的才能,终生在从事和他们天性相悖的职业。

每个人都在寻找,从幼年就开始找。找准了自己位置的人,是极少数的幸运者。

许多人在暗中摸索了一生,终究在迷茫中告别。如果我们找到了自己爱好的事业,万万不要放松。它会使我们不再计较得失,最大限度地感到自己存在的价值。

生理是心理的镜子。

每个人都是他自己的朋友和杀手。许多人的疾病其实是自身心理攻击生理造成的。一个人越是懦弱,他伤害自己的频率越高。

无论爱一个人还是恨一个人,有时都是很残忍的事情。

爱和恨,都有两个层面,一个是精神,一个是肉体。

你嘘寒问暖或是往对方脸上泼硫酸,都是首先作用于肉体,然后传递于心灵。你呵护或是残害他的灵魂,作用要更为深远得多。肉体和精神有时相连,有时隔膜。有的人肉体残缺后精神愈加完整,有的人躯体强健,精神却是破碎的。精神可以支配肉体,肉体却不可能控制精神。

小的危机就像感冒,不单是无法完全避免的,而且还可以给人以刺激,调动防御能力,增加免疫功能。

但是注意不要转成肺炎。

每个人都会有伤口。有的人愈合得天衣无缝,有的人留下累累疤痕。

这当然和利物刺进的深浅有关了。但我们经常看到,有的人,在深刻的创伤之后,仍然完整光滑。有的人,在小小不言的刺激下,就面目全非了。

在医学上,后一种人有一个特殊的名称,叫做——疤痕体质。

愿我们每一个人都不是意志上的疤痕体质。

我们可以受伤,我们可以流血。但我们要在最短的时间里,医治好自己的伤口,尽可能整旧如新。

没有快乐,谁也别想留住健康。

眼睛对眼睛,是可以说话的。它们进行无声的交流,在这种通行的世界语里,容不得谎言,用不着翻译。它们比嘴巴更真实地反映着一个人隐秘的内心世界。

我们可以吓唬别人,但不可吓唬病人。当我们患病的时候,精神是一片深秋的旷野。无论多么轻微的寒风,都会引起萧萧黄叶的凋零。

让我们像呵护水晶一样呵护病人的心灵。

生命的燧石在死亡之锤的击打下,易于迸溅灿烂的火花。死亡使一切结束,它不允许反悔。无论选择正确还是谬误,死亡都强化了它的力量。尤其是死亡的前夕,大奸大恶、大美大善、大彻大悟、大悲大喜,都有极淋漓的宣泄,成为人生最后的定格。

一个人有太多选择的时候,常常径直选了那最容易、最易在短时间内见成效的一条路。一个人只有一种选择的时候,实际上丧失了选择，只是接受命运。所以选择不宜太多也不宜太少，以能充分发挥意志、表达信念为最好。

当我沮丧的时候，当我彷徨的时候，当我孤独寂寞悲凉的时候，我曾格外地相信命运，相信命运的不公平。

世上可真有命运这种东西？它是物质还是精神？难道说我们的一生都早早地被一种符咒规定，谁都无力更改？我们的手难道真是激光唱盘，所有的祸福都像音符微缩其中。

不幸者常常愿意同幸运者相比，抱怨自己的运气。

幸运者常常不愿同不幸者相比，相信自己的努力。

命运中的不速之客永远比有速之客来得多。

所以应付前一种客人，是人生的必修。他既为客，就是你拒绝不了的。所以怨天尤人没有用，平安地尽快把客人送走，才是高明主人。

命运是我怯懦时的盾牌，当我叫嚷命运不公最响的时候，正是我预备逃遁的前奏。命运像一只筐，我把对自己的姑息、原谅以及所有的延宕都一股脑地塞进去，然后蒙一块宿命的轻纱。我背着它慢慢地向前走，心中有一份心安理得的坦然。

当我快乐当我幸福当我成功当我优越当我欣喜的时候，当一切美好辉煌的时刻，我要提醒我自己——这是命运的光环笼罩了我。在这个环里，居住着机遇，居住着偶然性，居住着所有帮助过我的人。

假如在这死亡将至的时候，依然刻骨铭心地惦记着一件事，依然期望等待，不依不饶，那这个心愿便集中反映了一个人的个性，甚至是他生命的支点。古人说的死不瞑目，指的就是这种情况。

死亡基本上可以分为两种——有准备的死和没有准备的死。猝死就是没有准备的死(当然在广义上除了极幼小的孩童,我们都或多或少考虑过死亡),有准备的死则是一个缓慢的过程。人们冷静地回忆自己的一生,犹如上溯一条绵长的河流。世俗的纠缠,在死亡的背景之上,它平素所具有的魔力,异乎寻常地浅淡了,人便格外的公允格外的豁达,有置身物外的超然与智慧。

图书在版编目(CIP)数据

心灵与阳光同行/毕淑敏著. —北京：人民文学出版社，2013
(毕淑敏心灵四书)
ISBN 978-7-02-010111-5

Ⅰ.①心… Ⅱ.①毕… Ⅲ.①散文集—中国—当代 Ⅳ.①I267

中国版本图书馆 CIP 数据核字(2013)第 232722 号

策划编辑　胡玉萍
责任编辑　宋　强
责任校对　杨益民
装帧设计　陶　雷
责任印制　王景林

出版发行　人民文学出版社
社　　址　北京市朝内大街 166 号
邮政编码　100705
网　　址　http://www.rw-cn.com

印　　刷　三河市鑫金马印装有限公司
经　　销　全国新华书店等

字　　数　195 千字
开　　本　880 毫米×1230 毫米　1/32
印　　张　8.5　插页 6
版　　次　2014 年 1 月北京第 1 版
印　　次　2018 年 2 月第 6 次印刷

书　　号　978-7-02-010111-5
定　　价　28.00 元

如有印装质量问题，请与本社图书销售中心调换。电话：010-65233595